HERRGOTTSACKER

Andreas Wagner ist Winzer, Historiker und Autor. Nach dem Studium der Geschichte, Politikwissenschaft und Bohemistik in Leipzig und an der Karls-Universität in Prag hat er 2003 zusammen mit seinen beiden Brüdern das Familienweingut seiner Vorfahren in der Nähe von Mainz übernommen. Er ist verheiratet und hat vier Kinder.

ANDREAS WAGNER

HERRGOTTSACKER

Kriminalroman

emons:

Bibliografische Information der Deutschen Nationalbibliothek
Die Deutsche Nationalbibliothek verzeichnet diese Publikation
in der Deutschen Nationalbibliografie; detaillierte bibliografische
Daten sind im Internet über http://dnb.d-nb.de abrufbar.

© Emons Verlag GmbH
Alle Rechte vorbehalten
Umschlagmotiv: Dirk Wustenhagen/Arcangel.com
Umschlaggestaltung: Nina Schäfer, nach einem Konzept
von Leonardo Magrelli und Nina Schäfer
Umsetzung: Tobias Doetsch
Gestaltung Innenteil: DÜDE Satz und Grafik, Odenthal
Lektorat: Marit Obsen
Druck und Bindung: CPI – Clausen & Bosse, Leck
Printed in Germany 2021
ISBN 978-3-7408-1341-3
Originalausgabe

Unser Newsletter informiert Sie
regelmäßig über Neues von emons:
Kostenlos bestellen unter
www.emons-verlag.de

Für meine Eltern

1

Toni hatte sich gestern krankgemeldet, und der Jugo war gar nicht erst aufgetaucht. Mit dem war sowieso nichts anzufangen. Sobald man ihm den Rücken zuwandte, ließ er die Arme hängen und sank in sich zusammen, um mit ein paar linkischen Bewegungen eine seiner krummen, selbst gedrehten Zigaretten zu fabrizieren, die so aussahen, als ob kaum ein Krümel Tabak mit ins Papier eingerollt worden wäre. Da hatte man die Hecke schneller selbst geschnitten, als dass er die Schere wieder in die Höhe nahm. Die meiste Zeit des Tages schleiften sie ihn mit durch. Toni sah das übrigens ganz genauso. Er sagte nur nichts, weil er Angst vor der Sippe des Jugos hatte. Bei denen wusste man nie genau, ob der Cousin einem nicht ein Messer zwischen die Rippen stieß.

Rolf strich sich die verschwitzten langen Haare aus der Stirn. Er hatte es erst letzte Woche Dienstag wieder überprüft. Das machte er immer mal, um zu belegen, dass der Jugo sich nicht einmal bemühte, etwas schneller zu werden. Fein säuberlich notierte er nach der Feierabenddusche bei einem sauer gespritzten Silvaner die Arbeiten des Tages. Dazu zog er drei Spalten mit dem Lineal und versah jede mit einem Namen: Toni, Jugo und Rolf. Sie hatten an diesem Tag die schier endlos erscheinenden Tujahecken um das Kulturzentrum in Form gebracht. Der Zaun um das riesige Gelände war vollständig zugewachsen, und die Hecken mussten zweimal im Jahr getrimmt werden.

Beim Heckenschnitt gab es keine Ausreden. Der Abstand zwischen zwei Zaunpfosten betrug genau fünf Meter. Er musste daher nur jedes Mal, wenn er den Pfosten als Erster erreichte, überprüfen, wie weit die beiden anderen hinter ihm gekommen waren. Dann zeigte er seinen Großmut, indem er ihnen half, damit sie den nächsten Abschnitt wieder zusammen beginnen konnten. Dass er damit nur kontrollieren wollte, was die beiden wirklich zustande brachten, brauchten sie ja nicht zu wissen.

Toni hatte es über den ganzen Tag hinweg durchgängig bis Meter vier geschafft. Er hatte im letzten Winter ja auch seinen Fünfzigsten gefeiert. Für sein Alter war die Leistung also ganz ordentlich. Der Jugo schaffte das nur in der ersten Stunde morgens und noch mal nach der stärkenden Mittagspause bis zur ersten Zigarette. Dazwischen beschnitt er um die drei Meter, um schließlich ab zwei Uhr nachmittags kontinuierlich weiter nachzulassen. Addierte man das alles einmal ganz korrekt, so wie er es von Zeit zu Zeit praktizierte, dann offenbarte sich schnell, was für eine Niete der Typ war. Nicht einmal die Hälfte der Meter von Toni betrug die Summe in seiner Spalte, wenn er darunter am Ende den Strich mit dem Lineal zog. Der alte Mann war also mehr als doppelt so schnell wie der Jugo.

Da er die Zettel mit dem jeweiligen Datum versah, lochte und in einem eigens dafür vorgesehenen Ordner abheftete, konnte er außerdem die langfristige Entwicklung überprüfen und hatte festgestellt, dass sich seine eigene Leistung im Vergleich zum letzten Mal noch einmal gesteigert hatte. Dafür zollte er sich selbst Anerkennung. Die Arbeit mit den Hanteln machte sich bezahlt, nicht nur optisch.

Zur erneuten Bestätigung schob er den kurzen Ärmel seines schwarzen T-Shirts, das über seinem Bizeps spannte, nach oben und ballte die Faust. Der Umfang seiner Oberarme hatte durch die Übungen und die Nahrungsumstellung, die er mit einem nach Stracciatella schmeckenden Proteinpulver zum Muskelaufbau unterstützte, um mehr als drei Zentimeter zugenommen. Und das in nur etwas mehr als zwei Monaten. Er musste der für sie zuständigen Gemeindesekretärin unbedingt Bescheid geben, dass sie bei der nächsten Bestellung der Arbeitsklamotten auf besonders elastisches Material achten sollte. Es sah mies aus, wenn das Bündchen tief ins Fleisch einschnitt. Er konnte ja nicht die ganze Zeit den Muskel angespannt halten.

Auf die Farbe der Klamotten musste er die Sekretärin auch unbedingt ansprechen, damit ihre derzeitige Kluft eine einmalige Verirrung blieb. Früher hatte das doch immer gut geklappt, warum musste sie jetzt plötzlich mit diesen Albernheiten anfangen? Sie kannte ihre Größen und bestellte zweimal im Jahr eine komplette Ausstattung, für ihn in Blau oder Grau, für Toni und den Jugo in Grün. Rot war auch schon mal dabei gewesen. Im Frühjahr hatte sie aber zum ersten Mal für alle die gleiche Farbe geordert, ein grell leuchtendes Kommunalorange. Jetzt sahen sie aus wie die ungleichen Drillinge von der Müllabfuhr. Im Dorf lachten sie darüber. Das konnte sogar ein Blinder sehen.

Rolf hob ein letztes Mal den Arm und rieb sich den salzigen Schweiß aus dem Gesicht. Die Haare klemmte er hinter die Ohren. Ein nicht unbeträchtlicher Teil schimmerte bestimmt wieder silbergrau im Sonnenlicht. Am Wochenende musste er sie unbedingt noch einmal tönen. Warum das so schnell ging bei ihm, hatte ihm bisher niemand sagen können. Keiner seiner Kumpels aus dem Fitnessstudio oder seiner Stammkneipe, wo sie sich zweimal die Woche zum Dartspiel trafen, hatte wie er schon mit Anfang vierzig graue Strähnen gehabt.

Entschlossen langte er nach dem Stemmeisen und wollte beim Anblick der Müllberge, die sich vor ihm auftürmten, am liebsten laut schreien. Wie schafften die Leute es nur, so viel Dreck und Unrat zu fabrizieren? Ganze Wagenladungen mussten die hier reingekarrt haben. Eine schöne Sauerei, die nun natürlich an ihm allein hängen blieb. »Neubaugebiet am Herrgottsacker in Essenheim«. Er musste kurz auflachen. Das farbige Schild mit den spielenden Kindern im Vordergrund, auf dem diese wohlklingende Bezeichnung stand, hatte die Baufirma schon letzte Woche aufstellen lassen. Blicken ließ sich von denen aber noch niemand. Erst musste er ran. Dabei bekam die Gemeinde, wenn endlich auch der letzte Kleingarten geräumt war, für das gesamte Bauland so viel Geld, dass der Chef ruhig einen professionellen Räumtrupp hätte engagieren können. »Was das wieder kostet!« Rolf äffte halblaut die viel zu hohe Stimme des Bürgermeisters nach, dessen Zunge bei jedem Zischlaut sachte an die Schneidezähne stieß. Dann summte er eine Melodie und sang lispelnd vor sich hin: »Wer soll das bezahlen, wer hat das bestellt, wer hat so viel Pinkepinke, wer hat so viel Geld?«

Mit voller Wucht ließ er das Stemmeisen auf die verfaulten Bodenplanken niedersausen. Das morsche, stinkende Holz splitterte. Er zerrte das Werkzeug heraus und setzte zum nächsten Schlag an. Rolf konnte die Spannung in seinen Oberarmen spüren. Noch entschlossener führte er den nächsten Hieb aus.

Wie das abgelaufen war, dazu brauchte man nicht die Schulbank gedrückt oder studiert zu haben. Über Jahre hinweg hatte ihr schlauer Bürgermeister den Alten im Dorf, die hier am Ortsrand die meist verwahrlosten Gärten besaßen, die Grundstücke zu Spottpreisen abgekauft. Mit einem Grüngürtel ums Dorf hatte er geworben. Streuobstwiesen, Spazierwege und ein Bolzplatz für die sonst an der Kirche herumlungernden Jugendlichen. Alles schön gepflegt und für alle im Dorf frei zugänglich. Warme Worte, hochtrabende Pläne, mit denen er jeden einwickelte.

Rolf hatte sich damals gleich hingesetzt und die Stunden addiert, die zur Pflege einer solchen Parkanlage über das Jahr erforderlich waren, um sie halbwegs in Ordnung zu halten. Was dabei rauskam, war unmöglich zu leisten, auch dann nicht, wenn sie den Jugo endlich rausschmissen und jemand Fähigeren dafür einstellten. Von dem Moment an war ihm schon klar gewesen, dass der Chef etwas ganz anderes im Sinn haben musste als die Errichtung einer dörflichen Parkanlage. Und er hatte wieder einmal recht behalten. In der Schule hatte er es zwar auf keinen grünen Zweig gebracht, aber im Leben kannte er sich aus. Er wusste, wie der Hase lief. Die anderen ließen sich alle verarschen. Ihm passierte das längst nicht mehr. Es war wichtig, nicht auf der Seite der Verlierer zu stehen, sondern bei den Gewinnern.

Nachdem der Chef das letzte Grundstück für die Gemeinde erworben hatte, waren kaum zwei Monate verstrichen, bis er stolz den Bauträger präsentierte, der schon bald loslegen sollte, um den für junge Familien dringend benötigten Wohnraum zu schaffen.

Rolf schleuderte die weichen Bretter hinter sich auf den Holzhaufen, der einen intensiven modrigen Geruch verströmte. Gleich daneben wuchs der Berg für all die anderen Materialien in die Höhe, die sie nicht verbrennen konnten. Die Hütte hatte nach dem Tod ihres Besitzers viele Jahre leer gestanden und den Halbstarken im Dorf als verbotener Spielplatz sowie einigen besonders Einfallsreichen als diskreter Müllplatz für all das gedient, was nur illegal oder mit Zusatzkosten zu entsorgen war. Unzählige auslaufende Autobatterien, einen Anhänger voller halb leerer, durchgerosteter Farbkanister und ein in Auflösung begriffenes Konvolut längst verbotener Pflanzenschutzmittel hatte er in den verschiedenen fauligen Anbauten der Hütte bereits zutage gefördert und abtransportiert. Jetzt blieb noch der zeitraubende Kampf mit dem weitgehend ungefährlichen Restinhalt der heruntergekommenen Hütte, der nur noch entfernt einer Möblierung ähnelte. Ließen Toni und der Jugo ihn damit die ganze Woche allein, wäre der vom Chef anberaumte Zeitplan für die restlose Räumung des gesamten Gartenareals nicht mehr als ein frommer Wunsch.

Zielsicher setzte Rolf das flache Ende des Stemmeisens an einer der noch recht stabil anmutenden Platten des Hüttenbodens an. Dabei beobachtete er den an seinem rechten Oberarm in dieser Haltung besonders klar definierten zweiköpfigen Armbeuger-Muskel. Er zeichnete sich so perfekt ab wie in den Hochglanzmagazinen, die sie im Fitnessstudio auslegten, um das Proteinpulver anzupreisen. Er ging leicht in die Knie. Zu gern hätte er jetzt auch freien Blick auf seine prallen Oberschenkel gehabt. Die langen, lächerlich orangen Arbeitshosen verhinderten das. Er hielt die Spannung reglos noch einen gedehnten Moment aufrecht und bewunderte das grandiose Muskelspiel. Gleichzeitig konzentrierte er sich schon auf das, was ihn womöglich gleich erwartete. Als er gestern den hinteren Anbau niedergerungen und dazu den Boden in die Höhe gehebelt hatte, waren darunter ein gutes Dutzend Ratten spitz fiepend in alle Richtungen auseinandergestoben. Die drei, die gemeint hatten, in seine Richtung rennen zu müssen, hatte er mit dem geschwungenen Bogen des Stemmeisens erschlagen. Es würde ihn nicht wundern, wenn sich der Rest der Nagersippe unter diesem letzten intakten Teil der Konstruktion wiedervereint und erneut häuslich eingerichtet hätte. Darauf war er vorbereitet. Er grinste breit.

In einer einzigen harmonischen Bewegung drückte er sich in die Höhe und mobilisierte so ein Maximum an Kraft, das die schwere, mehrschichtige Bodenplatte aus ihrer Verankerung hebelte. Die verfaulte Unterkonstruktion und die rostigen langen Schrauben boten keine Gegenwehr. Schnell drückte er die Platte nach hinten weg, um gleich darauf das Stemmeisen wie einen Baseballschläger zu umfassen. Rolfs Blick hetzte umher. Er war bereit, das Metall auf alles niederzudonnern, was sich in Todesangst davonzumachen versuchte. Ein dumpfer Geruch fand den Weg in seine Nase, noch bevor es seinem Verstand gelang, die Bilder vor seinen Augen zu sortieren.

Ein kahler Schädel, auf dessen rissiger Decke ein paar letzte dichte Büschel schwarzer Haare zu sehen waren, lag direkt vor ihm. Starrte ihn aus zwei leeren Höhlen erschrocken an, obwohl die Augen längst schon fehlten. Und überall war blasser, gelber Sand.

2

Ravindra Timotheus Bingenheimer trat kräftig in die Pedale seines Damenrades. Die Kette quietschte. Nach vier verregneten Wochen, die sein Gefährt ungenutzt im nicht überdachten Innenhof des Mehrfamilienhauses in der Mainzer Neustadt hatte ausharren müssen, war das wenig überraschend. Auch in voller Fahrt entlang der Boppstraße konnte Ravi deutlich erkennen, dass eine geschlossene Rostschicht alle wichtigen Bauteile dort unten zwischen seinen Füßen überzog. Das betraf die Kette ebenso wie den Zahnkranz und die Pedale. Die daraus resultierenden Geräusche klangen insgesamt wenig vertrauenswürdig, zumal er sich nicht erinnern konnte, dass das Kugellager schon vor seinem Urlaub an zwei Stellen so beängstigend geknackt hätte. Immerhin hatte er, als er gestern Nacht nach Hause gekommen war, feststellen dürfen, dass sein Fahrrad überhaupt noch da war. Das war in dieser Gegend keine Selbstverständlichkeit.

Ein gleichmäßiger Rhythmus aus schiefen Tönen begleitete seine morgendliche Fahrt. Selbst sein dunkler Rucksack mit dem Karabinerhaken daran klapperte im Drahtkorb hinter ihm. Die Oktobersonne schien und wärmte sogar noch ein wenig. Ravi empfand eine ehrliche Vorfreude auf die Arbeit und die Kollegen, die er so lange nicht gesehen hatte, obwohl er sich im Moment noch sehr fern von alldem fühlte, was ihm eigentlich alltäglich war. Die vergangenen Wochen hatten alles verändert. Ein paar Stunden daheim in seiner Wohnung hatten nicht einmal ansatzweise ausgereicht, um Ordnung in seinem Inneren zu schaffen. In seinem Kopf herrschte das reinste Durcheinander, und er war froh, den Schmerz, der ihn während des langen Flugs umfangen hatte, ab jetzt mit Ablenkung bekämpfen zu können.

Obwohl er sich ziemlich sicher war, dass das kein einfaches Unterfangen darstellte. Die vielen Eindrücke der Reise drängten in jeder freien Minute auf ihn ein und rissen an ihm. Er hatte versucht, Klarheit zu schaffen, und dadurch noch viel mehr neue Fragen aufgeworfen, die ihn ab jetzt begleiteten.

Der Fahrtwind wirbelte seine dichten schwarzen Haare durcheinander. Dass er sie wie jeden Morgen mit ein paar Bürstenstrichen zurückgekämmt hatte, war bereits nach kurzer Zeit kaum mehr zu erahnen. Er hatte seine Haare und seinen Bart während der Reise wachsen lassen. Im Unterschied zu dem, was auf seinem Kopf daraus geworden war, sah das Resultat auf seinen dunklen Wangen und am Kinn eher bedauernswert aus. Er bereute es jetzt schon, dass er die dünnen, in alle Richtungen stehenden Flusen vorhin nicht doch noch schnell wegrasiert hatte. Harro und Tobias würden sich prächtig über ihn amüsieren. Um das zu wissen, bedurfte es wenig seherischer Fähigkeiten.

Er musste grinsen, weil er ihre Stimmen bereits im Ohr hatte. Harros knappe und fast immer treffende Kommentare, in denen er nicht mit Spott geizte. Als Ältester und ihr Chef nahm er sich heraus, alles sagen zu dürfen, was ihm in den Sinn kam. Tobias hingegen würde sich wortreich winden, um sich auf kein wirkliches Urteil festlegen zu müssen, weil das die Harmonie im Raum stören könnte. Am Ende würde Harro das letzte Wort haben und eine kurze Zusammenfassung von Tobias' langatmigen Ausführungen präsentieren, die haargenau seinen eigenen Standpunkt wiedergab.

Ravi war eigentlich ausreichend früh wach gewesen, um das zu vermeiden, doch statt dem fusseligen Bartansatz ein schnelles Ende zu bereiten, hatte er die Zeit damit verbracht, auf sein Postfach zu starren, das alle möglichen neuen Mails anzeigte, aber nicht die, auf die er seit fast vierzehn Tagen wartete. Die Anspannung krampfte auch jetzt wieder in seiner Magengegend und ließ ihn noch fester in die Pedale treten. Vielleicht war die Nachricht ja mittlerweile angekommen?

Begleitet vom Quietschen und Klappern bog er in die Goethestraße ein. Der Radweg war unter den vielen bunten Blättern kaum noch zu erahnen. Er wich einem auf einen Rollator gestützten alten Mann aus, der ihn entgeistert anstarrte und ihm kaum verständliche Unmutsbekundungen hinterherbrüllte. Was er seiner Frau wohl gleich wutschnaubend erzählen würde? »Einer von diesen Ausländern hat mich beinahe über den Haufen gefahren! Viel hat nicht gefehlt, und das mitten auf dem Gehweg! Die werden immer unverschämter, man kann sich ja nirgendwo mehr sicher fühlen!« Vielleicht hätte er ihm im breitesten Mainzer Dialekt eine Erwiderung zurufen sollen, um die Verwirrung komplett zu machen. »Host du koo Aache im Kopp? Des is der Radweg!« Das war noch immer seine bevorzugte Form der Reaktion.

Den Dialekt hatte er erst spät für sich entdeckt und spielte seither sehr gern damit, um seine Gegenüber zu verwirren, wenn man ihn mal wieder für einen indischen Gaststudenten, nordafrikanischen Flüchtling oder etwas zu dunkel geratenen albanischen Autoknacker hielt. Der erstaunte Blick war garantiert, der kurze Moment des nachdenklichen Innehaltens ebenso und nicht zuletzt die bald darauf nachgeschobene verständnisvolle Frage zur Herkunft. »Wo liegen denn Ihre Wurzeln?«

Je nachdem, in welcher Stimmung er war oder wie sympathisch ihm sein Gesprächspartner erschien, trieb er das Spiel auf die Spitze. In knappen Worten warf er ihnen seine persönlichen Daten vor die Füße: »Geboren im Juni 1988, Mutter Gisela Bingenheimer, geborene Bassermann, Vater Dr. Norbert Bingenheimer, leider verstorben, davor niedergelassener Allgemeinmediziner in Otterbach bei Kaiserslautern. Muttersprache Pfälzisch. Im Rheinhessischen, das hier in Mainz gebabbelt wird, bin ich noch nicht ganz sicher. Aber ich lerne schnell dazu. Und obwohl ich noch immer eine Dauerkarte beim 1. FCK auf dem Betzenberg habe, kann ich von einem Großteil der Mainzer Fassenachtsschlager zumindest die erste Strophe nahezu fehlerfrei mitsingen. Möchten Sie noch mehr wissen?«

Zwei Drittel lachten daraufhin und klopften ihm kumpelhaft auf die Schulter, andere schüttelten den Kopf und zogen kommentarlos ab. Ein paar wenige zischten ihm irgendetwas Bösartiges hinterher: »Du kannst dich anstrengen, wie du willst, aus dir wird doch keiner von uns!« Rein optisch war dem wenig entgegenzusetzen, da er nicht vorhatte, seine Haut bleichen und die tiefschwarzen Haare blondieren zu lassen. Innerlich verhielt es sich manchmal ähnlich.

Der Blick, der ausdrückte, dass er als andersartig wahrgenommen wurde, war seit jeher sein Begleiter. Er spürte ihn nun, da er ihn vier Wochen lang nicht wahrgenommen hatte, umso deutlicher. In der Masse der Menschen, die alle so aussahen wie er selbst, war er untergegangen. Es war eine Wohltat gewesen. Niemand starrte ihn an oder bemühte sich, scheinbar unbewusst an ihm vorbeizuschauen.

Mit rhythmisch knackendem Kugellager erreichte er den Fahrradparkplatz neben dem großen grau-weißen Gebäudekomplex. Er war froh, heil angekommen zu sein. Nur ein guter Kilometer auf dem Rad, aber viel zu viel Zeit für sinnlose Gedankengänge. Ein prüfender Blick auf die Auswahl an abgestellten Drahteseln zeigte, dass es hier sicher genug war, um sogar teures Profimaterial getrost seinem Schicksal zu überlassen, selbst wenn man es nur mit einem billigen Fahrradschloss aus dem Baumarkt festmachte. Ein Großteil der Räder würde in der Neustadt nicht mal in einem abgeschlossenen Innenhof unbeschadet und vollständig den nächsten Morgen erleben. Er musste grinsen und langte nach seinem Rucksack.

Mit ein paar schnellen Schritten war er die wenigen breiten Stufen hinaufgeeilt. Die beiden Kollegen warteten bestimmt schon auf ihn. Harro war immer als Erster da und das Büro im Grunde sein eigentliches Zuhause. Daran, dass Tobias schon mal zu spät gekommen war, konnte Ravi sich nicht erinnern.

Schwungvoll drückte er die Tür auf und bog nach einem kurzen Gruß in Richtung der mit einem kaffeetrinkenden Kollegen besetzten Glaskiste in den langen Flur ab, an dessen Ende das K11 einen Teil seiner Büros hatte. In irgendeiner Reform der Organisationsstruktur vor seiner Zeit war das Kommissariat 11 ins Leben gerufen worden, das im Mainzer Polizeipräsidium für die Tötungsdelikte zuständig war. Sie waren die, die gerufen wurden, wenn sich der Kriminaldauerdienst sicher war, dass es um Mord ging. Harros trockenes Lachen konnte er schon hören. Es schallte den Gang entlang. Wahrscheinlich tauschten er und Tobias gerade ihre Wochenenderlebnisse aus. Tobias berichtete immer ausgiebig von seiner zweijährigen Tochter Lena und deren fünfjährigem Bruder Ben, die in ihrer Entwicklung an jedem Sonntag bahnbrechende Fortschritte machten. Die Euphorie machte den glücklichen Vater weitgehend blind für Harros kleine spöttische Bemerkungen. Dessen Tochter war längst erwachsen und hatte den Kontakt zum Vater auf ein Mindestmaß eingeschränkt. Das war jedenfalls Ravis letzter Wissensstand. Im Unterschied zu Tobias, der sie bis in Details, die sie nicht wissen wollten, am Gedeihen seiner Kinder teilhaben ließ, vermied Harro es, von seiner Ex-Frau und der gemeinsamen Tochter zu berichten.

»Unser Weltreisender! Herzlich willkommen daheim.« Tobias Schmahl sprang auf, als Ravi das Büro betrat, und streckte ihm die warme Hand entgegen. Sein luftiger Mittelscheitel wippte mit jeder Bewegung seines Kopfes. Kurz vor Weihnachten würde er vierzig werden, sah aber immer noch deutlich jünger aus. Er steckte in einem blauen Hemd, über das er einen seiner gefürchteten Pullunder mit weitem V-Ausschnitt gezogen hatte. Bis zur Geburt ihres ersten Kindes hatte seine Frau Sara die wärmende Oberschicht noch selbst gestrickt. Dünne, farbenfrohe Exemplare für den Sommer und dicke, in gedeckten Erdtönen für die kalte Jahreszeit, damit die empfindlichen Nieren auch bei langwierigen Ermittlungen in der freien Natur immer gut geschützt waren.

»Willkommen zurück in der Familie. Wir haben das multikulturelle Aushängeschild unserer Mordkommission sehr vermisst.« Harro Betz legte seine Hand auf Ravis Schulter und blickte ihn aus roten, müden Augen herausfordernd, aber freundlich an. Sein Schädel war frisch geschoren. Unter dem ausgewaschenen schwarzen Poloshirt zeichnete sich deutlich sein Bauch ab. Im Unterschied zu allen anderen sah er nach einem freien Wochenende stets weniger erholt aus als noch am Freitag davor.

Über Harro wusste Ravi wenig, außer dass man ihn auf seine Ex-Frau besser nicht ansprach. Wenn er ihn nicht im letzten Sommer eines frühen Morgens in Gonsenheim hätte abholen müssen, weil Harros Wagen nicht angesprungen war, wüsste er nicht einmal, wo er wohnte. Der stark abfallende Zugang zur Drei-Zimmer-Wohnung des Anfang Fünfzigjährigen im Souterrain eines ansehnlichen Einfamilienhauses aus der Gründerzeit hatte bei ihm den Eindruck erweckt, dass die winzige Tiefgarage für zwei bis drei Pkw nachträglich zu lukrativerem Wohnraum umfunktioniert worden war. »Mehr kann ich mir als Hauptkommissar nicht erlauben, solange meine Tochter mal hier, mal da in den teuersten deutschen Großstädten studiert und trotz ihres Alters keine Anstalten macht, zu einem Ende zu kommen.« Mit diesem Satz hatte er damals Ravis fragenden Blick kommentiert und sich nie wieder abholen lassen.

Harro gab den Weg zu Ravis Schreibtisch frei. Er und Tobias saßen zusammen im Büro, während der Chef ein Zimmer weiter allein sein durfte. Die meiste Zeit verbrachte er dennoch hier bei ihnen. Der Austausch war in laufenden Ermittlungen von entscheidender Bedeutung. Jeder musste möglichst auf dem gleichen Wissensstand sein. Außerdem stand die Kaffeemaschine bei ihnen im Raum. Ein Umstand, den er nicht selten als Ausrede für einen ausgedehnten Besuch nutzte.

»Danke für die Postkarte aus Sri Lanka.« Harro sah ihn herausfordernd an. »Wahrscheinlich ist sie noch auf dem Weg. Das soll ja mitunter Wochen dauern.«

Ravi nickte bedächtig, bevor er antwortete. »Nicht selten geht die Post auch auf dem Weg verloren. Das liegt meistens an der Mehrfachnutzung der Briefmarken. Man soll immer darauf bestehen, dass sie direkt entwertet werden, sonst löst der geschäftstüchtige Postbeamte sie umgehend wieder ab und verkauft sie an den nächsten gutgläubigen Touristen.« Den

Rucksack stellte er ab und ließ sich auf seinen Schreibtischstuhl sinken, der unter seinem Gewicht leicht nachgab.

Ravi konnte an den Blicken seiner Kollegen ablesen, was sie von ihm hören wollten. Die Stille im Raum unterstrich diese Erwartung noch. Er wusste nicht, wo er anfangen sollte. Die emotionalen Eindrücke der vergangenen vier Wochen in diesem Land, das ihm anfangs so fremd gewesen war, bildeten ein unentwirrbares Durcheinander, das ihm die Kehle zuschnürte.

»Lass dir Zeit mit dem Bericht.« Harro nickte ihm aufmunternd zu. »Das holen wir bei einem Yogi-Tee nach. Hier hast du nicht viel versäumt. Einer in der Wanne, ein ganz Dicker auf dem Klo, für den wir vier Kollegen gebraucht haben, um ihn runterzubekommen. Eine Schießerei mit zwei Verletzten in Worms. Da sind wir noch dran. Der ganz normale Wahnsinn. Tobias klärt dich auf, und dann sehen wir weiter.« Harro hielt kurz inne. »Schön, dass du wieder da bist!«

Dann war er draußen. Tobias zuckte mit den Schultern. Die Tür stand offen. Er flüsterte: »Erstaunlich friedlich zurzeit. Ich weiß auch nicht, was mit ihm los ist.«

»Müssen wir uns Gedanken machen?« Ravi schaltete den Computer an. Er spürte, wie warm ihm war. Seine Hände fühlten sich feucht an.

»Er wird altersmilde.«

»Fertig sieht er aus.« Ravi flüsterte jetzt auch.

»Eigentlich wie immer am Montag. Dir fällt es nach vier Wochen Abwesenheit nur mehr auf.«

»Was macht der übers Wochenende?«

Tobias hob wieder leicht die Schultern und deutete mit der rechten Hand eine Trinkbewegung an.

»Privatparty im Souterrain in Gonsenheim? Kann ich mir nicht vorstellen. Dazu bräuchte er ein Privatleben, mit Freunden und gemeinsamen Restaurantbesuchen, Theater, Kino oder so etwas. Harro ist doch eigentlich immer hier.« Ravi musste bei diesem Gedanken grinsen. Tobias winkte ab.

Ravis Computer brauchte eine gefühlte Ewigkeit, um sich zu sortieren und eine bedingte Einsatzbereitschaft zu signalisieren. Er schien unentwegt Daten zu ordnen und unterstrich das mit monoton summenden Geräuschen, die nach einer großen Endlosschleife klangen. Was würde er tun, wenn die erlösende Mail endlich einging? Sollte er sie sofort lesen, oder wäre es sinnvoller abzuwarten, bis er allein war? Zur Not musste er sich eben bis heute Abend gedulden. Er atmete viel zu laut aus, und Tobias sah ihn fragend an. Er schien zu warten.

»Willst du reden?« Tobias warf einen kurzen Kontrollblick in Richtung Tür. Der Chef war weg, sie konnten jetzt über alles sprechen.

»Noch nicht.« Er drückte den Kloß in seinem Hals nach unten. Im gleichen Moment blitzte mindestens ein halbes Dutzend neuer Mails in seinem privaten Account auf. »Und bei euch daheim, alles okay? Wie geht es den Kindern?«

Ravi war froh, als sich Tobias in seinem Stuhl streckte, um zu einem umfassenden Bericht über Lenas und Bens Entwicklung während der letzten vier Wochen auszuholen.

3

Die grobe Leberwurst vom Frühstück war soeben in einen Dialog mit ihm getreten. Egon Gröhl spürte, dass es nicht bei einem einmaligen Lebenszeichen bleiben würde. Die zweite Tasse Kaffee war schuld daran. Die hätte er ausschlagen sollen und sich besser gleich auf den Weg gemacht. Aber so kam eines zum anderen. Regina hatte die Kanne abspülen wollen und ihm den winzigen Rest, der dann doch eine randvolle Tasse ergab, aufgenötigt. Beim Gedanken daran drückte sich ein weiterer säuerlicher Schwall aus seinem gereizten Magen die Speiseröhre hinauf. Er schluckte tapfer dagegen an und versuchte, sich abzulenken, was aber nicht recht gelingen wollte.

Entschlossen stapfte er weiter durch das halbhohe feuchte Gras und die gelben Blätter, die beinahe alles zudeckten. Durch die dünnen Sohlen seiner um die massigen Waden engen Gummistiefel konnte er die Walnüsse spüren, die knackend unter seinem Gewicht zerbrachen. Veranstalteten die Krähen im Baum über ihm daher einen solchen Krach? Aus Vorfreude auf den Festschmaus, den er ihnen mit seinem Spaziergang bereitete? Wahrscheinlich folgten sie ihm nachher über die gesamte Wiese. Es hieß ja immer, dass Krähen ganz besonders intelligente Vögel seien. Sie sammelten die harten Nüsse auf, die sie selbst aus eigener Kraft nie geöffnet bekamen, und flogen zur nahegelegenen Landstraße, um sie dort aus großer Höhe auf den Asphalt prallen zu lassen. Wenn das nicht ausreichte, warteten sie geduldig ab, bis das nächste Auto darübergerast war.

Gestern erst hatte er ein besonders großes und schönes Exemplar bei dieser Beschäftigung beobachten können, als er am Morgen mit Bronko unterwegs gewesen war. Regina hatte ihre beiden Freundinnen, Isolde und Hannelore, zum Weißwurstfrühstück mit Prosecco erwartet. Grund genug für ihn, sich für die große Runde mit dem Hund zu entscheiden.

Das Geschnatter der drei war schon nicht auszuhalten, wenn sie nüchtern waren. Nach dem Genuss von mehreren Gläsern Perlwein glich es einem furiosen Allegro aus sich überschlagenden Stimmen, die um die Oberhand rangen. Davon bekam er stets Kopfschmerzen.

Vom Knacken der berstenden Nüsse begleitet, trottete er weiter. Vielleicht kannten die Vögel mittlerweile seinen morgendlichen Weg und hatten diesen mit den Nüssen präpariert, damit er sie zertrat.

Bronko, sein von einem Hüftleiden gezeichneter Schäferhund, hockte ein Stück voraus mitten auf dem geschotterten Weg, der an den letzten Häusern entlangführte. Er starrte ihn gequält an, während seine Hinterläufe zitterten. Egon Gröhl wusste, was das bedeutete. Immer die gleiche Stelle und immer auf dem Weg, obwohl es zwei Meter weiter unter den Nussbäumen ausreichend Platz und reichlich Grün gab, um entspannt zu kacken. Ein Blick nach links zeigte, dass er auch diesmal um die lästige Pflicht nicht herumkam. Die alte Nomborn stand hinter der luftigen Gardine ihres Küchenfensters und war anscheinend überzeugt, dass sie dort niemand sehen konnte. Sie war ganz schlecht zu Fuß, wie sie jedem im Dorf ausschweifend erzählte, aber wenn er gleich weg war, würde es keine zwei Minuten dauern, bis sie kontrollierte, ob er den Haufen seines Tieres auch vorschriftsmäßig eingepackt und mitgenommen hatte.

Er hielt dem Blick seines Hundes so lange stand, bis dieser in die andere Richtung starrte, und kramte nach einem der schwarzen Beutel. Regina steckte sie ihm immer in ausreichender Menge in die tiefen Taschen seines alten Wintermantels, den er bei seinen morgendlichen Spaziergängen trug. Seine Kniegelenke knirschten beängstigend, als er sich schnaufend vorbeugte, um den dampfenden, warmen Haufen zu packen. Als Metzger im Ruhestand war er abgehärtet, aber Bronkos Hinterlassenschaften anfassen zu müssen ekelte ihn jedes Mal aufs Neue. Daher lief er gern den größeren Bogen ums Dorf. Auf den weniger frequentierten Wegen konnte er die Haufen seines Hundes getrost und ungesehen liegen lassen. Doch je nach Tagesform fiel Bronko der längere Marsch zusehends schwerer. Und da sie gestern schon die große Runde absolviert hatten, mussten sie heute die kurze Strecke gehen.

Ein Kontrollblick nach hinten bestätigte ihm, dass die Alte verschwunden war. Er ging weiter und summte zufrieden ein paar Takte eines zackigen Marsches vor sich hin, den er vorhin im Radio gehört hatte. Gleich würde er den schmiedeeisernen Zaun der Eheleute Pichel erreichen. Er war Oberstudienrat im Ruhestand, sie hatte nur gelernt, die Nase hoch zu tragen. Einmal hatte sie sich erdreistet, an einem Samstagvormittag in seiner gut gefüllten Metzgerei vor allen anwesenden Kundinnen zu behaupten, sein frischer Fleischsalat vom Donnerstag habe vergoren und die Fleischwurst vom selben Tag ranzig geschmeckt. Danach konnte er über etliche Wochen kaum noch einen Ring Fleischwurst, geschweige denn einen Becher seines selbst gemachten Fleischsalates verkaufen.

Als würde Egon Gröhl die Umgebung betrachten, drehte er sich gemächlich um und kontrollierte noch einmal beiläufig, ob er allein und ungesehen war, dann schleuderte er den prall gefüllten warmen Plastikbeutel in Richtung ihrer Terrasse. Voller Genugtuung lauschte er dem platschenden Geräusch, mit dem der Beutel gegen die große Glasfront schlug, die zum Wohnzimmer gehörte. Es war kurz nach zehn. Pichels waren um diese Zeit an jedem Wochentag im Fitnessstudio im Nachbardorf. Das wusste jeder hier, weil sie es stolz immer wieder erzählten, obwohl es keiner hören wollte.

Egon Gröhl grinste selbstzufrieden. Er liebte die morgendlichen Spaziergänge mit seinem treuen, schweigsamen Gefährten.

Bronko war bereits vorausgelaufen und kam nun wieder auf ihn zugewetzt. Anscheinend konnte die Bewegung seine Schmerzen weitgehend lindern. Erst als sein Schäferhund schon ganz nahe bei ihm war, sah Egon Gröhl, dass er etwas zwischen den Zähnen hielt, das er ihm stolz präsentierte. Dabei wahrte der Hund den gebotenen Sicherheitsabstand, um sein Fundstück nicht gleich wieder entrissen zu bekommen.

Die Kälte hatte Gröhl Tränen in die Augen getrieben. Es dauerte daher etwas, bis er erkannte, was der Köter angeschleppt hatte. Als Metzger im Ruhestand kannte er sich mit Knochen aus. Und dieser Oberschenkel stammte weder von einem Schwein noch von einem Rindvieh. Ganz frisch war er auch nicht mehr, aber gerade, als er glaubte, noch etwas Knorpel daran zu erkennen, nahm Bronko Reißaus.

»Bleib hier, du Drecksköter!« Heiser brüllte Gröhl hinter seinem Hund her, der längst nicht mehr hörte. Er hetzte über die große geräumte Fläche, auf der die Baufirma schon den geplanten Straßenverlauf mit kleinen roten Pflöcken abgesteckt hatte. An einigen Stellen war zudem die obere Erdschicht weggeschoben und abtransportiert worden. Das Areal wurde von allen in Essenheim seit Generationen nur der »Herrgottsacker« genannt, weil der Friedhof zu Zeiten seiner Urgroßeltern bis hierher gereicht hatte, wo sie jetzt das Neubaugebiet planten.

Er konnte seinen Hund in dem frischen Erdhaufen wühlen sehen. Dahinter stieg die Böschung leicht an und führte auf das Gelände des neuen Friedhofs. Bronko grub hektisch im Erdreich und bellte heiser. Was hatte ihr Bürgermeister jetzt schon wieder für eine Sauerei angezettelt?

4

Rolf sah die Einsatzwagen, und ihn beschlich sofort das ungute Gefühl, dass es etwas mit den Knochen von vorletzter Woche zu tun haben musste. Die Sirenen hatte er nicht wahrgenommen, weil er den Gehörschutz auf den Ohren trug. Der Laubbläser machte einen solchen Lärm, dass er das Brummen auch noch am Abend und in der Nacht hörte, wenn er längst in völliger Stille auf seinem Sofa lag. Das konnte nicht gesund sein. Der Jugo hatte ihn angestoßen und auf die beiden Streifenwagen gezeigt, die gerade an ihnen vorbeischossen und auf den oberen Ortsausgang zuhielten. Seiner Ansicht nach wohl wieder ein Unfall an der unübersichtlichen Einmündung auf die Landstraße in Richtung Stadecken-Elsheim. Wie oft hatte es da nicht schon Blech- und Personenschaden gegeben. Er ließ den Jugo in dem Glauben. Der hatte wirklich keine Ahnung. Von nichts! Dafür besaß er eine große Klappe und nutzte die Ablenkung, um sich schon wieder eine seiner krummen, dünnen Zigaretten zu drehen. So würden sie nie fertig werden.

Rolf fröstelte beim Gedanken an den Nachmittag in der Hütte. Gleichzeitig rauschte das Blut in seinem Schädel, als die Erinnerungen aufblitzten. Oder kam das Rauschen in seinen Ohren von Tonis Laubbläser? Der Kollege stand weiter oben an der Straße und hatte wegen des Krachs nichts mitbekommen.

Fragend starrte der Jugo ihn an. Sollte er dem Kerl jetzt etwa noch dankbar sein, dass er sich auf den Rechen gestützt die Füße platt stand und den Verkehr beobachtete? Das machte ihn rasend, zumal er nicht die Ruhe fand, das Durcheinander in seinem Kopf zu ordnen. Bestimmt kamen sie gleich zu ihm und verlangten eine Erklärung, weil ihr schlauer Chef behauptet hatte, dass er von nichts wisse und der Abriss der Hütte ganz allein ihre Aufgabe gewesen sei. Genau so würde das laufen, und am Ende war der Chef fein raus, aber ihn hatten sie im Sack. Das galt es zu verhindern, und dazu brauchte er jetzt sofort ein paar Minuten Ruhe, damit er sich einen Plan zurechtlegen konnte.

»Was schaust du so blöde? Hast du nichts zu tun? Zieh die Blätter zusammen und sorge dafür, dass sie verladen werden, bevor der Wind sie wieder dorthin weht, wo sie herkommen!«

»Hoch in den Baum?« Der Jugo grinste ihn herausfordernd an und zog ein Blättchen aus der Pappschachtel im Tabakpäckchen. Den Filter hatte er schon zwischen den Lippen geparkt.

»Werd nicht unverschämt!« Rolf wollte noch etwas ergänzen, da raste der nächste Streifenwagen an ihnen vorbei und riss einen Großteil der Blätter mit sich fort. »So eine Scheiße! Da siehst du, was passiert, wenn man nicht hinterherkommt!«

Schnell setzte er sich den Gehörschutz wieder auf und schaltete den Laubbläser ein, um endlich unbehelligt nachdenken zu können. Die leeren Augenhöhlen starrten ihn an. Der Schädel mit dem Rest Haare, die noch daran hingen. Er hatte gar nicht erkennen können, was sich noch alles unter dem gelben Sand verbarg. Sein Gehirn hatte sich quasi umgehend verabschiedet und wollte auch jetzt keinen klaren Gedanken mehr fassen.

In seiner Not war ihm nichts Besseres eingefallen, als den Chef anzurufen. In dessen Auftrag war er schließlich dort oben mit dem Abriss der verrotteten Behausung beschäftigt gewesen. Aber der Chef hatte ihm gar nicht richtig zugehört. Er hatte ihn am Telefon sofort angebrüllt. »Wegen ein paar alten, vermoderten Knochen rufst du mich an? Sieh lieber zu, dass die Hütte endlich wegkommt. Was macht ihr da draußen eigentlich den lieben langen Tag? Wahrscheinlich muss man sich von früh bis spät neben euch stellen, damit überhaupt irgendetwas gearbeitet wird! Der Friedhof ging früher noch ein gutes Stück weiter. Das werden also nicht die letzten Knochen sein, die wir dort oben finden werden. Nimm den Radlader und kipp den ganzen Kram auf die Halde neben dem Friedhof. Und vergiss nicht, am Ende noch zwei volle Baggerschaufeln saubere Erde drüberzuwerfen, sonst spielen die Kinder dort oben demnächst mit den Gebeinen ihrer Urgroßeltern, und dann kannst du dir einen neuen Job suchen. Oder ich mache den Ivo zum Vorarbeiter, der geht mir wenigstens nicht ständig auf die Nerven!«

So hatte er es dann auch gemacht. Völlig abwegig war ihm das, was der Chef gesagt hatte, in dem Moment nicht vorgekommen. Als Bürgermeister musste er ja schließlich wissen, was in einer solchen Situation zu tun war. Ganz wohl hatte er sich trotzdem nicht gefühlt und zur Sicherheit noch eine dritte Schaufel Erde darüber abgeladen. Es wäre bestimmt nicht so weit gekommen, wenn die beiden Faulenzer hier am Abrisstag nicht gekniffen hätten. Wenigstens mit Toni hätte er sich ja vernünftig beraten können. Jetzt war es zu spät, und er musste allein sehen, wie er seinen Kopf aus der Schlinge zog.

Normalerweise diente die Erde dazu, abgesackte Gräber auszugleichen. Soweit er wusste, sollte der ganze Haufen aber nach der Einebnung des Baugeländes abtransportiert werden, um am äußersten Rand der Gemarkung einen ehemaligen Kalksteinbruch zu verfüllen. Wie er den Chef kannte, wäre das unter normalen Umständen ihre nächste Aufgabe gewesen, sobald die letzten gelben Blätter von den Bäumen und der Straße runter waren. Es hätte also auch alles gut gehen können.

5

Wenn sie zu dritt zu einem Tatort unterwegs waren, fuhr Harro nie. Er beanspruchte aber den Beifahrersitz, weil der mit der Herrschaft über das Autoradio einherging. Daher lief während der Fahrt aus der Stadt heraus mal wieder SWR 4. Helene Fischer war gerade zu einem glücklichen Ende gekommen. »Keine Schwerkraft mehr. Nur noch du und ich und ein Lichtermeer. Und ein Lichtermeer, uh-oh, oh, oh. In meinem Kopf ist eine Achterbahn.« Der Moderator kündigte den neuen Hit irgendwelcher Herzbuben an. Harro schien die Melodie bereits zu kennen, er stimmte summend ein, auch wenn er nicht alle Töne traf. Am Fenster zogen scheinbar unendlich die Rebhänge entlang der Landstraße vorbei. Ravi hatte bis jetzt nicht herausbekommen, ob Harro diese Musik auch privat hörte, oder ob sie der Psychohygiene diente, als Maßnahme, um das hinter sich zu lassen, was ihr Beruf an verstörenden Grausamkeiten mit sich brachte.

Auch nach drei Jahren beim K11 spürte er auf jeder Fahrt zu einem Todesfall noch eine leichte Anspannung. Das Gefühl war nicht unwillkommen, es schärfte die Sinne und erhöhte die Konzentration. Sie waren zwar oft nicht die Ersten vor Ort, aber mit ihrem Erscheinen oblag ihnen die Verantwortung, gaben sie den Takt vor. Manchmal hatten die Schutzpolizisten bereits Anhaltspunkte für einen Mord entdeckt, oder die Kollegen vom Kriminaldauerdienst riefen sie hinzu, wenn klar war, dass weitergehende Ermittlungen eingeleitet werden mussten. Der KDD war so etwas wie der erste schnelle Einsatzwagen der Feuerwehr, sie waren der Löschzug, der danach eintraf, um dem Brand den Garaus zu machen, und der dafür sorgte, dass aus einem kleinen Tatort schnell ein großes Einsatzgebiet werden konnte, wenn die Kriminaltechnik, der Rechtsmediziner und womöglich noch eine Hundertschaft der Bereitschaftspolizei angefordert werden mussten, um das Gelände rundherum weiträumig abzusuchen.

An den Blicken der Menschen, von denen sie vor Ort in Empfang genommen wurden, war immer schon abzulesen, was sie gleich erwartete. Ravi suchte das ganz bewusst in den Gesichtern. Die offensichtlichen und die versteckten Anzeichen, die ihm halfen, sich auf die Situation vorzubereiten. Bleiche Streifenpolizisten, die zum ersten Mal das Opfer einer brutalen Gewalttat gesehen hatten und froh waren, nun, da die Kriminalpolizei übernahm, endlich Abstand halten zu können. Der starre Blick eines reglosen Angehörigen, den der Polizeiseelsorger vom Tatort zu lösen versuchte, um ihm weitere Qualen zu ersparen.

Das letzte Durchatmen im Auto brauchte er, um das zu erlangen, was jeder Tatort erforderte: eine große Ruhe und Konzentration, weil längst alles vorbei war und nicht geändert werden konnte. Sachliches Vorgehen ohne Emotionen. Sie kamen nicht her, um jemanden zu retten, dafür war es immer zu spät. Ravi wusste, dass er genau damit nicht zurechtkommen würde: mit einem Menschen, der um sein Leben kämpfte, womöglich schrie vor Schmerz und Angst, in die Augen des Sterbenden zu sehen und hilflos danebenzustehen. Diese Bilder würde er ganz sicher mit nach Hause nehmen. Die Ruhe hingegen, die ein Leichnam ausstrahlte, half ihm, die Eindrücke und selbst die Gerüche als Teil seiner Arbeit zu betrachten, den er daheim besser ausblenden konnte als vieles andere, das ihm widerfuhr.

Die Herzbuben waren noch nicht ganz fertig, als sie das Dorf erreichten. Harro summte weiterhin mit, nun aber kaum noch hörbar. Nach einem Blick auf sein Handy gab er die Informationen durch, die er während der Fahrt erhalten hatte.

»Der Hund des Zeugen hat einen menschlichen Knochen ausgegraben. Anscheinend befindet sich der Erdhaufen, in dem er gebuddelt hat, gleich neben dem Friedhofsgelände. Der Mann hat die 110 gewählt, und die Kollegen von der Polizeiinspektion sind rausgefahren, in der Annahme, dass es sich um menschliche Überreste aus einem der alten Gräber handelt, die es früher auf dem Areal gegeben hat, als der Friedhof noch größer war. Es hat sich aber schnell herausgestellt, dass die Überreste zwar schon länger im Erdreich lagen, aber doch auch wieder nicht so lange, dass man nicht genauer hinsehen sollte. Knochen, Knorpel, Sehnen und Haare, alles noch da. Und Kleidungsstücke, die nicht sonderlich alt zu sein scheinen, höchstens ein paar Jahre.« Harro sah aus dem Fenster, um sich an den Straßenschildern zu orientieren. Tobias nutzte die winzige Pause zwischen zwei Liedern, um mit einer kaum wahrnehmbaren Bewegung das Radio auszudrücken.

»Sind es nur einzelne Knochen, oder ist es ein vollständiges Skelett?« Ravi war nach vorne gerutscht und hatte sich in die Lücke zwischen den beiden Vordersitzen geschoben.

»Sie haben längst noch nicht alles zusammen, aber es scheint sich um mehr als nur ein paar verstreute Einzelteile zu handeln.«

Am Straßenrand tauchte jetzt ein Polizist auf. Er stand unter einem großen bunten Werbeschild, das familienfreundliches Wohnen am Herrgottsacker ankündigte. Als er sie sah, schleuderte er schnell seine halb aufgerauchte Zigarette hinter sich und kam ihnen entgegen. Mit ungelenken Bewegungen wies er ihnen den Weg. Tobias steuerte den Kombi durch die Zufahrtsstraße, die an ihrem Ende zum Feldweg wurde und schließlich nach rechts auf eine große offene Fläche abzweigte. Die Wiese fiel leicht nach hinten ab und grenzte an die ein paar hundert Meter weiter befindliche Wohnbebauung.

Ravis Blick fiel auf die in gleichmäßigen Abständen im Boden steckenden roten Pflöcke. »Was wird das?«

»Sieht nach Neubaugebiet aus.« Tobias lenkte den Wagen unter den ausladenden Ästen von Walnussbäumen hindurch auf eine Ansammlung von Menschen zu, die sich am hinteren Ende der freien Fläche zusammengefunden hatte. Ein halbes Dutzend unterschiedlicher Fahrzeuge parkte bereits neben den das Areal säumenden Hecken. Sie fuhren bis dicht heran.

»Wir nehmen alles mit und schauen uns das erst einmal in Ruhe an. Christian und Olaf sind vor Ort.« Harro hatte die Tür schon aufgedrückt, noch bevor der Kombi wirklich stand. Er eilte voraus, während Tobias und Ravi die beiden Koffer und den Rucksack aus dem Kofferraum holten.

Christian Schweickhart hatte sie gesehen und kam ihnen entgegengelaufen. Der Kollege von der Kriminaltechnik steckte vollständig in einem weißen Schutzanzug. Über seine Schuhe hatte er weiße Stulpen gezogen, die aufgrund der morgendlichen Feuchtigkeit bereits reichlich verdreckt aussahen. Seine langen dunkelblonden Haare, die er immer zu einem Pferdeschwanz zusammenband, waren vollständig unter der Haube verschwunden.

»Guten Morgen zusammen, herzlich willkommen zur Frühstücksleiche. Wir müssen hier lang.« Er machte eine halbe Drehung und stapfte an den aufgereihten Fahrzeugen entlang. Harro ging neben ihm. Ravi und Tobias folgten. »Wir haben direkt am Erdhaufen ziemlich gute Reifenspuren unter den Blättern sicherstellen können. Das Laub hat sie an einigen Stellen bestens gegen den Regen der letzten Tage abgeschirmt. Ich denke, daraus lässt sich etwas machen. Schweres Gerät, den Abdrücken nach vermutlich ein Bagger oder Radlader oder irgendetwas in der Art. Aber das kriegen wir raus.«

Sie steuerten auf den in unterschiedlichen Gelbschattierungen schimmernden Erdhaufen zu, der sich vor einem ausgeleierten Maschendrahtzaun über eine Breite von mehr als zehn Metern hinzog. Hinter der Begrenzung führte eine mit Efeu bewachsene Böschung sachte in die Höhe. Dort oben stand ein gutes Dutzend neugieriger Zuschauer, die zum Teil mit Gießkannen oder langstieligen Gartenwerkzeugen ausgestattet waren und sich grüppchenweise zusammengefunden hatten. Ein bisschen wie die sich langsam füllende Zuschauertribüne eines Sportplatzes, an dem die Dorfbewohner auf dem Weg zum eigenen Gartengrundstück zufällig vorbeikamen und für einen Moment stehen blieben, um den unbeholfenen Bemühungen der heimischen Fußballmannschaft zuzuschauen.

»Das ist der Friedhof?« Harro deutete mit einer knappen Kopfbewegung in Richtung der überschaubaren Menschenansammlung. Christian nickte. »Können wir das irgendwie zubekommen? Ich will nicht, dass die uns direkt auf den Schreibtisch gaffen. Oder sind wir hier in ein paar Minuten fertig, und es lohnt nicht?« Sein Grinsen war für Ravi und Tobias zu erahnen, aber nicht zu sehen.

»Die Kollegen sind schon dabei. Wir werden oben auf dem Friedhof den hinteren Teil absperren, damit haben wir Ruhe. In ein paar Minuten sind die Gaffer weg.«

Sie hatten den Erdhaufen erreicht. Davor lag eine weiße Plane ausgebreitet am Boden. Olaf Hartmann legte gerade einen weiteren Knochen darauf ab. Er war mit Mitte zwanzig der Jüngste der Kollegen und erst seit wenigen Monaten im Einsatz. Seine erhitzten Wangen leuchteten rot. Die konzentrierte Anspannung zeichnete sich deutlich auf seinem Gesicht ab.

»Guten Tag, die Damen und Herren.« Harro trat an die Plane heran, auf der die bisher gefundenen Knochen und Kleidungsreste ruhten. »Jetzt sind wir also unter die Archäologen gegangen. Römischer Legionär oder schwedischer Soldat aus dem Dreißigjährigen Krieg? Was haben wir noch für Möglichkeiten?«

Einer der beiden Schutzpolizisten lachte. Der Rest reagierte nicht auf Harros Begrüßung. Ravi stellte den Metallkoffer ab. Die Knochen waren so gruppiert, wie es dem menschlichen Körperbau entsprach. Manche Einzelteile wurden noch von Sehnen und Knorpel zusammengehalten. Das rechte Bein erweckte diesen Eindruck. Beim linken war das nicht zu erkennen. Aus einer nur noch an den Rändern blau schimmernden Hose, die wie eine Jeans aussah, ragten Teile der Fußknochen hervor. Der kleine Brustkorb und die Wirbelsäule hingen auch noch zusammen. Der Kopf fehlte. Das war kein erwachsener Toter, sondern ein Kind.

»Der Größe nach zwischen acht und zwölf Jahren, wobei ich mich mit diesen Einschätzungen immer schwertue. Die

Rechtsmedizin ist informiert. Frau Dr. Lieberknecht kommt her, sie möchte sich gern persönlich ein Bild von der Auffindesituation machen. Die Ruhe hat also bald ein Ende.« Christian verzog sein Gesicht leicht genervt.

Harro ging nicht darauf ein. Er betrachtete die auf der Plane ausgebreiteten Knochen. »Kleidung?«

»Vieles ist nur in Fetzen vorhanden, das meiste dürfte beim Transport der Überreste zerfallen sein. Dem ersten Anschein nach trug das Kind T-Shirt, Unterhemd, Unterhose, Jeans, Socken und gut erhaltene Turnschuhe von Nike in Größe 34. Es scheint genug zu sein, um die Kleidung weitgehend komplett für eine Rekonstruktion und den Abgleich mit den offenen Vermisstenfällen zusammenzubekommen.«

»Wie weit könnt ihr die Reifenspuren des Fahrzeugs zurückverfolgen?« Harro drehte sich um und ließ seinen Blick über die große freie Fläche schweifen. An einigen Stellen sah der Boden zerwühlt aus.

»Nicht so weit. Um die zehn bis fünfzehn Meter. Dann kommen so viele andere Reifenspuren dazu, dass es unübersichtlich wird. Hier haben in den letzten Tagen etliche Leute gearbeitet. Nächste Woche soll mit den Tiefbauarbeiten begonnen werden, Kanalisation und so weiter. Ist alles frisch eingemessen worden.«

Ein Kollege brachte die nächsten Fundstücke. Sie konnten es rieseln hören, als er sie vorsichtig auf der Plane ablegte.

»Sand?« Harro beugte sich hinab, um besser sehen zu können.

»Ja, an nahezu allen Überresten und den Kleidungsstücken finden sich Sandkörner. Das ist ganz anderes Material als der Rest des Erdhaufens oder der Oberboden hier.«

Tobias beugte sich hinunter, hielt aber einen Sicherheitsabstand ein, weil er sich keinen Rüffel wegen der noch fehlenden Schutzkleidung abholen wollte. Harro hielt sich selbst nicht immer an die Regeln, achtete aber bei allen anderen ganz besonders darauf.

»Der Erdhaufen besteht aus dem Unterboden. Das ist Löß,

der Staub der Eiszeiten, der schimmert immer leicht gelb. Obenauf liegt die Humusschicht, die ist dunkler. Das an den Knochen ist von der Farbe her zwar ähnlich wie der Löß, aber viel grobkörniger. Es sieht aus wie gelber Sand vom Strand.« Tobias richtete sich wieder auf, dabei war Ravi sicher, dass er die winzigen Sandkörner gern noch näher in Augenschein genommen hätte.

»Unser Geologe.« Harro verrieb ein paar der Körner zwischen Daumen sowie Zeige- und Mittelfinger.

»Nein, kein Geologe, bloß der Enkel eines erdverbundenen Weinbauern, der in den Herbstferien bei jedem Wetter mit in die Weinlese musste.«

Sie ließen die Kollegen weitermachen und gingen beiseite, um ihre Schutzanzüge anzuziehen. Wenig später waren sie vollständig eingekleidet. Ravi sah sich um, unschlüssig, wie er vorgehen sollte. Harro stand bei den beiden Kollegen, die weiter behutsam den Erdhaufen durchpflügten. Tobias hatte damit begonnen, die Dreihundertsechzig-Grad-Kamera auszupacken, und das Stativ bereits aufgestellt. Er würde vom großen Ganzen bis ins Detail alles auf Fotos festhalten, was es hier zu sehen gab, hochauflösend und sowohl horizontal als auch vertikal. Das ermöglichte ihnen, den Fundort der Leiche später, wenn nötig, aus allen Bildern dreidimensional zusammengesetzt erneut zu betrachten und die genaue Position jedes einzelnen Fundstücks zu markieren. Mit der Drohne konnte er zusätzlich Aufnahmen aus der Luft machen.

Langsam folgte er der gut sichtbaren Reifenspur, die vom Fundort der Leiche mitten auf die markierte Fläche führte. Es gab für den Abdruck im Boden vermutlich eine einfache Erklärung. Ein Bagger der Baufirma, die hier alles plan gemacht hatte, musste eine Schaufel Erde auf der Halde abgeladen und die eigentlich interessante Spur, sofern es sie zu dem Zeitpunkt überhaupt noch gegeben hatte, dabei vollständig zerstört haben: den älteren Reifenabdruck eines Pkw, in dessen Kofferraum sich die Überreste befunden hatten. Aber warum wurden sie genau hier abgeladen? Was hatte die Person bewogen, sich für diese Stelle zu entscheiden, die alles, nur kein besonders gutes Versteck darstellte? Oder sollte der Erdhaufen demnächst fortgeschafft werden? Die Knochen wären dann weg gewesen, aber bei allem blieb das Risiko, dass sie in der Zwischenzeit oder beim Abtransport doch noch entdeckt wurden.

So viele Fragen, auf die sie im Laufe des Tages hoffentlich erste Antworten finden würden. Nach einem mit kühlem Kopf ausgetüftelten Plan, um einen Mord zu vertuschen und die Überreste auf ewig verschwinden zu lassen, sah das für ihn jedenfalls nicht aus. Eher wie das ungeplante hektische Entsorgen am erstbesten Ort, der einem in den Sinn kam.

Ravi ging noch ein Stück weiter und suchte nach Hinweisen, wie es hier vor der Räumung ausgesehen hatte, als er das leise Surren der Drohne über sich vernahm. Es würde ihn nicht wundern, wenn sie durch Tobias' Luftaufnahmen einen besseren Eindruck vom ursprünglichen Gelände bekamen.

Kurz legte er den Kopf in den Nacken, weil der Lärm bedrohlich anschwoll. Gefährlich laut und viel zu nah hörte sich das an. Ein kühler Luftzug ließ ihn reflexartig zusammenzucken und in die Knie gehen. Fast wäre das Ding auf ihn herabgefallen. Suchend irrte sein Blick umher, während das Fluggefährt weiter drohend, aber etwas höher direkt über ihm hielt. Dann hatte er Tobias bei ihrem Kombi ausgemacht. Harro stand neben ihm. Beide schienen sich prächtig zu amüsieren. Harro deutete lachend in seine Richtung. Sicher bekam er die Fotos von sich mit angstgeweiteten Augen und dem Schrecken im Blick von den beiden zu Weihnachten geschenkt.

Tobias schien ein Einsehen mit ihm zu haben. Surrend gewann das Flugobjekt schnell wieder an Höhe und zog davon. Ravi richtete sich auf. An seiner Hand klebte reichlich Dreck, weil er sich mit der Rechten auf der feuchten Erde abgestützt hatte. Gezwungenermaßen rieb er sich den knirschenden Schmutz von den Handflächen – und hielt in der Bewegung inne, weil sich das so ganz anders anfühlte, als er erwartet hatte.

Abwechselnd starrte er auf seine Hände und auf die Stelle

zu seinen Füßen, in die er eben unfreiwillig hineingelangt hatte. Dann sank er auf die Knie und drückte den dichten Grasbewuchs zur Seite. Er zerrte an den grünen Büscheln, die sich leicht aus dem Untergrund herauslösen ließen. Immer größer wurde die Fläche, die er auf diese Weise freilegte. Sie leuchtete gelb. Es schien der gleiche grobe gelbe Sand zu sein, der auch an den Knochen klebte.

6

Die wulstige Narbe an seinem Hinterkopf juckte. Er zwang sich, dem Bedürfnis, die Finger tastend dorthin wandern zu lassen, nicht nachzugeben. Es änderte ja doch nichts. Quer über den gesamten Hinterkopf zog sie sich, und wenn er zu oft daran herummachte, am besten noch mit dreckigen Fingern, drohte sie sich wieder zu entzünden. Es wäre nicht das erste und bestimmt auch nicht das letzte Mal. Darum behielt er seine Hände lieber unten. Das im Falle einer Infektion notwendig werdende Ausrasieren und das sich daran anschließende tägliche Desinfizieren waren so schmerzhaft, dass es als Abschreckung ausreichte. Da er das alles allein nicht hinbekam, musste er morgens und mittags beim Doktor erscheinen, dessen Sprechstundenhilfen es auch nicht gerade erfreulich fanden, die Wunde zu reinigen und sich dabei noch beleidigen zu lassen. Es tat einfach so verdammt weh, dass er nicht an sich halten konnte. Die dicke Blonde weigerte sich seit einer der letzten Behandlungen, mit ihm zu reden, weil er sie bei einer ungelenken Abwehrbewegung ungünstig, aber nicht absichtlich unterhalb des Brustbeins getroffen hatte.

Wie lange würde das noch so weitergehen? Er schüttelte den Kopf und gab sich damit selbst die Antwort: Keiner wusste es. Die Ärzte nicht und er selbst schon gar nicht. Eigentlich sollte längst alles gut sein. Nur aus diesem Grund hatte er im Dezember letzten Jahres überhaupt zugestimmt, dass sie ihm den Schädel aufmachten. Die stetig wachsende Kugel musste raus, und sie hatten ihm versichert, dass sie alles wegmachen würden und er gute Aussichten habe, danach wieder der Alte zu sein.

Aufgesägt hatten sie ihn. Zurückgeblieben war die wulstige Narbe auf dem Hinterkopf, die ihn juckend daran erinnerte, dass es den Ärzten zwar gelungen war, ein Geschwür von der Größe eines Tischtennisballs aus seinem Schädel zu entfernen, dass dies aber leider nicht alles gewesen war. Dahinter hatte sich noch ein kleinerer Tumor in einer so verzwickten Position versteckt, dass er zuvor nicht zu sehen und auch nicht zu entfernen war. Da das Mistding sich nun bemühte, die plötzlich entstandene Lücke schnellstmöglich auszufüllen, und danach kaum Anstalten machen würde, das Wachstum einzustellen, war absehbar, ab wann er blind und bettlägerig sein würde. Nur wann alles zu Ende sein sollte, das hatten sie ihm nicht genau sagen können.

Sein rechtes Augenlid zitterte, während er sich konzentriert bemühte, alles zu beobachten, was sich dort unten abspielte. Die Gießkanne hielt er fest umklammert. Wenn er die rechte Hand zur Faust ballte, ließ das Flimmern vor seinem Augenlid erstaunlicherweise sogar ein wenig nach. Irgendwie hing alles zusammen. Nur sorgte die Kugel in seinem Kopf dafür, dass manches nicht mehr auf direktem Wege lief.

Er schrieb es dem Zufall zu, dass er gerade hier oben auf dem Friedhof gewesen war, als die Sirenen anschwollen. Im Sommer besuchte er seine Mutter jeden Tag, ab Oktober nur noch zweimal in der Woche. Hier sollten sie auch ihn begraben, ganz nah an ihr dran. Das hatte er alles notiert für den Zeitpunkt, der kommen würde. Die linke Hälfte der Familiengrabstätte, ihre Seite, bepflanzte er im Frühjahr mit einer bunten Auswahl blühender Blumen, die besonderer Pflege und regelmäßiger Wässerung bedurften, damit sie die heißen Monate unbeschadet überstanden. Im Herbst hingegen reichte ein wöchentlicher Besuch am Grab, um die herabgefallenen Blätter aufzusammeln und später dann den rechten Teil, den dichtes Dauergrün bedeckte, für den Winter fertig zu machen.

Beim Klang der Sirenen war er den Frauen nachgelaufen, hatte sich wie willenlos in den Zug der Neugierigen eingereiht, obwohl er es sonst vermied, anderen Menschen näherzukommen. Ihren Gesprächen konnte er nicht folgen, und er spürte, dass die Angst vor ihm sie ein wenig zurückweichen ließ. So stand er zwei Schritte abseits, in der Hand die Gießkanne, mit der er den Grabstein, die Inschrift und den mächtigen

Kalksteinfindling im dichten Immergrün abspülte, und starrte wie die anderen hinab auf das, was sich dort unten hinter dem Zaun und auf der großen Weite abspielte, wo sich bis vor wenigen Wochen die Gärten gedrängt hatten. Das Labyrinth der Kindheit und Jugend war getilgt. Nichts erinnerte mehr daran. Und das war gut so.

7

Tobias sah auf seine Armbanduhr. Es war schon kurz nach drei, und eigentlich waren sie mit dem meisten fertig. Die Zahl der im Einsatz befindlichen Beamten hatte sich bereits merklich reduziert. Eben gerade waren der Chef und Ravi aufgebrochen, um dem Bürgermeister der Gemeinde einen Besuch abzustatten. Sie hatten sich gewundert, dass der noch nicht von selbst aufgetaucht war, bei dem Betrieb in seinem überschaubaren Reich. So viel Besuch von außerhalb gab es hier wahrscheinlich nicht einmal während der Kirchweih.

Obwohl das Dorf hier noch groß war, gemessen an dem, was vor Tobias' eigener Haustür lag. Dort, wo er mit seiner kleinen Familie gestrandet war, sah es noch viel trostloser aus. Dreißig Kilometer weiter und nur ein Viertel der Einwohner. So fühlte sich Landidylle wirklich an. Ein Drecksnest hatten sie sich als Lebensmittelpunkt ausgesucht. Er konnte darüber nur den Kopf schütteln.

Ein Kollege, der nicht weit von ihm auf dem Boden kniete und vorsichtig den Abdruck eines Autoreifens säuberte, sah zu ihm herüber. Tobias blickte schnell wieder nach unten auf den Sand, den er systematisch von links nach rechts schaufelte, sonst hätte er den Kollegen gleich neben sich, weil er glaubte, es gelte einen Sensationsfund zu begutachten. Und dann dauerte es noch länger, bis sie hier fertig waren.

Wenn sie Todesfälle untersuchten, bei denen die Opfer Kinder waren, war die Stimmung anders als sonst. Es dauerte viel länger, bis durch die kaum vernehmbare Geschäftigkeit einer solchen Ermittlung mal wieder ein halblautes Lachen drang. Wann immer bei zu untersuchenden Gewalttaten Kinder involviert waren, hing die Arbeit auch ihm noch Tage nach, vor allem seit er selbst Nachwuchs zu Hause hatte. Automatisch projizierte er auch diesmal das Grauen, dem das Opfer vor seinem Tod sicherlich ausgesetzt gewesen war, auf den eigenen

Sohn oder die Tochter. Dabei spielte es keine Rolle, dass seine Kinder viel jünger waren. Es wollte ihm nur schwer gelingen, nicht sie im gelben Sand liegen zu sehen.

Er zwang sich, nicht gleich wieder auf die Uhr zu schauen. Seit dem letzten Mal waren höchstens ein paar Minuten vergangen. Die Knochen kamen wahrscheinlich gerade in der Gerichtsmedizin an. Frau Dr. Lieberknecht hatte ihnen einen kurzen Besuch abgestattet und sich den Fundort sowie die Überreste auf der Plane angesehen. Alles Weitere erledigte sie im Institut für Rechtsmedizin. Darüber waren alle froh. Sie verbreitete eine unangenehme Unruhe, wo immer sie auftauchte. Die Lieberknecht rauschte mit Getöse heran, fegte über alles hinweg, und ein Stoßseufzer ging durch die gesamte Mannschaft, wenn sie endlich wieder verschwunden war. Das lag zum einen an ihrer Lautstärke. Sie konnte nicht leise sprechen, geschweige denn flüstern. Ihre recht hohe Stimme war auch über größere Entfernungen auszumachen. Zum anderen hatte sie die wohl zwanghafte Angewohnheit, jedem anwesenden Beamten in der Nähe des Leichenfundortes einmal kurz über die Schulter zu schauen, um eine ihrer üblichen Maßregelungen oder wiederkehrende Verbesserungshinweise loszuwerden. »Ihr rechter Fußüberzieher hängt an der Ferse herab. Unter Umständen hinterlassen Sie so Abdrücke, die Ihr Kollege später in Gips gießt.«

Er stieß einen missbilligenden Laut aus und setzte die monotone Arbeit im Sand fort. Wenn er mit der vier Quadratmeter großen Grube fertig war, auf die er Ravi unwissentlich gestoßen hatte, stand einem geregelten Feierabend eigentlich nichts mehr im Wege. Ein Mordfall erforderte normalerweise Tag-und-Nacht-Einsatz. Die ersten vierundzwanzig Stunden waren oft entscheidend. Ließ sich in diesem knappen Zeitraum kein roter Faden finden, lavierte man in den meisten Fällen wochenlang herum, um am Ende mit leeren Händen dazustehen. Das kam hier bei ihnen allerdings selten vor, weil die Stadt Mainz und vor allem das sie umgebende rheinhessische Hügelland mit seinen Weinbergen keinen Kriminalitätsschwerpunkt markierte. Mord und Totschlag stellten in ihrem Berufsalltag Ausnahmesituationen dar. Hier starb man zwar manchmal sehr plötzlich und in mitunter befremdlich anmutenden Positionen, so wie überall, aber nur äußerst selten gab es dafür keine natürliche Erklärung.

Hätten sie die Leiche des Kindes heute Morgen noch fast warm vorgefunden, wäre das eine ganz andere Situation. Überstunden wären vorprogrammiert. Zur Not würden sie die Nacht durchmachen, um gegen Morgen für einen kurzen Schlaf und zum Frischmachen nach Hause zu fahren. Aber das hier – Tobias drehte sich kurz zum Erdhaufen am Friedhofszaun um –, das war alles, nur keine drängende Ermittlung, bei der es auf jede Minute ankam.

Zwar hatten sie im Laufe eines Tages schon einiges an Erkenntnissen gewinnen können. Die Tatsache etwa, dass sie in der Erde unter den letzten Knochen herbstlich gefärbte Blätter der umstehenden Walnussbäume und eines Ahorns entdeckt hatten, sprach eindeutig dafür, dass die sterblichen Überreste des Kindes nur etwa zwei bis drei Wochen dort gelegen hatten. Und aus der kleinen Sandgrube, die sie nach Ravis Entdeckung vollständig freigelegt hatten, stammte der gelbe Sand, den sie im Erdreich sowie an den Knochen und den Resten der Kleidung gefunden hatten. Ganz sicher war es noch nicht, aber vieles deutete darauf hin.

Wahrscheinlich würden sie trotzdem erst weiterkommen, wenn die Untersuchungsergebnisse von Frau Dr. Lieberknecht bezüglich Alter und Todeszeitpunkt des Kindes vorlagen, und damit war frühestens im Laufe des morgigen Vormittags zu rechnen. Bis dahin war es, solange sie alles gesichert und vollständig dokumentiert hatten, sinnlos, sich weiter hier oder im Büro herumzudrücken.

Dass Harro auch heute wieder kein Ende finden würde, war sonnenklar. Auf den wartete daheim in seinem Kellerverlies außer dem Kühlschrank niemand. Und in Ravi hatte der Chef nun wieder einen Gleichgesinnten an seiner Seite. Den beiden war es egal, wann sie Feierabend machen konnten. Er selbst aber hatte eine Familie, die ihn brauchte, und noch eine knappe Stunde Fahrt im Berufsverkehr vor sich. Als winziger Bestandteil eines fast endlos erscheinenden Pendlerkorsos, der sich mit Tempo fünfzig über gewundene Landstraßen schlängelte. Selbst wenn er jetzt schon aufbräche, würde es an den einspurigen Baustellenabschnitten, vor deren Ampeln sich lange Rückstaus bildeten, extrem gut laufen müssen, damit er Ben noch rechtzeitig aus der Betreuung abholen und beim Fußball abgeben könnte. Sein Sohn freute sich die ganze Woche auf das Training mit seiner Mannschaft im Nachbardorf. So wie Sara am Morgen drauf gewesen war, bekam sie das aber wieder nicht geregelt, und der Kleine würde heute Abend am Esstisch mit Tränen in den Augen fragen, wann denn das Training endlich anfinge.

Tobias spürte den Druck auf seiner Brust, der sich immer bei diesen Gedanken einstellte. Er rieb sich über das Gesicht und versuchte, dennoch ein Mindestmaß an Konzentration aufzubringen, um in dem gelben Sand nichts zu übersehen. Schaufel für Schaufel nahm er auf und ließ sie neben sich auf einen kleinen Haufen rieseln. Einen Knopf hatte er vorhin schon gefunden und in ein kleines Tütchen gepackt.

Der gelbe Sand, der an den Spielsand erinnerte, den man im Baumarkt als Sackware kaufen konnte, lag hier zwanzig Zentimeter tief. Proben davon waren schon unterwegs, um in der Rechtsmedizin und dem Labor im LKA untersucht zu werden. Außer dem einen Knopf war im Sand bis jetzt aber nichts weiter zu finden gewesen. Tobias glaubte nicht, dass der Leichnam ursprünglich hier gelegen hatte. Die tieferen Schichten, in denen er inzwischen suchte, wirkten komplett unberührt. Behutsam arbeitete er sich trotzdem weiter vor.

Es war ein Fehler gewesen, mit den beiden kleinen Kindern so weit raus aufs Land zu ziehen. Saras Krankheit war zu diesem Zeitpunkt schon offensichtlich gewesen, aber sie hatten beide gehofft, dass es nicht mehr als eine hormonelle Störung nach der Geburt ihrer Tochter sein und der Ortswechsel ihnen guttun würde. Lena und Ben sollten besser und gesünder aufwachsen, als es in der hektischen und dreckigen Stadt möglich war. Im eigenen Garten, der zusätzlich noch selbst gezogenes Obst und Gemüse bereitstellte, konnten sie spielen und die Natur kennenlernen. Heute schüttelte er den Kopf über so viel Naivität und wurde jedes Mal rasend vor Angst, wenn er Sara bei einem seiner mehrmals täglichen Kontrollanrufe nicht sofort an das Handy bekam. Nicht selten hatte er seine Frau in den letzten Wochen, nachdem er die Kinder auf dem Heimweg von der Arbeit eingesammelt hatte, im dunklen Wohnzimmer in einem halbwachen Dämmerzustand angetroffen. Das Frühstücksgeschirr stand stets noch auf dem kleinen Tisch in der Küche, und sie steckte in Nachthemd und Bademantel. »Die Kraft fehlt mir für mehr. Ich habe es einfach nicht geschafft aufzustehen. Ist es schon so spät?«

Wie sollte das erst im Winter werden, wenn die Dunkelheit noch früher kam und sie ganz gefangen nahm? Es war für ihn schwer vorstellbar, dass die Globuli ihrer Heilpraktikerin dann noch ausreichten. Seiner Ansicht nach zeigten sie ohnehin keine Wirkung. Er schluckte und versuchte, sich aus diesen Gedanken herauszuwinden. Es wollte ihm aber nicht gelingen. Wieder ergriff ihn Zorn, weil sie deswegen schon so oft gestritten hatten. Sara weigerte sich weiterhin standhaft, eine richtige Behandlung zu beginnen. »Madelaine hilft mir. Es wird schon besser. Sie hat Erfahrung damit und versprochen, dass alles wieder gut wird, wenn wir weiter mit vereinten Kräften daran arbeiten.«

Gereizt schleuderte er eine Schaufel Sand auf den Haufen neben sich und blickte sich erschrocken um, ob ihn jemand dabei beobachtet hatte. Die wenigen verbliebenen Kollegen waren zum Glück alle mit ihren eigenen Gedanken beschäftigt. Sicher planten sie auch schon den Feierabend. Er glaubte allerdings nicht, dass die sich ähnliche Sorgen machen mussten wie er. Der Beruf, der die Tage oft genug fast ganz verschlang, und die Verantwortung für seine kleine Familie, die mehr und mehr allein auf seinen Schultern lastete, drückten ihn in manchen Momenten regelrecht nieder. Er wurde rasend bei dem

Gedanken, dass er schlicht nicht wusste, wo er ansetzen sollte, um ein wenig Abhilfe zu schaffen und wieder Licht am Ende des Tunnels sehen zu können. In ihrem Garten stand das dürre Unkraut in diesem Sommer so hoch, dass die Kinder darin bequem Verstecken spielen konnten. Er konnte das nicht auch noch machen. Und um die Hypothek bis zur Rente getilgt zu haben, war Saras halbe Stelle in der Apotheke ab Januar fest eingeplant. »Ohne mich wäre alles viel einfacher für dich. Du musst eigentlich drei Kleinkinder versorgen, ganz allein. Ich bin eine Last für euch.«

Ihre von Tränen fast erstickten Worte klangen Tobias jetzt wieder in den Ohren. Das Gefühl, das sie bei ihm verursachten, nahm ihm fast die Luft. Sara brauchte dringend richtige Hilfe, auch wenn sie sich weiter weigerte, einen Arzt aufzusuchen. Zur Not musste er sie eben zwingen und sich in der kommenden Woche für einen oder zwei Tage krankmelden, um sie zu dem Fachmann zu begleiten, den er schon vor längerer Zeit ausgesucht hatte.

8

Zum Glück war die Wegstrecke sehr kurz gewesen. Es hatte sich nicht gelohnt, dafür das Radio anzumachen, und Ravi war heilfroh, nicht noch mehr freudige Schlagermusik über sich ergehen lassen zu müssen. Vielleicht stand Harro nach dem Fund der Knochen eines Kindes aber auch nicht der Sinn nach Patrick Lindner, Florian Silbereisen oder Andrea Jürgens.

Dass der Bürgermeister trotz der sicherlich in Windeseile durch das Dorf gegangenen Nachricht vom Leichenfund bisher noch nicht aufgetaucht war, hatte seinen Grund. Seine Sekretärin hatte ihnen am Telefon erklärt, er würde sich seit heute Morgen in Ingelheim aufhalten, weil dort die monatliche Sitzung des Kreistages stattfinde. Erfahrungsgemäß sei diese gegen vierzehn Uhr beendet und er daher ab fünfzehn Uhr wieder zu Hause. Jetzt war es kurz nach drei, und in der Einfahrt des gepflegten Bungalows aus den Neunzigern stand ein kleiner dunkelblauer SUV, dessen nachlaufende Lüftung verriet, dass er bis vor Kurzem noch bewegt worden war.

»Er wird schon Bescheid wissen.« Harro blickte Ravi kurz an und drückte dann die Klingel, zu der ein kleines Kameraauge gehörte. Durch die weiße Eingangstür mit blickdichten Glaseinlagen konnten sie kurz darauf Schritte hören. Ein lauwarmer Schwall abgestandener Küchenluft schlug ihnen entgegen, als die Tür geöffnet wurde. Eine Mischung aus Bratenfleisch und Kohl als Beilage. Ravi konnte das Grummeln seines Magens spüren, der sich hungrig zu Wort meldete. Ein Zeitfenster für ein Mittagessen hatte es nicht gegeben.

»Hauptkommissar Betz, guten Tag. Das ist Oberkommissar Bingenheimer. Wir sind von der Kriminalpolizei und untersuchen den Leichenfund auf der Rückseite des Friedhofsgeländes. Wir würden Ihnen gern ein paar Fragen stellen.«

»Ja, natürlich.« Der Bürgermeister reckte sich und nahm

Haltung an. Fehlte nur noch, dass er die Hand zum Gruß an die Stirn führte und die Hacken zusammenschlug. Er war groß und hager und musste etwa Anfang sechzig sein. Ein dünner, kurz gehaltener Haarkranz zog sich um die glänzende Freifläche auf seinem Kopf. Die Zeit daheim hatte anscheinend noch nicht ausgereicht, um in bequeme Freizeitkleidung für den Feierabend zu wechseln. Er trug einen dunkelblauen Anzug, dessen Sakko etwas zu groß wirkte. Seine schwarz-gold gestreifte Krawatte zum hellblauen Hemd hatte er über die Schulter nach hinten gelegt, wohl um sie davor zu bewahren, in die Bratensoße zu fallen. Seine Füße steckten in ausgetretenen Birkenstocksandalen. »Bitte entschuldigen Sie. Mein Name ist Horst Medinger. Ich bin seit sieben Jahren hier der Bürgermeister. Kommen Sie doch herein.« Er trat zur Seite. »Ich hatte heute den ganzen Tag dienstlich in Ingelheim zu tun, sonst wäre ich längst zu Ihnen gekommen. Meine Mitarbeiterin hat mir eben erst Bescheid gegeben.«

Ravi trat hinter Harro in den dunklen, braun gefliesten Flur, in dem der schale Essensgeruch intensiver wurde.

»Gehen Sie weiter durch. Wir setzen uns in das Wohnzimmer.«

Sie passierten die Küche und erreichten gleich darauf das große Wohnzimmer, dessen breite Fensterfront den Blick in ein kurzes Stück Garten zuließ, das schon nach wenigen Metern von dichten Hecken und einer Trauerweide begrenzt wurde. Schwere hellbeige Ledersessel und ein Zweisitzer, gruppiert um einen niedrigen Couchtisch, nahmen sie auf. Das Material quietschte bei jeder Bewegung.

»Darf ich Ihnen etwas anbieten? Ein Wasser oder eine Tasse Kaffee? Ich habe mir gerade mein Mittagessen warm gemacht.« Medinger nickte in Richtung der Küche und rutschte auf seinem Sessel hin und her, bis er endlich eine gute Sitzposition gefunden hatte. Seine glänzende Kopfhaut leuchtete fleckig rot. Er schien sich größte Mühe beim Sprechen zu geben, konnte aber nicht verhindern, dass er bei den meisten Zischlauten mit der Zunge sachte an die Schneidezähne stieß.

Ravi lehnte dankend ab, Harro schüttelte den Kopf. Er würde gleich das Gespräch führen, doch zunächst schwieg er. Ravi kannte das. Den Auftakt beanspruchte der Chef für sich, und dazu gehörte der gedehnte Moment der betretenen Stille. Dabei ließ er seinen Blick langsam durch den Raum wandern, so als ob er nach etwas Bestimmtem suchen würde. Die Stille hielten die meisten nur schwer aus. Oft fingen die Menschen, die sie befragten, von ganz allein an zu reden. Der Chef hörte sich alles kommentarlos und scheinbar desinteressiert an, um nach einer weiteren Phase des Schweigens schließlich die Frage zu stellen, die er sich für den Beginn zurechtgelegt hatte. Auf das, was der Befragte von sich aus erzählt hatte, kam er dann im Gesprächsverlauf immer wieder zurück.

»Unsere fleißigen Gemeindemitarbeiter haben das Gelände geräumt. Wir schaffen die Grundlagen für den von der nächsten Generation im Dorf dringend benötigten Wohnraum. Durch die Entwicklung der Grundstückspreise in den letzten Jahren kann sich eine junge Familie ja leider kaum noch ein Baugrundstück leisten. Die Fläche gehört der Gemeinde, und die Bauplätze werden streng nach sozialen Kriterien vergeben, die wir alle zusammen im Gemeinderat erarbeitet haben. Unser Herrgottsacker wird ein Vorzeigeprojekt in der ganzen Region.« Ein kurzes Quietschen des Leders begleitete seine erneute Veränderung der Sitzposition. »Mit der Erschließung, dem Bau der Kanalisation und der Straßen sind wir nun unverschuldet leicht in Verzug geraten. In den heutigen Zeiten lassen die Baufirmen einen selbst bei einem stattlichen Auftrag am langen Arm verhungern. Aber jetzt geht es richtig los.« Er reckte sich wie zur Bestätigung in die Höhe. Sein Schlips hing weiterhin quer über der Schulter. »Im kommenden Sommer sind Kommunalwahlen. Bis dahin sollen die ersten Rohbauten stehen.« Medinger setzte ein Lächeln auf, das ihnen wohl Verständnis abringen sollte. Unsicher ging sein Blick mehrmals zwischen ihnen hin und her und blieb dann wieder an Harro hängen, den er zu Recht als den ausgemacht hatte, der hier das Sagen hatte.

Ravi wusste, dass es nicht nur an seinem Alter lag. Wenn

er sich bei einem Gespräch noch nicht mit einer Frage eingebracht oder anderweitig zu Wort gemeldet hatte, geschah es nicht selten, dass Zeugen ihre bereits gemachten Aussagen noch einmal in einfachen Worten für ihn wiederholten. Verständliche Dreiwortsätze, überdeutlich artikuliert, so als ob sie einem Zweijährigen darlegten, warum es besser war, den Bastelkleister aufs Papier zu schmieren und nicht vom Pinsel abzulecken. Dem folgte dann oft genug der mit einem verständnisvollen Lächeln vorgebrachte erklärende Nachsatz: »Damit Sie das auch verstehen.« Eine Zeit lang hatte sich Harro prächtig darüber amüsiert und Gespräche zwischen ihnen gern selbst mit einem lang gezogenen »Damit Sie das auch verstehen« beendet.

»Wer ist für den Erdhaufen am Friedhofsgelände verantwortlich?«

Der Bürgermeister schluckte, und das Lächeln verschwand. »Die Gemeinde.« Er wartete einen Moment und ergänzte: »Es ist der überschüssige Aushub der Gräber. Wir lagern ihn etwas abseits des Geländes.«

»Wie müssen wir uns das Areal vorstellen, bevor es geräumt wurde?«

Medinger schien zu überlegen. Er zuckte kaum wahrnehmbar mit den Schultern. »Ein buntes Nebeneinander von kleinen und größeren Gärten, die alle schon viele Jahre lang nicht mehr richtig bewirtschaftet worden sind. Einige Grundstücke waren komplett zugewachsen mit Hecken und Gehölz. Da haben meine Mitarbeiter ganz schön zu tun gehabt, bis das alles weg war.« Er unterbrach seinen Bericht und schien kurz zu überlegen, was er eigentlich sagen wollte. Schnell hatte er die Richtung wiedergefunden. »Die alten Leute waren froh, dass wir ihnen die Last der Pflege und die Verantwortung für die Räumung abgenommen haben. Kaum einer von denen hätte sich noch selbst darum kümmern können. Darin sehe ich als Bürgermeister meine wichtigste Aufgabe. Ich will auf die Menschen zugehen und sie dort unterstützen, wo es notwendig ist.«

Harro rutschte quietschend auf seinem Sessel hin und her.

An seinem Gesichtsausdruck war mehr als deutlich abzulesen, dass er keine Lust hatte, aus der Befragung eine Generalprobe für einen Wahlkampfauftritt werden zu lassen.

»Wer hat das Gelände geräumt?«

Auf Medingers Gesicht blitzte eine leichte Verunsicherung auf. Die Antwort darauf hatte er ihnen doch erst vor wenigen Minuten gänzlich ungefragt gegeben. Im selben Moment schien er zu bemerken, dass seine Krawatte sich nicht dort befand, wo sie ihrem Zweck nach eigentlich hingehörte. Sichtlich froh über diese Ablenkung, lachte er auf und zog sich den Schlips von der Schulter. »Meine Frau kann sehr ungehalten sein, wenn ich die Bratensoße darauf verteile.«

Harro schnaufte ungeduldig.

»Unsere Gemeindemitarbeiter für die Grünflächenpflege haben die letzten Gärten gerade noch rechtzeitig eingeebnet, bevor die Straßen vergangene Woche eingemessen wurden«, beeilte Medinger sich zu sagen. »Ab kommender Woche soll dann –«

»Wann und wer genau?«, fuhr Harro barsch in die wolkigen Beschreibungen des Bürgermeisters. Der blickte ihn erstaunt an. Ein aufheulender Motor und dumpfe Bassschläge, die selbst durch die geschlossenen Fenster gut zu vernehmen waren, ließen ihn aufhorchen und enthoben ihn scheinbar einer Antwort. Ravi registrierte, dass sich auf Medingers Oberlippe kleine Schweißperlen bildeten.

Unsicher drehte sich der Bürgermeister zur Seite und versuchte, durch das Terrassenfenster den Ursprung des Lärms auszumachen. Wobei sein Gesicht deutlich verriet, dass er längst schon wusste, was dort draußen vor sich ging. Knatternd sprang in diesem Moment der lärmende Zweitakter einer Heckenschere an, und nur einen Augenblick später erschienen zwei in leuchtendes Orange gekleidete Männer, die sich ohne großes Federlesen an der Hecke im hinteren Bereich des kleinen Gartens zu schaffen machten.

Harro deutete Medingers verkniffenen Blick richtig. »Das sind also die gesuchten Herren?«

»Ich begleite Sie zu ihnen.« Der Bürgermeister wollte sich erheben, doch Harro gab Ravi einen Wink und bedeutete Medinger, dass er sich wieder setzen solle.

»Mein Kollege ist durchaus in der Lage, den Weg allein zu finden. Vielleicht können Sie mir so lange dabei helfen zu ermitteln, wem das eine oder andere Grundstück im oberen Bereich des Areals gehört hat.«

Ravi, der bereits aufgestanden und auf dem Weg nach draußen war, vernahm Medingers Antwort schon nicht mehr.

9

Mit ein paar schnellen Schritten war Ravi um die erste Hausecke herum. Das Gartentürchen stand offen, und auf dem Pritschenwagen davor lag bereits ein kleiner Haufen Grünschnitt von den Hecken des Bürgermeisters. Aus dem Garten, den er jetzt erreichte, waren laute Stimmen zu hören. Die Männer brüllten sich an, um den Lärm des Arbeitsgerätes zu übertönen.

»Schlaf nicht ein! Nach so vielen Tagen daheim auf der Couch müsstest du eigentlich ausgeruht sein. Du liegst dich noch wund, wenn du so weitermachst!«

Das schallende Gelächter, das auf diese Worte folgte, wurde etwas dünner, als der Mann mit der Heckenschere ihn erblickte. Der zweite, kleinere, der mit dem Rücken zu Ravi stand, hatte ihn noch nicht gesehen. Er kicherte weiter.

»Ivo, Verwandtschaft!« Der mit der Heckenschere wies auf Ravi, grinste vergnügt und wartete auf die Reaktion seines Kollegen, der sich jetzt umdrehte und genervt mit den Augen rollte.

»Toni, ich bin Serbe, kein Jugo und auch kein Inder! Das wirst du nie verstehen.« Mit einer abwehrenden Handbewegung trat er auf Ravi zu. »Wir kaufen nichts, da musst du oben am Hauseingang klingeln! Aber der hat einen Igel in der Tasche.«

Beide Männer lachten spöttisch. Ravi, der sich nicht von der Stelle rührte, kostete die Situation einen Moment lang schweigend aus, weil er jetzt schon wusste, wie dämlich die beiden gleich dreinschauen würden. Der groß gewachsene Mann namens Toni, der plump und ein wenig unbeholfen wirkte, ließ den Motor der Heckenschere aufheulen und starrte ihn herausfordernd an. Ivo wirkte klein und erweckte nicht den Eindruck, als ob er sein ganzes Leben mit körperlicher Arbeit verbracht hatte. Ravi schätzte Toni auf knapp über fünfzig, Ivo sah gut zehn Jahre jünger aus.

»Bingenheimer, Kriminalpolizei. Ich habe ein paar Fragen an Sie beide.« Er lächelte freundlich und hätte gern den Kopf wippend dazu hin und her bewegt, um dem Stereotyp des Inders zu entsprechen. Da er nicht glaubte, dass sie diese Form der Ironie verstehen würden, unterließ er es.

Toni blickte jetzt tatsächlich ziemlich dümmlich drein. Sein Mund stand offen, und es fehlte nicht viel, dann wäre auch noch seine Zunge herausgefallen. Ivo hingegen schien die Situation zu amüsieren. Er schmunzelte.

»Sie werden wahrscheinlich ahnen, warum ich hier bin?«

Beide standen sie wie angewurzelt da und starrten ihn an, als würden sie noch grübeln, welcher Galaxie er entsprungen war. Die einzelnen Bauteile, aus denen sich ihr Gegenüber zusammensetzte, schienen sie zu verwirren: akzentfreie deutsche Sprache mit leichter regionaler Färbung, südasiatisches Aussehen, deutscher Name, Kripo. Was konnte da nicht stimmen? Toni warf einen schnellen Blick in Richtung der Terrassenfront seines Chefs. Die Hoffnung schien ihn zu leiten, dass von dort die Auflösung dieses verworrenen Rätsels kommen würde. Als dem nicht so war, schüttelte er vorsichtshalber den Kopf. Ivo fand als Erster die Sprache wieder.

»Keine Ahnung, aber wir haben heute Morgen die vielen Polizeiwagen gesehen, die in Richtung Ortsausgang unterwegs waren.« Er kramte in seiner Hosentasche und holte ein abgegriffenes Tabakpäckchen hervor.

»Können Sie den Motor ausmachen, damit wir uns nicht anbrüllen müssen?« Ravi deutete auf die Heckenschere in Tonis Händen, die noch immer munter vor sich hin knatterte.

Das Geräusch erstarb. Kurz war es still, so als würde alles um sie herum verharren, dann setzte leises Vogelgezwitscher ein.

Ravi trat näher. »Am Rand des geplanten Neubaugebietes haben wir die sterblichen Überreste eines jungen Menschen gefunden. Die Person ist schon länger tot, wie lange genau, wissen wir noch nicht, aber an dieser Stelle lag sie erst seit ein paar Tagen oder maximal zwei bis drei Wochen.« Er ließ seine

Worte wirken und beobachtete die beiden. Ihre Gesichter verrieten wenig.

»Da waren wir schon länger nicht mehr.« Toni sah zu Ivo, der bestätigend nickte.

»Es ist dort aber doch alles von Ihnen geräumt worden? Die Gärten und die Aufbauten?« Ravi blickte andeutungsweise in Richtung der gläsernen Terrassenfront, hinter der Harro mit Medinger sprach.

»Ja, ja.« Ivo hatte die dünne und leicht gekrümmte selbst gedrehte Zigarette schon im Mund. Sie war noch nicht angezündet. »Bucklig und krumm durften wir uns arbeiten, nur um alles rechtzeitig fertig zu haben. Und am Ende sollten wir auch noch die Gefahrgutentsorgung übernehmen. Der Schuppen auf dem letzten Grundstück war voll mit gefährlichem Zeug. Aber das hat sich unser lieber Bürgermeister so vorgestellt. Wir sind nicht sein Abrisskommando und auch nicht die Spezialeinheit für alle Arten von Sondermüll.« Er zog verächtlich die Mundwinkel nach unten und verstaute den Tabak mit einer umständlichen Bewegung wieder in der Hosentasche. »Säckeweise Batterien, Farbeimer, Gift und Asbest. Und wir sollten alles rausschaffen und abtransportieren. Ohne Schutzkleidung und am besten noch im Laufschritt, weil ja die Baufirma jeden Moment hätte kommen können.« Er richtete sich auf und hielt die Hand schützend vor das Feuerzeug und die Zigarettenspitze. Das Knistern der Flamme, die das dünne Papier entzündete, war in der Stille des Moments deutlich zu hören. Dann sog er tief den Rauch ein.

Toni stand schweigend daneben. Das Mitteilungsbedürfnis schien bei diesem Duo sehr ungleich verteilt zu sein. Aber vielleicht war dem Mann mit der Heckenschere ja doch noch der eine oder andere Satz zu entlocken. Ravi sah ihn prüfend an. Manch einen schüchterte das ein und machte ihn vollends sprachlos. Hin und wieder bedurfte es aber auch genau dieses Anstoßes, um den Stein ins Rollen zu bringen. Wobei er von Toni alles, nur keine wortgewaltigen Erzählungen erwartete.

Daher wunderte es ihn auch nicht, dass Ivo das Schweigen beendete.

»Toni hat sich krankgemeldet. So richtig mit Arzt und Schein. Du hast Husten gehabt.« Toni nickte schnell. Dankbarkeit sprach aus seinem Blick, dass Ivo alles so treffend auszudrücken vermochte. Jetzt wollte er Ivos Aussage aber auch bestätigen.

»Mein Vater ist an Lungenkrebs gestorben. Der war Dachdecker. Ich muss husten, wenn ich Asbestplatten nur sehe. Die fasse ich nicht an. Nie im Leben, auch nicht für viel Geld.« Toni hatte eine dunkle Stimme.

»Und ich bin einfach nicht mehr gekommen. Ich lass mich nicht ausbeuten, und allein mit Rolf kann ich nicht arbeiten. Der ist schlimmer als ein Kameltreiber.« Ivo sah Ravi abwägend an. Er schien sich nicht sicher zu sein, ob er dem eindeutig fremdländisch aussehenden Polizisten gegenüber von Kameltreibern hätte sprechen sollen.

»Ohne Krankmeldung?«

Er winkte ab. »Die bringe ich noch.«

»Und wer hat nun die riesige Fläche dort oben freigeräumt?« Ravi sah die beiden fragend an. »Eine Person allein? Dieser Rolf? Ist der so etwas wie der Hulk von euch drei Avengers?«

Ivo blies schnaufend weißen Rauch aus und lachte. Auch Toni musste grinsen. Beide schienen ihn jetzt für leicht begriffsstutzig zu halten. Das war nach Ravis Erfahrung mitunter eine gute Basis, auf deren Grundlage gern und freigiebig erklärt und berichtet wurde. Und ein wenig dieser Freigiebigkeit benötigte er, um endlich die Abläufe hinsichtlich der Rodung des Gebietes und des Abtransports all dessen, was wann, wo und von wem gefunden worden war, zu überblicken.

»Also«, Ivo sprach langsam und betont weiter, »den größten Teil haben wir schon im Sommer gemacht. Es war nur noch der eine Garten übrig. Der schlimmste von allen. Da durften wir aber noch nicht ran. Es gab Probleme. Weil keine Erben da waren oder so ähnlich. Erst als das geklärt war, konnte es losgehen. Aber ohne uns.«

»Also hat Ihr Kollege alles ausgeräumt und diese letzte Hütte allein abgerissen?«

Beide nickten. Sie schienen nicht ganz unglücklich darüber zu sein, dass sich ihr Gegenüber jetzt für ihren Kollegen interessierte.

Ravi blickte sich demonstrativ suchend um. »Und dieser Rolf, der ist jetzt wo?«

Nach einem verstohlenen Kontrollblick in Richtung der Terrassenfront schnipste Ivo den noch glimmenden Zigarettenstummel in die Hecke. »Der hat sich vorhin krankgemeldet. Ganz plötzlich war ihm schlecht.« Zufrieden steckte er die Hände in die Hosentaschen und wippte auf den Zehenspitzen auf und ab.

Ravi hörte Schritte und drehte sich um. Harro hatte das Gartentürchen erreicht und schaute ihn fragend an. Bist du so weit? Ich hab, was ich wollte, sagte dieser Blick.

»Rolf?«

Sein Kollege nickte.

10

Die Ermittlungen in einer so kleinen Gemeinde hatten unbestreitbar auch ihre Vorteile: kurze Distanzen. Ravi musste schmunzeln. Harro war zu sehr mit seinem Handy beschäftigt, als dass er sich um die musikalische Beschallung ihres Weges in eine schmale Sackgasse nur wenige hundert Meter weiter hätte kümmern können.

»Tobias hat vor ein paar Minuten geschrieben. Er ist fertig und würde dann jetzt nach Hause fahren, sofern wir nichts mehr für ihn haben.« Harro blickte ihn fragend von der Seite an. »Es spricht eigentlich nichts dagegen. Wir müssen ohnehin auf die Ergebnisse aus der Rechtsmedizin warten. Wir zwei beiden können ja nachher noch rasch einen Blick in die Vermisstendatenbank werfen. Ohne eine Eingrenzung des Alters ist das zwar wie die Suche nach der Stecknadel im Heuhaufen, aber wer weiß. Offene Vermisstenfälle hier in der unmittelbaren Umgebung gibt es nach Aussage des Bürgermeisters jedenfalls nicht.«

Ravi nickte und überlegte, ob es eine gute Entscheidung gewesen war, den Kombi in dieses enge Gässchen zu steuern. An beiden Seiten drohten die Seitenspiegel die schroffe Hauswand zu berühren. Abhauen konnte ihr nächster Gesprächspartner so jedenfalls nur schwerlich, und sie selbst würden gleich üble Verrenkungen ausführen müssen, um aus dem Auto herauszukommen.

Harro tippte weiter hoch konzentriert mit seinen dicken Fingern auf den viel zu kleinen Buchstabenfeldern herum. »Trotzdem sollten wir uns gleich noch mal kurz oben am Friedhofsgelände treffen. Dann sind wir alle auf dem gleichen Stand, und Tobias kann sich auf den Heimweg machen. Den Rest erledigen wir allein, oder hast du noch Termine?« Harro grinste ihn an.

Ravi antwortete nicht, weil er wusste, dass Harro keine Antwort erwartete. Außerdem hatte er keine Einwände. Solange er ihm später ein paar Minuten ließ, um seine privaten Mails zu prüfen, war alles in Ordnung. Noch war die Nachricht, die er so sehnlich erwartete, nämlich nicht angekommen.

Das musste das Haus sein. Das Ende der Gasse markierte ein dunkelbraunes Holztor, dessen Latten sich zum Teil schon aufgelöst hatten und an den Ecken einen Blick auf den asphaltierten Hof zuließen. Ravi stellte den Motor ab. Er war dankbar für jede Ablenkung, die es ihm ermöglichte, seine insgeheimen Mutmaßungen über fehlgeleitete Nachrichten und Buchstabendreher in Mailadressen gar nicht erst anstellen zu können.

Harro schlängelte sich umständlich aus der nur einen Spaltbreit geöffneten Beifahrertür. Er stöhnte auf. »Du hättest ruhig noch etwas näher an deine Seite ranfahren können. Ich habe locker fünfundzwanzig Kilo mehr auf den Rippen als du! Und gelenkiger bist du mit Anfang dreißig auch.«

Die weiteren gebrummten Unmutsbekundungen konnte Ravi nicht mehr hören, weil der alte Mann die Tür bereits wieder zugeschlagen hatte und mit schnellen Schritten auf das Hoftor zusteuerte. Ravi folgte ihm die wenigen Meter die Gasse hinab. Im Gehen zupfte Harro seine schwarze Lederjacke zurecht, sodass das Halfter und die Walther P99 darin gut zu sehen waren. Nach dem wortreichen, aber ergebnisarmen Besuch bei Medinger schien der Chef hier schneller zu konkreten Antworten kommen zu wollen.

Da es keine Klingel gab, hämmerte Harro mit der Faust erst leicht und dann immer fester gegen die wackeligen Holzbretter. Das Tor war kaum zwei Meter hoch, hing aber recht windschief in den rostigen Angeln. Und das Obergeschoss des Hauses, das sie sehen konnten, vermittelte nicht den Eindruck, dass der Rest besser in Schuss war.

In der kurzen Pause, die Harro vor der nächsten Kaskade einlegte, konnten sie deutlich das Öffnen einer Haustür vernehmen, dann das schlurfende Geräusch von Hausschuhen auf rauem Asphalt.

»Ja, ja. Ich komme doch schon. Du schlägst mir noch das Hoftor ein, wenn du so weitermachst. Eine alte Frau ist nun mal kein D-Zug!« Der Schlüssel wurde mehrmals im Schloss herumgedreht und dann die Tür nur so weit aufgezogen, dass man gerade hinausschauen konnte.

Eine kleine alte Frau stand gekrümmt vor ihnen. Sie steckte in einer bunten, kleinblumig bedruckten Kittelschürze, die den größten Teil ihrer ehemals strahlenden Farbigkeit längst eingebüßt hatte. Ihre lichten grauen Haare waren streng nach hinten gekämmt und zu einem Dutt zusammengerollt. Die viel zu große Brille auf ihrer kleinen, spitzen Nase offenbarte, dass ihr Gesicht nicht immer so hager gewesen war. Sie reichte Ravi gerade bis zur Brust und sah sie von unten herausfordernd an.

»Und jetzt?« Sie schmatzte. Ihr Gebiss schien sie in der Eile nicht gefunden zu haben. »Was ist so wichtig, dass man mir das Hoftor eintreten muss?« Harros und Ravis Auftauchen schien sie nicht im Mindesten zu beeindrucken. Sie wich keinen Zentimeter zurück und hielt die Tür fest, um sie im Notfall sofort wieder zudrücken zu können.

»Frau Hassinger? Wir möchten zu Ihrem Sohn Rolf. Ist er daheim?«

»Auf der Arbeit. Den Strom haben sie doch letzte Woche schon abgelesen!« Sie sprach in einer Lautstärke, dass Harro intuitiv einen halben Schritt zurück machte. Anscheinend befürchtete er ernste Gehörschäden.

»Können wir Ihren Sohn telefonisch erreichen? Wir sind von der Polizei und haben ein paar Fragen an ihn.« Harro hatte seinen Ton dem ihren angepasst und beugte sich zusätzlich ein wenig vor.

»Der Junge hat nichts angestellt! Der geht brav jeden Tag zur Arbeit und kommt danach heim. Dummheiten macht der keine mehr!« Sie hatte den Zeigefinger in die Höhe gestreckt und fuchtelte damit wild vor Harros Nase herum. »Also lassen Sie ihn gefälligst in Ruhe. Ich kann allein auf ihn aufpassen, und das mache ich auch.«

Der Chef verhinderte mit sanftem Gegendruck seiner rechten Hand, dass sie die Tür wieder schloss. Die Alte schrie empört auf. »Verschwinden Sie!«

Harro blieb ruhig, er hatte wohl mit mehr gerechnet. »Wir müssen nur mit ihm sprechen. Es geht um Dinge, die er nicht zu verantworten hat. Er würde uns damit sehr helfen.«

Während Harro um Deeskalation bemüht war und sie weiter erfolglos gegen das offene Hoftor drückte, um die Eindringlinge wieder loszuwerden, fing Ravi aus den Augenwinkeln eine Bewegung ein. Es war eigentlich nur ein Schatten hinter dem Fenster über der Haustür, zu der gleich rechts neben dem Hoftor ein paar Stufen ausgetretenen roten Sandsteins hinaufführten. Er gab dem Drang nicht nach, den Kopf in diese Richtung zu bewegen. Der Beobachter hinter dem Fenster sollte sich in Sicherheit wiegen.

Ravi sagte ganz leise, in der Hoffnung, dass sie das beruhigte und sie ihn dennoch ausreichend gut verstehen würde: »Wir wissen, dass Ihr Sohn hier ist. Also bitte lassen Sie uns herein und sagen Sie ihm Bescheid, dass wir draußen im Hof auf ihn warten.« Jetzt schaute er wie beiläufig an der Hauswand entlang und zur Gardine hinter dem Fenster. Es war nicht zu erkennen, ob dort oben noch immer jemand stand, der sie beobachtete. Ravi war sich dennoch sicher, dass er sich nicht getäuscht hatte.

»Hauen Sie endlich ab! Ich muss Sie nicht hereinlassen, wenn ich das nicht will. Und ich habe schon mehrmals gesagt, dass Sie mich in Ruhe lassen sollen.«

Deutlich war aus dem hinteren Teil des Hofes in diesem Moment ein blechernes Geräusch zu hören. Harro schob die Frau zur Seite und legte im Laufen seine rechte Hand auf die Dienstwaffe. Ihr hysterisches Kreischen nahm nun ohrenbetäubende Ausmaße an. Es klang nach einem Probemanöver der dörflichen Feuerwehr, das von der Sirene im Spritzenhaus direkt neben ihnen angekündigt wurde.

»Hilfe! Ich werde überfallen! Hilfe!«

Ravi folgte dem Chef an der offen stehenden Eingangstür

vorbei und um die Hausecke bis zu der Stelle, wo sich der kleine, von den hohen Außenwänden der Nachbargebäude eingefasste Hof ein wenig öffnete. Ein gedrungener Anbau kam in den Blick, auf dessen rostigem Wellblechdach ein Mann mit grauen, zurückgekämmten Haaren gebeugt ausharrte. Das Fenster zwei Meter über ihm stand offen, und er verzog das Gesicht zu einer schmerzverzerrten Grimasse. Mit der einen Hand stützte er sich auf dem Blechdach ab, die andere umfasste den Unterschenkel seines rechten Beins. Harro nestelte demonstrativ am Griff seiner Pistole.

»Rolf Hassinger, kommen Sie da runter.« Ein klarer Befehl. »Und bitte sagen Sie Ihrer Mutter, dass sie aufhören soll zu schreien. Sonst haben wir hier gleich mehrere Streifenwagen und ein halbes Revier im Einsatz.«

»Ist gut, Mutter!«, rief Hassinger und stöhnte auf.

»Schaffen Sie es allein nach unten? Oder sollen wir Hilfe holen?«

»Nein, es geht schon.« Er setzte sich umständlich auf den Hosenboden, um das Bein nicht zu belasten. »Im Schuppen ist eine Leiter. Wenn Sie die anstellen könnten, dann komme ich runter.«

Harro gab Ravi einen knappen Wink. »Und Sie bleiben da oben so lange sitzen.«

Immerhin herrschte jetzt Ruhe. Die Mutter schlurfte langsam heran und schüttelte fortwährend den Kopf. Sie bewegte die Lippen, ohne jedoch einen Ton von sich zu geben. Das änderte sich erst, als sie um die Ecke herum war und ihren Sohn auf dem Dach des Anbaus erblickte.

»Junge, Junge.« Sie seufzte. »Jetzt war doch so lange alles gut. Warum musst du denn wieder anfangen, Dummheiten zu machen?« Sie kniff die Augen zusammen, um ihren flüchtigen Sprössling ins Visier zu nehmen. Die Stärke der Brille schien das nur bedingt zu gewährleisten.

»Mutter, es ist alles in Ordnung. Ich habe nichts getan. Bitte geh rein und lass mich hier in Ruhe mit den Polizisten reden. Du wirst sehen, dann wird alles wieder gut werden.«

Sie überlegte kurz und tat dann, wie ihr geheißen. Gebeugt schlappte sie in Richtung der Haustür, die sie in dem Moment schallend zuschlug, als Ravi mit der Aluleiter aus dem Schuppen trat.

»Nettes Motorrad. Kawasaki Ninja?« Er stellte die Leiter an und trat einen Schritt zurück, damit er den Mann auf dem Dach sehen konnte. »Hundert PS?«

»Hunderteinunddreißig. Ninja ZX Performance.« Rolf Hassinger lächelte ein wenig gequält und schob sich mühsam vorwärts in Richtung Dachkante.

»Geile Kiste.« Ravi bemühte sich um einen Kennerblick. Er hatte in seinem ganzen Leben noch nie mehr als ein Zwölf-Gang-Rad besessen. Sein aktuelles Damenrad verfügte lediglich über drei. Trotzdem hatte er im Schuppen schnell ein paar Fotos von der Maschine und dem Nummernschild gemacht. Die Kollegen von der Autobahnpolizei hatten sich vor ein paar Wochen ein haarsträubendes Wettrennen mit dem Fahrer eines grünen Motorrads geliefert, das es in der Spitze auf annähernd dreihundert Stundenkilometer gebracht hatte und die beiden ihn verfolgenden Streifenwagen letztlich abhängen konnte. Vielleicht war Hassinger ja zufällig ihr Mann.

»Noch kein Jahr alt. Man findet aber kaum Strecken, wo man sie mal ausfahren kann. Vorletzte Woche war ich auf dem Nürburgring.« Der Gedanke daran zauberte Rolf Hassinger ein seliges Lächeln ins Gesicht. So selig, dass ihm der Weg über die Leiter nach unten dadurch kaum noch Schmerzen zu bereiten schien.

»Karlsson vom Dach. Herzlich willkommen zurück auf der Erde.« Harro griente breit.

Rolfs irritiertem Gesichtsausdruck konnten sie entnehmen, dass er mit Astrid Lindgrens Streiche spielendem Helden mit dem Propeller auf dem Rücken nichts anzufangen wusste.

»Ein etwas holpriger Start, aber vielleicht können wir doch noch vernünftig miteinander reden. Dann ist das hier ganz schnell beendet.« Harro hatte augenscheinlich wenig Lust auf ein vorsichtiges Taktieren, er kam gleich zur Sache. »Wir waren eben bei Herrn Medinger, Ihrem Chef, und der hat uns erklärt, dass Sie den letzten Kleingarten samt Hütte dort oben im projektierten Baugebiet ganz allein geräumt haben. Über mehrere Tage. Gehe ich recht in der Annahme, dass Sie dabei auf menschliche Knochen gestoßen sind, die Sie kurzerhand auf der Halde am Friedhofsgelände abgeladen haben?«

Rolf schien sich nun wieder des Schmerzes zu erinnern, der ihn bis eben arg geplagt hatte, er verzog das Gesicht. »Das ist so typisch!« Er bewegte den Kopf. Seine dünnen, fast vollständig ergrauten welligen Haare, die ihm bis fast auf die Schultern reichten, flogen mit. Dabei sah er noch gar nicht so alt aus. Ravi schätzte ihn trotz der Ringe um die geröteten Augen auf höchstens fünfundvierzig. Im Unterschied zu seiner alten Mutter stand er auch nicht gebeugt da, viel größer war er aber trotzdem nicht. Über seinen mächtigen Oberarmen schnitt das Bündchen des T-Shirts tief ins Fleisch. Mit dem extrem breiten Kreuz wirkte der Gemeindegärtner auf Ravi wie ein aus einem Asterix-Comic entsprungener römischer Legionär. Die wiesen nicht selten ein ähnliches Missverhältnis zwischen einem in die Länge gezogenen Oberkörper und extrem kurzen Beinen auf. Das Grinsen verbot er sich. Rolf Hassinger hatte auch den charakteristischen kleinen Kopf, auf dem sich aber kein winziger Helm ausmachen ließ.

»Was ist typisch?«, fragte Harro ungeduldig.

»Dass der Medinger das jetzt auf mir abläd!« Sein Gesicht leuchtete rot, seine Ohren noch dunkler. »Die zwei anderen hatten sich rechtzeitig verpisst. Der Toni und natürlich auch der Jugo, weil der sich nämlich immer verdünnisiert, wenn es mal ein bisschen anstrengend wird. Alles hing nur an mir, und der Medinger machte noch zusätzlich Druck, weil es dem nicht schnell genug gehen konnte. ›Die Baufirma sitzt uns im Nacken, wenn wir nicht rechtzeitig fertig werden, dann wird es noch teurer, bla, bla.‹« Er äffte recht treffend Medingers Tonfall und sein leichtes Lispeln nach. »Was geht mich das an? Hätte er doch selbst mal reinschauen sollen in die vielen kleinen Bretterbuden um die Hütte. Die waren bis oben voll

mit Müll und Dingen, die ihr bestimmt nicht anfassen würdet.«
Wutschnaubend fuhr er sich mit gespreizten Fingern durch
die strähnigen Haare.

»Und die Knochen? Die haben Sie dann wo gefunden?«
Rolf blickte Harro kurz aus großen Augen an. Er brauchte
anscheinend noch einen Moment, um sich auf das Wesentli-
che zu besinnen und sich zu einer Erklärung durchzuringen.
Harro versuchte, ihm auf die Sprünge zu helfen. Ein kleines
Angebot, das die Zunge lockerte. Das zarte Entgegenkommen,
mit dem er gern signalisierte, dass er zwar Polizist, aber kein
Unmensch war. Ravi kannte die Taktik seines Chefs in der
Gesprächsführung nur zu gut.

»Wir gehen nicht davon aus, dass Sie einen Mord begangen
haben, der lange Zeit unentdeckt blieb, um die Überreste des
Opfers am Ende in einem Erdhaufen nur notdürftig zu verscharren.«

Rolf sah Harro noch einen Augenblick lang an, während es
in ihm arbeitete, dann nickte er zustimmend und fuhr hastig
fort: »Natürlich nicht. Ich habe die Bodenplatte doch bloß
hochgehoben, und da lagen sie. Das heißt, der Kopf lag da.
Nur den Kopf habe ich gesehen.« Er rieb sich angestrengt
über die roten Augen und redete dann schnell weiter. Seine
Stimme klang jetzt leicht belegt. »Den Medinger habe ich sofort angerufen, noch bevor ich irgendetwas sonst angefasst
habe. Der hat mich angebrüllt, warum ich noch nicht fertig
bin, und gesagt, ich soll die Knochen mit dem Radlader weg-
schaffen. Wenn er das sagt? Er kennt sich ja aus, was hätte ich
also machen sollen?« Fragend blickte er sie an und erwartete
Zustimmung. Da Harro schwieg, setzte Hassinger seinen Bericht eilig fort. »Medinger hat gesagt, dass der Friedhof früher
mal größer war, und ich solle ihm nicht wegen ein paar alter
Knochen auf den Sack gehen. Da habe ich den Radlader geholt und die Hütte so weit zur Seite gedrückt, dass ich mit der
großen Schaufel den gesamten Bereich darunter aufnehmen
konnte. Das ging ganz leicht.« Er schluckte und zog die Nase
hoch. »Weil unter der Hütte bloß Sand lag. Eine Schaufel voll,

und die Sache war erledigt.« Er suchte Verständnis in ihren Augen. Seine letzten Worte presste er so leise hervor, dass sie kaum zu hören waren. »Ich habe doch gar nicht gesehen, was ich da alles in der Schaufel hatte.« Dann schluchzte er auf und schlug die Hände vor das Gesicht. Sein Oberkörper zuckte.

11

Die kurze Wegstrecke zurück zum Fundort der Knochen reichte aus, um die wichtigsten Informationen über Rolf Hassinger abzufragen. Harro fasste die beiden hastigen Telefonate für Ravi zusammen.

»Der gute Rolf hat zwei Einträge im System. Körperverletzung. Beides liegt schon einige Zeit zurück. Er scheint sich seither gefangen zu haben, der letzte Eintrag ist vier Jahre her. Die heilende Angst vor der Polizei scheint ihm aber geblieben zu sein. Jedenfalls genug, um vorsorglich erst einmal Reißaus zu nehmen, als wir bei ihm daheim aufgetaucht sind.« Harro lächelte bei der Erinnerung daran. »Das kann ja auch nicht schaden. Aber auf das marode Dach wäre ich aus der Höhe nicht gesprungen.«

»Dich hätte es wahrscheinlich auch nicht ausgehalten.« Ravi schmunzelte amüsiert. »Ein Absturz hätte zu einem richtig bösen Ende geführt. Die Kawasaki stand ganz vorne am Eingang. Der Rest des Schuppens war voller ausgedienter, rostiger landwirtschaftlicher Kleingeräte, deren scharfe Kanten und spitze Ecken allesamt hübsch in die Höhe ragten. Die hätten ihn aufgespießt, und ob er uns dann noch den Medinger ans Messer geliefert hätte, das wage ich zu bezweifeln.«

Harro nickte, während sie auf die freie Fläche abbogen. Drei Wagen standen dort noch. »Den Bürgermeister laden wir für morgen zu uns ein, gleich nach dem Hassinger. Der soll über Nacht ruhig ein bisschen schmoren. Das nimmt ihm die Selbstsicherheit.«

Tobias stand mit den beiden Streifenpolizisten zusammen, die wahrscheinlich auch den Rest des Tages und die Nacht hier ausharren würden. Der Erdhaufen sollte morgen weiter durchgesiebt werden, um sicherzugehen, dass in den tieferen Schichten tatsächlich nichts mehr zu finden war. Die beiden Uniformierten verabschiedeten sich, als sie sie erreichten.

»Dann kennen wir also unser Abrissunternehmen?« Tobias blickte sie fragend an.

»Ja, Rolf Hassinger, einer der Gemeindegärtner. Er wollte gerade verreisen«, Harro grinste, »aber wir haben ihn noch rechtzeitig davon abhalten können. Er ist ein alter Bekannter der Polizei, das liegt allerdings schon länger zurück. Hassinger gab an, die Knochen vor zwei Wochen beim Abriss unter der Hütte gefunden zu haben.«

»Unter der Hütte? Das erklärt vielleicht, warum ich im Sand außer einem Knopf keine Spuren sicherstellen konnte. Am Rand der Kuhle stecken noch ein paar verrottete Pflöcke im Boden. Dicht nebeneinander aufgereiht, so als ob es da früher mal eine Umrandung gegeben hätte. Eine Art selbst gebaute große Sandkiste, würde ich sagen. Die ist aber sicherlich nicht in der Hütte gewesen, sondern irgendwo daneben.« Tobias blickte die beiden Kollegen fragend an. »Können wir uns auf die Angaben des Mannes verlassen?«

»Der Hassinger war sich ziemlich sicher, und ich glaube, dass man ihm die Version auch abnehmen kann. Die Knochen hat er unter der Bodenplatte der Hütte entdeckt und mit einer einzigen großen Schaufelladung rausgeholt. Sie lagen wohl nicht im Erdreich, sondern waren weitgehend mit dem Sand abgedeckt, den jemand zu diesem Zweck aus der Sandkiste herbeigeschafft haben muss.« Ravi zögerte und fuhr dann doch fort. »Er will gar nicht viel erkannt haben.«

»Darum gibt es in der Sandkiste keinen einzigen Hinweis, der belegt, dass das Kind jemals dort gelegen hat.« Tobias war anzusehen, dass ihm die Erkenntnis nicht gefiel, hatte er sich doch die ganze Arbeit umsonst gemacht.

»Das ist eine riesengroße Sauerei«, wetterte Harro. »Einen so armseligen Fundort hatten wir noch nie. Sonst erschlägt einen förmlich die Flut an Material, und was haben wir jetzt? Knochen, Fetzen von Klamotten und ein Paar Sportschuhe. Das ist zum Kotzen! Und warum? Weil es dem Bürgermeister nicht schnell genug gehen konnte mit der Räumung und dem Abriss der Hütte. Und sein geistig armer Mitarbeiter hat wirklich ganze Arbeit geleistet. Allein dafür müsste man den beiden den Prozess machen. Als abschreckendes Beispiel.« Harro hatte sich in Rage geredet. »Ohne groß nachzudenken, schaffen die einfach alles restlos weg, samt den in der Hütte eventuell noch vorhandenen Spuren, sodass am Ende wirklich nichts mehr übrig ist, was sich noch irgendwie verwerten ließe.«

Tobias pflichtete ihm bei. »Das Müllheizkraftwerk hat unwissentlich den Rest erledigt. Ich hab nachgefragt, länger als eine Woche bleibt bei denen nichts liegen. Selbst wenn wir eine Hundertschaft der Bereitschaftspolizei bekämen, um uns bei denen durch den Müllberg zu arbeiten, wäre das also wenig erfolgreich. Weil die Schichten, die uns interessiert hätten, längst schon thermisch verwertet worden sind. Von der Hütte und ihrem Inhalt ist nichts mehr übrig. Auf und davon. « Er hauchte in die Luft.

Schweigend standen sie einen Moment lang da, bevor Harro zusammenfasste: »Der Hassinger kippt die Knochen auf den Erdhaufen, als ob es Grünschnitt wäre, den man getrost entsorgen kann. Was demnächst auch geschehen sollte, indem sie einen stillgelegten Kalksteinbruch auf dem Oberfeld in Richtung Finther Flugplatz damit verfüllen, wie ich vom Bürgermeister weiß. Und der Medinger gibt ihm den Befehl dafür. Das stinkt doch!« In den Gesichtern seiner Kollegen suchte er nach Bestätigung.

»Ein Missverständnis.« Ravi hatte den Gedanken flüsternd ausgesprochen und bereute das eigentlich umgehend.

Harro starrte ihn zuerst irritiert an, pflichtete ihm dann aber resigniert bei. »Wahrscheinlich hast du recht. Der eine will schnellstens alles weghaben. Er kann es sich im Eifer gar nicht anders erklären, als dass da ein hundert Jahre altes Grab zum Vorschein gekommen ist. Und der andere kommt erst gar nicht dazu, ausführlich darüber nachzudenken. Vielleicht hat er sich so erschrocken bei dem Anblick, dass er froh war, eine einfache Erklärung zu bekommen: Altes Zeug, schaff es weg und wirf Erde drüber. Dann kräht kein Hahn mehr danach.«

Der Chef verstummte, ehe er sich an Tobias wandte und ergänzte: »Ganz sauber ist der Medinger trotzdem nicht. Den
sollten wir nicht zu zaghaft anfassen, wenn wir ihn erneut
befragen. Schau ihn dir gleich morgen früh bitte mal genauer
an. Ich will wissen, wie wir ihn angehen können, falls er dicht-
macht.«

Nachdem Tobias eingewilligt hatte, blickte Harro auf die
Uhr. »Du willst los?«

Tobias nickte. »Oder liegt noch etwas an?«

»Nicht wirklich. Nimm den Kombi, wir fahren mit den
Kollegen zurück.« Harro klopfte ihm auf die Schulter und
setzte grinsend nach: »Dann gehen wir eben ohne dich noch
einen Schoppen Riesling trinken.«

Tobias schien darüber nicht böse zu sein und zog nach
einem kurzen Abschiedsgruß davon. Harro blickte ihm nach,
dann wandte er sich Ravi zu.

»Und du bist wahrscheinlich froh, wenn du daheim im Bett
liegst? Man sieht dir die Strapazen der Reise noch an. Du bist
erst seit gestern wieder im Land, oder?«

Ravi nickte.

»Na, dann verschieben wir das mit dem Wein und der Vermisstendatenbank auf morgen. Ich bin heute auch froh, wenn
ich zu Hause bin.«

12

Die Strecke nach Hause kam ihm jedes Mal länger vor. Nur ein kleines bisschen, aber doch so, dass Tobias nicht selten darüber grübelte, ob sie sich für ihn absichtlich mehr und mehr streckte. Das waren die Gedanken, die einem kamen, wenn man jeden Tag dieselben Büsche, dieselben Häuser und dieselben Namen auf den verwitterten Gedenkkreuzen am Straßenrand anstarrte, von denen die Farbe blätterte.

Wenn alles normal lief und er gesund blieb, würde er die nächsten fünfundzwanzig Jahre fünfmal in der Woche seinen Wagen zwischen den immer gleichen Ortschaften hin und her steuern. Zweihundertzwanzig Tage im Jahr. Bis zur Rente kamen etwa elftausend Fahrten von mindestens einer Stunde zusammen. Das summierte sich auf knapp vierhundertsechzig volle Tage, die er nur auf dieser Strecke zwischen den kläglichen Nestern unterwegs sein würde. Mal im Hellen, mal im Dunkeln, bei Regen und Sonnenschein, immer seltener in Schnee und Graupel. Tagein, tagaus die gleiche Tristesse und dieselben trübsinnigen Gedanken.

Im Januar begann zudem in drei jeweils fast einjährigen Bauabschnitten die Sanierung zweier Ortsdurchfahrten auf seiner Strecke. Die Umleitung würde sein tägliches Martyrium um eine gute halbe Stunde verlängern. Ihm graute jetzt schon davor, und an den enttäuschten Blick seines Sohnes, wenn er ihn noch seltener etwas früher aus der Betreuung des Kindergartens abholen konnte, um wertvolle Zeit mit ihm zu verbringen, mochte er gar nicht denken.

Tobias setzte den Blinker, obwohl er noch mindestens zwei Grünphasen brauchte, bevor er die Kreuzung endlich erreicht hatte. Die irrige Vorstellung, dass sich die grüne Ampelphase auf diese Weise vielleicht so weit ausdehnen ließe, dass er schon beim nächsten Mal mit hindurchpasste, führte seine Hand. Doch wenn es überhaupt eine zarte Hoffnung gegeben hatte, dann machte diese jetzt der klapprige Traktor zunichte, der sein Sichtfeld querte und auf die Landstraße einbog. Für die nächsten Kilometer würde er zuverlässig verhindern, dass der Lindwurm der Berufspendler schneller als im Schneckentempo vorankam.

Sein Handy auf dem Beifahrersitz summte und leuchtete auf. Er schaute bewusst weg, weil er keine Lust hatte, seine beiden Kollegen mit Bier und Riesling in der Hand in ihrer Lieblingskneipe am Dom zu betrachten. Obwohl er sich eigentlich sicher war, dass sie längst noch nicht dort sein konnten. Vielleicht waren sie auf dem Heimweg in die nächstbeste Dorfkneipe eingefallen und wollten ihn von dort grüßen. Auch wenn sie es gut meinten, führten ihm diese Selfies doch nur wieder deutlich vor Augen, was er mit der Flucht so weit raus aufs Land alles aufgegeben hatte. Ihr gemeinsamer Feierabendausklang einmal die Woche war über Jahre hinweg ein fester Bestandteil seiner Arbeitsroutine gewesen, schon als Ravi noch gar nicht mit dabei war. Es tat gut, mit den Kollegen auch mal Erlebnisse zu teilen, die nichts mit Gewalt, Sterben und dem Geruch zu tun hatten, der ihnen entgegenschlug, wenn die Feuerwehr eine Wohnungstür aufbrach, hinter der schon länger keine Hilfe mehr erwartet wurde.

Sein Handy leuchtete schon wieder auf. Er ließ den Wagen langsam weiterrollen, um die Lücke zum Auto vor ihm zu verringern. Wenn sein Vordermann etwas auf Zack war, kam er in der nächsten Grünphase vielleicht schon mit durch. Noch gut zwanzig Minuten, und er hatte es geschafft. Er griff nach dem Telefon und betrachtete die beiden auf dem Display aufleuchtenden Nachrichten. Beide waren von Sara. *Bitte komm erst nach Hause*, lautete die Erste. Sekunden später hatte sie ergänzt: *Bevor du die Kinder abholst.*

Tobias legte den Gang ein. Er folgte dem vorausfahrenden Audi über die Kreuzung, obwohl die Ampel bereits auf Rot gesprungen war. Hupend beschwerte sich der Fahrer des nachfolgenden Wagens. Er nahm davon keine Notiz und drückte stattdessen mit zitternden Fingern auf seinem Telefon herum.

Schrecklich langsam baute sich eine Verbindung auf, noch bevor er das Dorf verlassen hatte. Er hoffte inständig, dass sie hielt. Wenn er nach den beiden lang gezogenen Kurven den kleinen Wald erreichte, begann das ausgedehnte Funkloch seines Netzanbieters, das sich fast bis in ihre Neubausiedlung hinzog.

Ein erstes Freizeichen erklang, das von einem Dauerknistern begleitet wurde. Es hielt an, bis Saras aufgezeichnete Stimme erklang und freudig verkündete, dass sie entweder mit den Kindern beschäftigt sei oder einen anderen wichtigen Grund habe, warum sie gerade nicht ans Telefon gehen könne. *Ich rufe euch aber gern zurück.*

Tobias spürte die eisige Kälte, die sich von seinen Füßen über die Knie zu seiner Brust hinaufarbeitete. Sein Atem ging hektisch. Er schaltete zurück und trat das Gaspedal bis auf das Bodenblech durch. Der Motor des Kombis heulte auf, während er auf der Gegenfahrbahn an mehreren Fahrzeugen vorbeizog, um gleich darauf wieder in die Schlange einzuscheren. Der entgegenkommende Lkw hupte lang gezogen, und das nicht zu Unrecht. Egal, was er tat und wie sehr er sich bemühte, er würde die Zeit, die er bis nach Hause brauchte, kaum signifikant verringern können.

Der Traktor zumindest war verschwunden. Er beschleunigte und raste auf das sich schnell nähernde Ortsschild zu. Kurz überlegte er, ob er anhalten sollte, um das mobile Blaulicht neben dem Beifahrersitz zu suchen. Da die Straße nun weitgehend frei war, entschied er sich dagegen und bremste kaum ab, als er die ersten Häuser erreichte. Das Dorf war winzig, es kostete nur unnötig wertvolle Zeit, die Geschwindigkeit zu reduzieren, um gleich darauf wieder Vollgas zu geben.

Sein Herz hämmerte. Wann hatte er Sara zuletzt angerufen? Er versuchte konzentriert, den Wagen in der Spur zu halten und dabei seine Erinnerung an die letzten Stunden zu ordnen. Zweimal hatte er es versucht und sie dann auch irgendwann erreicht. Sie hatte nicht anders geklungen als sonst. Das stille Leiden, das ihre Worte begleitete. Er konnte einen anderen Klang gar nicht mehr in seiner Erinnerung wachrufen. Das lag so lange zurück. Die Freude, die ihre Stimme früher versprühte, wenn er sich zwischendurch meldete. Eine Ausgelassenheit, die ihn geradezu zwang, die Phasen des Getrenntseins nicht unnötig lang werden zu lassen. Jetzt war er manchmal sogar froh, wenn kurz vor Dienstschluss noch ein Einsatz kam, der es ihm ermöglichte, die Traurigkeit hinauszuschieben. Gleichzeitig verspürte er dann Angst, dass Sara es nicht schaffte, die Kinder abzuholen, und die Frau aus der Betreuung verärgert bei ihm auf dem Handy anrufen würde, weil die beiden mal wieder die Letzten waren und ihre Anwesenheit sie am Heimgehen hinderte.

Tobias behielt das Tempo auch in der verwaisten Spielstraße, in der er gleich links abbiegen musste, fast unverändert bei. Es dämmerte. Doch nur vereinzelt brannte Licht hinter den Fenstern in der Nachbarschaft. Er lenkte den Wagen in die Auffahrt, schleuderte die Autotür auf und stürmte die wenigen Stufen zur Haustür hinauf. Mit fahrigen Bewegungen steckte er den Schlüssel ins Schloss und rief nach Sara, noch bevor er richtig im Flur war. Er bekam keine Antwort.

»Wo bist du? Sag doch etwas!« Er stieß die schmale Tür zur Gästetoilette auf, dann die Küchentür, passierte die schmale Garderobe, an der ihre Jacke hing. Ihre Turnschuhe standen darunter bereit. Ordentlich nebeneinander und so sauber, dass ihr Anblick verriet, wie selten sie getragen wurden, weil Sara sich kaum noch vor die Tür traute. Gleich darauf hatte er das Wohnzimmer erreicht.

Fahles Licht fiel von der Terrasse ihrer Nachbarn herein. Es beleuchtete den Sessel, auf dem sie saß, nur schwach. Sara hatte sich die weiche Fleecedecke bis unter das Kinn gezogen. Ihr Mund stand einen Spalt offen. Die Augen hatte sie geschlossen, ihr Kopf war leicht zur Seite gekippt. Tobias konnte jetzt die vielen leeren Tablettenblister erkennen, die vor ihr auf dem Wohnzimmertisch lagen. Er fiel zitternd vor ihr auf die Knie und schluchzte.

13

Harro hatte ihn doch noch bequatscht. Großer argumentativer Fähigkeiten hatte es nicht bedurft, um ihn zu überzeugen. Es war aber bei einem Glas Weißwein in ihrer bevorzugten Kneipe am Eingang zur Mainzer Altstadt geblieben. Während sie dort saßen, hatte sich die Müdigkeit bemerkbar gemacht. Die gut elf Stunden Flug steckten ihm noch in den Knochen. Die Enge im Flieger war anstrengend gewesen. Die Zeitverschiebung hingegen glaubte er nicht zu spüren. Viereinhalb Stunden waren keine große Sache.

Ravi hatte es schon geahnt. Auch in der Zwischenzeit war keine Mail gekommen. Zumindest keine von Bedeutung. Stattdessen klingelte, noch bevor er sich Gedanken darüber machen konnte, sein Telefon. Die bekannte Nummer verriet den Anrufer. Wollte er sich das jetzt antun? Er seufzte gut hörbar und nahm trotzdem ab.

»Hallo, Gisela. Das ist ja Gedankenübertragung. Ich wollte mich gerade bei dir melden. Ich bin eben zur Tür herein. Der erste Arbeitstag hat sich gezogen.«

»Du lügst nicht besonders gut, Timotheus!« Seine Mutter atmete lautstark in den Hörer. Im Unterschied zu allen anderen Menschen, die ihn bei seinem ersten Vornamen nannten, hielt sie eisern an seinem zweiten fest. Er hatte ihn schon als kleiner Junge nicht hören wollen, weil er so sonderbar und altmodisch klang. Kein anderes Kind hatte einen solchen Rufnamen zu ertragen gehabt. Gisela war nicht müde geworden, ihn immer wieder darauf hinzuweisen, dass er den Namen Timotheus – »der, der Gott ehrt« – mit Stolz führen solle. Letztlich hatte er es noch gut damit getroffen. Die deutsche Ableitung seines Namens bedeutete »Fürchte Gott«, es hätte also auch noch schlimmer kommen können. Ganz abwegig war dieser Gedanke jedenfalls nicht, da Gisela und Norbert kaum einen sonntäglichen Gottesdienst verpassten. Sie hatten sich bemüht, auch ihm Demut gegenüber dem Dorfpfarrer einzuimpfen, der Störenfriede seiner wöchentlichen Kinder-Bibelstunde gern an beiden Ohren in die Höhe riss, um sie dann so lange zu schütteln, bis man das Gefühl hatte, die Ohrmuscheln stünden lichterloh in Flammen. Allerdings vergeblich.

Erst als Erwachsener hatte er den Mut besessen, sich von diesem Namen loszusagen und stattdessen den zu führen, der zwar fremder klang als Tim, aber dafür besser zu seinem Äußeren und seinem Inneren passte.

»Ich musste erst wieder richtig ankommen.«

»Hattest du eine gute Reise?«

»Ja, es war sehr schön.«

Die Stille, die auf seine Worte folgte, zog sich quälend in die Länge. Er wusste nicht, ob sie hören wollte, was er in den letzten Wochen in Sri Lanka erlebt hatte. Und falls ja, war er sich nicht sicher, ob er ihr davon am Telefon erzählen sollte. Zu viele Wunden drohten von Neuem aufzubrechen.

Seit ihm als Kind das Offensichtliche bewusst geworden war, hatte er Fragen gestellt. Zuerst die unbedarften nach dem Unterschied in der Hautfarbe, später dann die ganz konkreten nach der Herkunft. »Warum sehe ich anders aus?« »Wo bin ich geboren?« »Wer sind meine Eltern?« »Habt ihr sie kennengelernt?«

Der Nachdruck, mit dem all ihre knappen Gespräche darüber immer wieder durch eine einzige Aussage beendet worden waren, hatte seinen Trotz wachsen lassen: »Wir sind deine Eltern, Timotheus, und das ist gut so für dich!« Dieser Satz duldete keine weiteren Nachfragen. Für seinen Vater Norbert markierte er den Endpunkt der Unterhaltung.

Beide hatten sich stets darauf berufen, dass es außer den Adoptionsunterlagen und seiner Geburtsurkunde aus Sri Lanka keine weiteren Dokumente gebe. Jedes weitere Nachfragen und Bohren deuteten sie sofort als Undankbarkeit und Verrat an ihrer Liebe zu ihm. Sie hatten diese Diskussion unzählige Male geführt, und nie hatte er verhindern können, dass sie langsam, aber stetig in gegenseitige Vorwürfe abglitt. »Sei uns lieber dankbar, dass wir dich da herausgeholt haben. Was hast du hier für Möglichkeiten, die du dort nie gehabt hättest! Bloß Armut, eine mangelnde ärztliche Versorgung und keine Chance als Waisenkind.«

»Jetzt ist es gut, dass du wieder daheim bist.« Sie sagte das, als wäre ein eher überflüssiges Kapitel damit abgeschlossen, und gab ihm auch nicht die Zeit, auf ihre Worte etwas zu entgegnen. »Du weißt, dass sich übernächsten Samstag der Todestag deines Vaters zum zweiten Mal jährt.«

Er konnte hören, wie sie erfolglos gegen die Tränen ankämpfte. Gern hätte er etwas Tröstendes gesagt, aber er bekam es nicht über die Lippen.

»Kannst du es einrichten, dass ich an diesem Tag nicht allein zum Friedhof muss?«

Ravi wusste, dass sie ihn aus einer einmal gegebenen Zusage nicht wieder entlassen würde. Er rang mit sich. »Ich werde es versuchen.«

»Bitte, Timotheus! Die Einsamkeit ertrage ich an diesem Tag nicht!«

»Ich muss einen Kollegen finden, der meinen Wochenenddienst übernimmt.«

»Es ist der Todestag deines Vaters«, erklärte sie entschlossen. »Da werden sich deine Kollegen sicher gern bereit erklären.« Nur kurz hielt sie inne, ehe sie ergänzte: »Das bist du ihm schuldig, und wenn nicht ihm, dann mir!«

Da waren sie wieder. Die altbekannten Vorwürfe, die ihm deutlich machten, dass die achtzig Kilometer zwischen ihnen nicht das einzige Zeichen von Distanz waren.

»Das weiß ich doch.« Er versuchte, sie zu beschwichtigen.

»Nein, du weißt es nicht!« In ihrer Stimme lag Schärfe. »Du weißt nicht, wie wir uns um dich gesorgt haben. Und dass es auch für uns weiß Gott nicht immer einfach war. In dieser Umgebung, in einer Kleinstadt und mit Vaters herausgehobener Position als Arzt, den jeder kannte. Die vielen Fragen, die Blicke. Aber wir haben es niemals bereut, dich als unseren Sohn angenommen zu haben. Auf unseren Rückhalt und unsere Liebe hast du immer zählen können. Da ist es wohl nicht zu viel verlangt, wenn du mir ein wenig davon zurückgibst.« Sie schluchzte in den Hörer, um das Gesagte noch zu unterstreichen.

Ravi kam so vieles in den Sinn, was er darauf entgegnen könnte. So viele Argumente, die alle längst schon gesagt worden waren. Der ewige Kreislauf ihrer Gespräche. Er verkniff sich eine Erwiderung, weil er wusste, dass es nichts bringen würde.

»Ich werde mich bemühen, Gisela. Wir werden sehen, ob sich ein Kollege findet, der den Dienst übernimmt. Die meisten haben kleine Kinder und sind froh, wenn sie mit der Familie das Wochenende verbringen können, aber ich werde sie fragen.«

»Da freue ich mich!«

Er konnte deutlich vernehmen, wie sie jetzt den Hörer zur Seite legte, um sich lautstark zu schnäuzen. Gleich darauf war sie wieder dran und klang wie ausgewechselt. Die Darbietung war beendet. Sie hatte ihr Ziel erreicht, zumindest würde sie es so in ihrem Gedächtnis abspeichern. Er hatte ihr zugesagt.

»Du gibst mir Bescheid, mit welchem Zug du in Kaiserslautern ankommst. Oder hast du dir mittlerweile ein Auto angeschafft? Ich gebe dir gern etwas dazu. In deinem Alter und in deiner Position bei der Polizei sollte man schon einen eigenen Wagen besitzen. Falls du mal mit einer Frau ausfahren möchtest.« Sie ließ den Satz bewusst vage, und Ravi fühlte sich bestärkt in dem Gedanken, dass es besser gewesen wäre, gar nicht erst ans Telefon zu gehen.

14

Harro blieb noch für einen Moment hinter dem Dom stehen und kramte in seiner Brusttasche. Die Currywurst mit der schärfsten aller verfügbaren Soßenvarianten, die er eben hastig in sich hineingeschlungen hatte, wärmte wohlig seinen Magen. Er liebte Chilis, die ihm anscheinend nichts anzuhaben vermochten. Den lodernden Brand in seinem Rachen und der Speiseröhre genoss er. In dieser Hinsicht hielt er sogar deutlich mehr aus als Ravi, der mit scharfem Essen aufgrund seiner Wurzeln eigentlich gut zurechtkommen sollte. Er musste schmunzeln, weil der junge Kollege, den er gern mochte, mit Pfälzer Saumagen und Riesling groß geworden war. Und bis heute zog Ravi die deftige Hausmannskost kulinarischen Experimenten vor – zumindest dann, wenn sie zusammen unterwegs waren.

Die Dunkelheit hatte die Mainzer Altstadt eingehüllt. Langsam leerten sich die Gassen. Ein dunstiger Nebel, der vom Rhein herangekrochen kam, ließ alles um ihn herum noch verlassener aussehen. Jetzt begann seine liebste Zeit des Tages. Seine Fingerspitzen ertasteten den mehrfach gefalteten Zettel. Er zog ihn aus der Innentasche und lief weiter über das feucht glänzende Kopfsteinpflaster. Hier überkam ihn die Ruhe, die er in seiner Wohnung nicht finden konnte. Er hatte es längst aufgegeben. Daheim auf dem Sofa brauchte er die volle Dröhnung, um in einen Zustand hinabzugleiten, den er doch nur als nervöse Gelöstheit empfand. Kurze Phasen der Entkrampfung, die er meist erfolglos durch Hochprozentiges zu verlängern versuchte.

Seit er sich zurückerinnern konnte, kam er mit nur wenigen Stunden Schlaf aus. Das Problem war es über die Jahre gewesen, dies anzuerkennen und den Rest der verbleibenden Nachtstunden so zu füllen, dass sie nicht zur Qual wurden. Zu Hause wollte ihm das selten und nur unter Hinzuziehung von bedenklich hohen Mengen an Tresterbrand gelingen. Sein Körper litt dann am Morgen unter den Folgen. Das konnte auf Dauer nicht gut für seinen Geist und seine Auffassungsgabe als Kriminalpolizist sein. Daher zog er die halbe Nacht durch die Stadt und folgte ihr in den sie langsam ergreifenden Dämmerzustand, der auch für ihn ein paar Stunden Ruhe bereithielt.

Bis es so weit war, brauchte er aber noch ein wenig Beschäftigung. Im Laufen faltete er den Zettel auseinander und warf einen Blick auf die darauf notierte Hausnummer. Danach knüllte er ihn zusammen und ließ ihn durch die Ritzen eines Gullydeckels fallen, aus dem sich dürre Grashalme in die Höhe reckten. Mit einer knappen Bewegung kontrollierte er zum wiederholten Male den Inhalt seiner Hosentasche. Das dünne Bündel war noch da. Wo sollte es auch hin sein? Er schüttelte den Kopf. Ein hastig vorbeieilender Passant starrte ihn an. Es waren die letzten Scheine, die er sich schon heute Morgen eingesteckt hatte. Er verdrängte den aufkeimenden Gedanken daran, wie es danach weitergehen sollte. Die Laune würde er sich nicht verderben lassen. Nicht jetzt!

Obwohl er sich dagegen sträubte, hallten die Ermahnungen in seinen Ohren wider. Unzählige Male hatte er sie selbst formuliert, trotzdem ertönten sie in solchen Momenten stets in der Stimme seiner Ex-Frau. Carmen und er waren schon seit mehr als zwanzig Jahren geschieden. Sie war eine Fassenachts-Liaison gewesen, die nicht länger als bis zum Aschermittwoch gehalten hatte. So beschrieb er es gern, auch wenn es die zeitliche Dimension nicht ganz korrekt wiedergab. Sie hatten kurz vor der Geburt ihrer Tochter überstürzt geheiratet und bald erkannt, dass das die falsche Entscheidung gewesen war. Carmen war ausgezogen und lebte seither in einem Nest im Westerwald mit ihrer alten Liebe aus der Grundschule zusammen, mit dem sie im Garten seiner Eltern ein Häuschen gebaut hatte. Sie versuchten beide, ihren Kontakt auf das Allernötigste zu begrenzen. Meistens ging es dabei um ihre gemeinsame Tochter Heike und deren bei der Mutter vorgetragene

Wünsche, die einer gemeinsamen finanziellen Unterstützung bedurften, oder um seine Mithilfe beim Umzug seiner Tochter von einer pulsierenden Großstadt in die nächste, dorthin, wo sie ganz sicher den nötigen Enthusiasmus entwickeln würde, um das Studium wieder aufzunehmen und zu einem Ende zu bringen. Mit Ethnologie hatte sie einmal angefangen und ihm deutlich zu verstehen gegeben, dass weitere Nachfragen in Zukunft nicht unbedingt erwünscht waren, zumindest so lange nicht, wie seine Neugierde die Sinnfrage nur spärlich kaschierte.

Carmen krächzte weiter in seinem Kopf, während er sich hastig umsah und dann in den dunklen Hinterhof abbog. Seine Schritte setzte er mit Bedacht, aus Angst, über irgendetwas zu stürzen, das hier quer lag. In der Ferne war das metallische Kreischen eines Zuges zu hören, der sich durch die lang gezogene Kurve hinter dem Südbahnhof quälte.

Seine Augen gewöhnten sich zügig an die Dunkelheit. Er konnte jetzt den schwachen Lichtschimmer erkennen, der durch das gebrochene Glas der Kellertür drang. Das diffuse Licht erhellte die Betonstufen zumindest so weit, dass Harro den Weg hinab fand. Das rostige Geländer leitete ihn wippend in die Tiefe. Vor der Tür blieb er stehen. Sein Atem zitterte. Er genoss die Anspannung und verharrte daher noch einen Moment wie gebannt vor dem Eingang. Die Stimme in seinem Kopf verstummte, weil sie wusste, dass sie auch diesmal wieder verloren hatte. Dann klopfte er wie vereinbart gegen das Holz des massiven Türblatts. Drei kurze Doppelschläge, die in der Stille und der Dunkelheit der Nacht fast ungehört verhallten.

15

Der Juckreiz an der wulstigen Narbe auf dem Hinterkopf hatte nachgelassen. Eigentlich würde er sie gar nicht mehr spüren, wenn er nicht immer wieder an sie denken müsste. Er tastete jetzt nur nach der Stelle, weil es zur Gewohnheit geworden war. Vielleicht wollte er sich damit vergegenwärtigen, dass alles noch da war: die stetig wachsende Kugel in seinem Kopf und die Ungewissheit, wie lange es noch so weiterging. Er hatte sich bisher dagegen gewehrt, seine Gedanken an den Moment zu verschwenden, ab dem andere für ihn entschieden, weil er dazu nicht mehr in der Lage war. Durfte er es so weit kommen lassen?

Er fuhr mit der Hand über die von der Arbeit vieler Jahre gezeichnete Oberfläche seiner Werkbank. Durch die Arbeitshandschuhe hindurch konnte er von der Struktur kaum etwas fühlen. Die scharfen Metallsplitter und gedrehten Spiralen schob er behutsam an den Rand, bis sie über die Kante in die Tiefe fielen und in seiner anderen Hand landeten. Er wiederholte das, bis alle den Weg dorthin gefunden hatten. Dann ließ er sie in den kleinen schwarzen Beutel rieseln, der auch schon die anderen aufgenommen hatte. Wahrscheinlich war er jetzt zu voll. Das Gewicht würde das dünne Material reißen lassen, wenn er ihn gleich anhob und sich die Spitzen und scharfen Kanten in den Kunststoff bohrten. Das musste er vermeiden, weil er ansonsten den Boden auch noch fegen durfte.

Den Besen hatte er vorhin schon gesucht und befürchtete, dass er ihn auch bei einem zweiten Versuch nicht würde finden können. Dinge verschwanden. Immer mehr Gegenstände lösten sich von ihm und suchten das Weite. Dort, wo sie über Jahre ihre Heimat und einen festen Platz gehabt hatten, waren sie nun nicht mehr anzutreffen. Auf diese Weise wurde seine unmittelbare Umgebung immer übersichtlicher. Sie leerte sich ganz von allein, ohne dass ihm das größere Sorge bereitete. Es zeigte sich dann, dass er auf viele Gegenstände, wenn sie nicht mehr aufzufinden waren, problemlos verzichten konnte. Meistens gab es andere Dinge, die sich für sein Vorhaben ebenso eigneten wie das, was ihn verlassen hatte.

Vielleicht war das der Moment, in dem er gehen konnte? Wenn alles restlos geräumt war. Wenn ihn eine große, wohltuende Leere umgab, in der nur noch er allein existierte. Eine Leere, die ihm signalisierte, dass seine Zeit gekommen war und er getrost alles hinter sich lassen konnte.

Diese Vorstellung bereitete ihm keine Angst. Sie hatte sogar einen gewissen Charme, weil weder Schmerz noch Hoffnungslosigkeit einen Platz in ihr einnahmen. Sie gab lediglich das Zeichen zum Aufbruch, und es wäre an ihm, den ersten Schritt zu setzen, der ihn von hier wegbrachte.

Der Beutel riss schon nach wenigen Sekunden. Zu viel schwerer Abfall, den die dünne Folie schlicht nicht zu halten vermochte. Klappernd fiel alles in die ausgeblichene Erdnussdose, über die er ihn gehalten hatte. Wenn der Besen weg war, musste man Vorkehrungen treffen, die ihn überflüssig machten. Er bewegte die Dose so geschickt unter dem Riss hin und her, dass auch wirklich kein einziger kleiner Splitter danebenfiel.

Er lächelte zufrieden, denn er wusste jetzt, dass ein dünner schwarzer Beutel zu wenig war, um den gesammelten Abfall aufzunehmen. Er besaß ausreichend davon, weil sie an jedem Spazierpfad über den Mülleimern zur Mitnahme bereitlagen. Der lächelnde Hund auf der Box bewachte sie. Auf dem Rückweg vom Friedhof hatte er rasch ein halbes Dutzend herausgezogen und unbemerkt in seiner Jackentasche verstaut. Die anderen hatten da noch über den Zaun geglotzt. Es waren immer mehr Friedhofsbesucher herbeigeströmt, die die Polizisten bei der Arbeit anstierten. Einige hatten den Beamten sogar etwas zugerufen und ernsthaft gehofft, eine Antwort zu bekommen.

Die Schaulustigen waren auch dann noch auf dem Friedhof geblieben, als die Uniformierten den Bereich, der den besten

Blick bot, geräumt hatten. Das hatte er aber nur noch aus der Ferne mitbekommen und war heilfroh gewesen, nicht eng gedrängt mit ihnen zusammen zurückweichen zu müssen. Sie hätten über die Knochen geredet und dann auch über ihn. Ganz still und leise hätten ihre Lippen die gezischten Äußerungen formuliert. Dabei hätten sie ihn beobachtet, um zu prüfen, ob er etwas davon mitbekam. Seinem teilnahmslosen Blick hätten sie entnommen, dass sie beruhigt und sogar deutlich lauter weitermachen konnten. Er schien sowieso nicht zu verstehen, was sie an Boshaftigkeiten ausspuckten. Doch da lagen sie falsch. Er wollte es einfach nicht hören, weil sie ohnehin nichts kapierten, selbst wenn sie sich die Zeit nähmen, ihm zu lauschen. Es hatte ihm damals keiner zugehört, warum sollte es heute anders sein? Bestimmt hätten sie ihn bloß wieder auf ähnliche Weise angegangen, hätten ihn erneut beschimpft und bedroht und mit ihren Anklagen zum Schweigen gebracht. Das hatte schon einmal hervorragend funktioniert und ließe sich bestimmt wiederholen. Ganz sicher würden wieder etliche aus dem Dorf mitmachen, weil sie sich von seinen Behauptungen, die er nicht zu beweisen vermochte, angegriffen fühlten. Diesmal hätten sie mit ihren Vorwürfen gegen ihn sogar recht. Er hatte Schuld auf sich geladen, weil er nichts unternommen hatte. Er war nicht besser als die Täter und die anderen aus dem Dorf, die vor allem die Augen verschlossen und sie durch ihr Schweigen schützten.

Im Gegensatz zu den anderen Schaulustigen hatte er die Schuhe des Jungen wiedererkannt. Sie waren jetzt dreckig, aber die rote Farbe war noch zu erkennen gewesen und ebenso der leuchtend grüne geschwungene Haken an der Seite. Als er sie zuletzt gesehen hatte, waren sie ganz neu gewesen. Der winzige Augenblick hatte sich in sein Gedächtnis eingebrannt, mit allen Details. Es war ein heißer Sommertag gewesen. Die Hitze der Mittagsstunden hatte ihn viel früher auf den Friedhof und an das Grab seiner Mutter gezwungen als gewöhnlich. Nur eine Minute früher oder später, und er wäre heute frei von diesen Bildern, die im Unterschied zu den Dingen nicht von allein verschwinden wollten. Sie hatten sich in seinem Kopf festgesetzt und wichen auch nicht der Kugel, die dort oben mehr und mehr Raum für sich beanspruchte.

Es war allein an ihm, aufzuräumen und die Bilder zu tilgen. Im April zuvor hatte er Löwenmäulchen ausgesät, die seine Mutter so sehr mochte und die in ihrer Blüte im Hochsommer zweimal am Tag Wasser benötigten. Auf dem Weg dorthin hatte er ihr Lachen gehört, gedämpft durch die dichten Hecken, die um alle noch so kleinen Gartengrundstücke wuchsen und die es fast unmöglich machten, die noch genutzten von den bereits aufgegebenen zu unterscheiden. Er wäre an ihnen vorbeigelaufen, wenn die Gartentür sich nicht geöffnet hätte. Sie schwang auf, und die Ausgelassenheit schlug heraus. Das Bild, das er einfing und speicherte, hatte er nie wieder vergessen können, obwohl er sich so sehr bemühte.

Er hatte den Jungen gesehen und die, die um ihn herum waren. Aus ihren Augen sprach die Gier. Zwei der drei Männer kannte er. Sie stammten von hier. Dem einen gehörte der Garten, in dem sie standen. Das wusste er, weil er ihn öfter hier gesehen hatte. Allein und stets mit der Hacke über der Schulter, die er so trug, als ob er in die Weinberge hinauszöge, um die frisch gepflanzten Reben vom Unkraut zu befreien. Der andere Mann war ihm hier auch schon begegnet.

Wer der Unbekannte war, hatte er im Nachhinein erfahren. Ihn entdeckte er irgendwann zufällig in der Zeitung. Mit großer zeitlicher Distanz hatte er den Bericht aufgeschlagen und gelesen, der seine Verdienste rühmte. Von da an wusste er seinen Namen und hatte die Gewissheit, dass ihm keiner jemals glauben würde, wenn er denn den Mut fassen sollte, die Bilder aus seinem Kopf herauszulassen, um sie zum Sprechen zu bringen.

Er präsentierte sich auf dem Foto im weißen Kittel, wohlwollend und gütig. Er war Arzt und trug den Orden mit Stolz an seiner Brust. Jetzt konnte er sich auch wieder daran erinnern, wie sehr ihn die Aufnahme erschreckt hatte. Die Blätter der Zeitung hatten geraschelt wie ein lichter Baum, in dessen

Restlaub der Herbststurm hineinfuhr, so heftig war er zusammengezuckt. Obwohl ihn das Foto mit einer Krawatte zeigte und der Kragen des Oberhemdes die Stelle beinahe abdeckte, war doch der große Leberfleck zu erkennen gewesen, der herzförmig über der Kragenkante prangte. Aus seinem Blick sprach Entschlossenheit.

Alle zusammen hatten sie dafür gesorgt, dass niemand seiner Geschichte Glauben schenkte.

Er schüttelte die Erdnussdose. Immer schneller bewegte er sie im Kreis, bis der Krach der Metallsplitter, der krummen, rostigen Nägel und der scharfkantigen Spiralen, die der Bohrer aus der Stahlplatte gedreht hatte, alles überlagerte. Wenn er jetzt noch weiter beschleunigte, würde der lärmende Strudel gleich darauf die vorgegebene Umlaufbahn verlassen und sich seinen eigenen Weg suchen.

16

»Hat sich Tobias bei dir gemeldet?« Harro blickte Ravi fragend an.

»Nein. Aber er wird schon noch kommen. Du weißt, wie voll es manchmal auf den Landstraßen ist. Wird auf der Strecke nicht auch irgendwo gebaut?«

»Dann hätte er aber ruhig mal anrufen können. An sein Handy geht er auch nicht.« Harro klang verstimmt. Er sah aus, als ob er wieder die ganze Nacht durchgemacht hätte. Ravi vermutete, dass ihr gemeinsamer Feierabendschoppen für den Chef nur das Warm-up für einen zünftigen Rundgang durch ein halbes Dutzend Altstadtkneipen gewesen war. Oder hatte er sich daheim einen genehmigt? Die Haut über den Wangen schimmerte fahl. Die beiden unteren Augenlider leuchteten ebenso rot wie die feinen Äderchen, die das Weiß seiner Augäpfel durchzogen. Aber egal, was Harro bis in die Morgenstunden getrieben hatte, er ging jede Wette ein, dass über den gesamten Tag keinerlei Klagen von ihm kommen würden. Nicht einen Ton hatte sein Chef jemals in dieser Hinsicht geäußert, wie mies er auch aussah. Er machte seine Arbeit und vermittelte dabei den Eindruck, hellwach zu sein. Ravi gehörte nicht zu denen, die mahnend hinter Harros Rücken den Zeigefinger erhoben. Das war Tobias' Rolle, auch wenn der sie im Moment nicht spielen konnte. Dafür hatte er seine Worte im Ohr: »Auf Dauer kann das nicht gut gehen. Irgendwann folgt die Quittung für den Alkohol.« Den glaubte Ravi nun auch zu riechen. In Harros Blutkreislauf schien davon noch reichlich vorhanden zu sein.

»Soll ich dir einen Kaffee mitbringen?«

Harro sah auf seine Armbanduhr und nickte. »Wir fangen ohne ihn an. Es gibt viel zu tun. Die anderen warten schon.«

Mit zwei Tassen bewaffnet, betrat Ravi den Besprechungsraum, den sie bei laufenden Ermittlungen zweimal am Tag nutzten, um alle beteiligten Kollegen auf dem gleichen Wissensstand zu halten und die weiteren Aufgaben zu koordinieren. Die Kaffeevariante in Tiefschwarz stellte er kommentarlos neben Harro ab. Er registrierte, dass dessen auf der Tischplatte liegendes Handy damit beschäftigt war, eine Verbindung zu Tobias' Telefon aufzubauen. Mit seiner Halbe-halbe-Mischung verzog er sich zu den beiden Kollegen von der Kriminaltechnik.

Insgesamt saßen sie zu sechst um den Tisch herum, an dessen Kopfende Harro die Besprechung leitete. Sein Blick verriet, dass er sich über Tobias' Unpünktlichkeit ärgerte. Der Chef konnte es nicht ausstehen, wenn er auf irgendjemanden warten musste. Am besten saßen alle bereit, und er kam dazu, um bereits bei den letzten Schritten zu seinem Stuhl mit seinen Ausführungen anfangen zu können. Dabei kam es immer mal wieder vor, dass Tobias ein paar Minuten später kam, weil er die Kinder noch im Kindergarten hatte abliefern müssen. Seine Frau bereitete sich auf den Wiedereinstieg in ihren alten Beruf vor. Ben war fünf, seither hatte sie, soweit Ravi wusste, nicht gearbeitet. Das nachzuholen, was sich in einer Apotheke in dieser Zeit alles verändert hatte, war bestimmt nicht ganz einfach.

»Lasst uns anfangen. Tobias kann später dazukommen. Was haben wir bisher?« Harro blickte in die Runde. Es war sein üblicher Beginn einer Lagebesprechung. Eine Antwort auf seine Frage erwartete er nicht. Erst nachdem er selbst einen Überblick gegeben hatte, bei dem er ungern unterbrochen wurde, waren die anderen an der Reihe, ihre Zwischenergebnisse zu präsentieren. »Ich habe eben mit der Lieberknecht telefoniert. Zum jetzigen Zeitpunkt geht sie von einem Kind oder Jugendlichen aus. Der Körpergröße und dem Knochenwachstum nach war das Kind wohl zwischen acht und zwölf Jahre alt. Wahrscheinlich ein Junge. Mit der genauen Bestimmung des Alters tut sich unsere Rechtsmedizinerin noch schwer. Die Knochen vermitteln anscheinend nicht den Eindruck, dass das Kind über einen längeren Zeitraum üppig ernährt wurde. Der Mangel könnte zu Wachstumsstörungen geführt haben, die sie berücksichtigen muss. Für eine gewisse Vernachlässigung spricht auch ihr Befund der Zähne. Sie glaubt nicht, dass da jemals ein Zahnarzt oder Kieferorthopäde draufgeschaut hat.«

Harro sah noch mal kurz auf sein Handy, dessen Sperrbildschirm aber weiterhin keine eingegangene Nachricht meldete. »Die Schneidezähne zeigen einen so deutlichen Überbiss, dass, selbst wenn wir von der unteren angenommenen Altersgrenze ausgehen, eine kieferorthopädische Behandlung bereits begonnen hätte. Es wird also mit hoher Wahrscheinlichkeit nirgendwo Abdrücke des Gebisses geben, die wir für einen Abgleich heranziehen könnten. Unsere Ansatzpunkte für die Suche in der bundesweiten Vermisstendatenbank sind entsprechend spärlich: Neben dem ungefähren Alter und Geschlecht des Kindes ist ein familiäres Umfeld mit bescheidenen wirtschaftlichen Möglichkeiten wahrscheinlich. Arbeitslosigkeit, Drogen, Alkohol, Verwahrlosung oder sonstige Probleme, auch mit dem Jugendamt.«

Ravi nippte an seinem lauwarmen Kaffee, den er mit reichlich Milch so sehr verdünnt hatte, dass er einigermaßen trinkbar war. Die übliche Grundmischung, die morgens in der kleinen Küche für die Lagebesprechung bereitstand, durfte man getrost ein Konzentrat nennen, das nur ganz sparsam mit Wasser verflüssigt worden war. Da er morgens nichts frühstückte, reichten ihm zwei Schlucke davon, um seinen Magen rebellieren zu lassen. Zu viele Bitterstoffe, gegen die er sich krampfend zur Wehr setzte. Harro schüttete während seiner kurzen Sprechpause gierig mehr als die Hälfte der heißen Kaffeereduktion in sich hinein und fuhr dann fort.

»An den Resten der Kleidung mühen sich die Spezialisten vom LKA ab. Ich denke, dass wir im Laufe des Tages Muster erhalten werden und dann genauer wissen, was der Junge getragen hat.« Er kramte kurz in seinen mitgebrachten Unterlagen. »Hier, reicht mal die Fotos von den Schuhen herum. Ein Modell, das 2014 und 2015 verkauft wurde und sehr populär war. Auffällig ist neben der roten Farbe das neongrüne Zeichen der Marke Nike an der Seite.«

Das Öffnen der Tür ließ alle aufblicken. Tobias kam herein. »Morgen zusammen. Sorry wegen der Verspätung. Meine Frau und unsere Tochter sind krank. Ich musste warten, bis meine Mutter da war.« Er stockte. »Allein konnte ich sie nicht lassen.« Schnell suchte er sich einen freien Platz. Ravi fiel auf, dass Tobias Harros Blick auswich.

»Okay, dann machen wir weiter. Der gestrige Fundort der Leiche ist nicht der Ablageort, an dem sie die letzten Jahre gelegen hat, das können wir mit Sicherheit sagen. Aus der Befragung des Gemeindegärtners Hassinger wissen wir, dass er sie beim Abriss eines der Kleingärten mit einem Radlader aufgenommen und dann dorthin verbracht hat. Das geschah auf Anweisung von Bürgermeister Medinger, der das Gelände möglichst schnell geräumt haben wollte.«

Neben Ravi schüttelten Christian Schweickhart und Olaf Hartmann ungläubig den Kopf. Harro reagierte darauf. »Das klingt nicht ganz sauber, kann aber ein Missverständnis gewesen sein. Der Bürgermeister gibt an, dass er am Telefon nur ›alte Knochen‹ verstanden hat und annahm, dass es sich um Reste des alten Friedhofs handeln müsse, der direkt an den neuen angrenzte.«

»Das ist doch bescheuert. Der ist also nicht einmal hingefahren und hat sich das angesehen?« Aus Christians Stimme sprach Unverständnis.

Harro winkte ab. »Ja, aber keine Sorge, den nehmen wir uns nachher noch mal vor.« Er sah zu Tobias, der gerade seinen Laptop aus der ledernen Aktentasche holte, um ihn an den Beamer anzuschließen, der bereits leise vor sich hin surrte. »Zu den Örtlichkeiten. Tobias, du übernimmst, sobald du so weit bist.« Die Schärfe in Harros Stimme war nicht zu überhören. »Der gelbe Sand an den Knochen des Opfers ist identisch mit dem, den wir auf der geräumten Fläche gefunden haben. Das hat das LKA vorhin bestätigt. Die betreffende Stelle, die Tobias gestern untersucht hat, scheint einmal eine Sandkiste gewesen zu sein. Wir gehen zurzeit davon aus, dass sich die Sandkiste neben der Hütte befand, während die Knochen des

Kindes unter der hölzernen Bodenplatte der Behausung lagen. Der Täter scheint einen Teil des Sandes aus der Sandkiste benutzt zu haben, um die Leiche des Jungen damit abzudecken. Aufgrund der speziellen Situation vor Ort schätzt die Lieberknecht, dass die Leiche drei bis sechs Jahre lang unter der Hütte gelegen hat. Die vor Wind und Wetter geschützte Lage und der Sand erklären den guten Erhaltungszustand. Die Analyse der Knochen und der Haare läuft.«

Der Beamer projizierte das erste farbige Foto auf die weiße Wand. Eine der Luftaufnahmen, die Tobias kurz vor oder kurz nach der Attacke auf Ravi geschossen haben musste. Ravi würde es nicht wundern, wenn er ganz zufällig und ohne böse Absicht auch dieses Bild gleich zeigen und umfangreich kommentieren würde. »Ein unbedarfter junger Kollege, der die Flugbahn meiner Drohne kreuzte. Es ist nichts weiter passiert, aber er sollte in Zukunft vorsichtiger sein und nicht nur auf den Boden, sondern auch in die Luft schauen.«

Die Lacher hätte er sicher auf seiner Seite. Andererseits vermittelte Tobias heute Morgen nicht den Eindruck, als sei er zum Spaßen aufgelegt. Er wirkte erschöpft, so als ob er gestern mit Harro zusammen unterwegs gewesen wäre. Da das auszuschließen war, musste die Müdigkeit in seinem Gesicht das Resultat einer durchwachten Nacht am Bett seines kranken Kindes sein.

Tobias räusperte sich. Der kleine rote Punkt seines Laserpointers irrte über die Luftaufnahme an der Wand vor ihnen. »Was wissen wir über das Gebiet vor der vollständigen Räumung?« Er hielt einen Moment inne. »Von oben ist die grobe Struktur eigentlich noch ganz gut zu erfassen, trotz des Kahlschlags, der über den Sommer dort stattgefunden hat. Mit etwas Abstand lässt sich das eine oder andere aus der Luft gut erkennen. Hier seht ihr den Fundort der Knochen.« Der rote Punkt stoppte, vollführte eine kreisende Bewegung, dann wanderte er weiter. »Das ist der frühere Hauptweg zwischen den Gärten hindurch. Von ihm gingen schmale Pfade ab, die vielleicht einen Meter breit waren. Dort ragten die Büsche zu beiden Seiten dicht an dicht in die Höhe. Die Gärten besaßen identische Abmessungen, quadratisch oder rechteckig, sodass sie in das gleichmäßige Schachbrett, das die Wege bildeten, hineinpassten. Die großen Gärten hatten um die eintausendsechshundert Quadratmeter, die kleinen die Hälfte.«

Ravi musste zugeben, dass das Gelände von oben sauber geordnet aussah. Auf den Pfaden dazwischen dürfte man von dieser Systematik aber vermutlich schon seit Längerem nicht mehr allzu viel wahrgenommen haben.

»Manche Gärten lagen seit Jahren brach und waren fast vollständig zugewachsen. Die ausladenden Hecken ragten über die Grundstücksgrenzen hinaus und in die Wege hinein. Zum Beispiel hier und hier.« Er deutete mit dem Laserpunkt darauf. »Zuletzt gab es dort im Sommer wohl gar kein Durchkommen mehr. Ein Urwald, der effektiven Sichtschutz bot und durch die zahlreichen Brombeer- und Rosenhecken dazwischen ungebetene Gäste abgehalten hat. Für uns ist das deshalb von Bedeutung, weil diese Dickichte direkt an die Fläche anschließen, die uns interessiert.« Tobias bewegte den Laserpunkt einmal an allen vier Rändern der rechteckigen Parzelle entlang. Er sah kurz auf und ließ dann ein zweites Luftbild aus niedrigerer Höhe folgen, auf dem der kleine gelbe Fleck, der die Sandgrube markierte, deutlich auszumachen war. »Das ist der Garten, in dem wir auf den Sand gestoßen sind, der auch an den Knochen zu finden war. Unter der Hütte, die auf dieser Parzelle stand, hat der Leichnam gelegen.«

Der Punkt flitzte entsprechend Tobias' weiteren Ausführungen zu den verschiedenen Stellen über die Aufnahme.

»Die Sandkiste sticht auf diesem Foto farblich hervor, sie war gleichmäßig eingefasst. Direkt daneben befand sich das Hauptgebäude mit etwa drei mal vier Meter Grundfläche, an das sich auf drei Seiten kleinere Anbauten anschlossen, Schuppen womöglich oder zusätzlicher, von der Hütte begehbarer Wohnraum. Anhand der hier fehlenden Grasnarbe lässt sich der Umriss recht gut erkennen.« Tobias schaute auf und blinzelte in die Runde. »Zuletzt scheint die Hütte samt

Anbauten zur wilden Müllkippe verkommen zu sein. Aber dazu müssten Harro oder Ravi etwas sagen. Die haben unseren bisher einzigen Augenzeugen vernommen.« Sein Grinsen wirkte reichlich gequält in seinem müden Gesicht.

»Ja, das deckt sich mit den Ergebnissen unserer Befragung. Es müssen sich dort in den letzten Jahren Unmengen an Müll angesammelt haben. So hat es uns zumindest der Gemeindegärtner beschrieben, der den Abriss durchgeführt hat. Alles ist bereits restlos entsorgt worden.« Ravi unterdrückte den erneut aufkeimenden Zorn darüber, dass etwaige Spuren dadurch unwiederbringlich zerstört worden waren. Und zwar mit einer Gründlichkeit, die den Bürgermeister und seinen Gemeindemitarbeiter unter normalen Bedingungen zu Hauptverdächtigen machten. So räumte nur auf, wer etwas zu verbergen hatte. Zumal bereits geplant war, wohin der Erdhaufen in ein paar Wochen verschwinden sollte. Hätten sie alles etwas früher in den alten Steinbruch gekippt, hätte niemand etwas mitbekommen. Aus diesem Blickwinkel betrachtet, mussten sie bei Medinger unbedingt noch mal nachfassen.

»Das kann ich nur bestätigen«, sagte eine Kollegin aus dem Innendienst. Stephanie Niebergall war etwas jünger als Ravi und zierlich. Ihr kurzer Pagenschnitt ließ sie wie eine Abiturientin aussehen, die zum Praktikum hier war. »Die Kriminaltechniker haben auf dem Grundstück Unmengen an Kunststoff-, Holz- und Metallsplittern gefunden, die nicht von der Hütte selbst stammen, dazu ins Erdreich eingesickerte Farbreste, Terpentin, Benzin und so weiter. Ein Teil davon ist im Labor, aber ich glaube nicht, dass uns das wirklich weiterbringen wird. Wissen wir, wem das Grundstück gehört?« Sie richtete ihren Blick auf Harro. Der nickte und presste die Lippen aufeinander.

»Ja, das sollte eigentlich am Anfang stehen, aber ganz so einfach gestaltet es sich nicht. Das Gelände gehört jetzt der Gemeinde, zumindest ist das die Information, die wir vom Bürgermeister bekommen haben. Die Kommune hat nach und nach alle Grundstücke aufgekauft. Die Übertragung des fraglichen Grundstücks erfolgte erst vor Kurzem, weshalb dort auch zuletzt alles abgerissen wurde. Es hat einer Erbengemeinschaft gehört. Aus dem Stegreif wusste der Bürgermeister aber nicht viel dazu zu sagen. Nur, dass es umständlich und langwierig gewesen sei, weil die in ganz Deutschland verteilt lebenden Beteiligten zumeist gar nicht gewusst hätten, dass sie stolze Besitzer eines Anteils an einem zugemüllten Gartengrundstück geworden waren.« Harro drückte ungeduldig auf seinem Handy herum, während er sprach. »Ich habe einen Grundbuchauszug angefordert und werde, wenn wir ihn heute noch mal vernehmen, beim Bürgermeister darauf dringen, dass er alle bei der Gemeinde verfügbaren Dokumente beibringt. Und bevor gleich noch jemand fragt: Auch auf die Frage, wer das Grundstück zuletzt genutzt hat, konnte mir Medinger keine Antwort geben.«

Harro stutzte und sah mit zusammengekniffenen Augen auf das Display seines Smartphones. Dann hellte sich sein Blick schlagartig auf. »Na, da sage noch mal einer, auf dem Amt wären sie nicht auf Zack!« Er schnalzte mit der Zunge. »Ich glaube, wir sollten nicht abwarten, bis der Bürgermeister zu seinem Termin erscheint, sondern ihm am besten gleich einen Besuch abstatten. Da stinkt nämlich etwas bis zum Himmel!«

17

Hansi Hinterseer musste heute Geburtstag haben. Oder war
er urplötzlich verstorben? Da der tief beseelte Moderator von
SWR 4 sich anscheinend direkt nach dem Morgenkaffee in
den frühzeitigen Feierabend verabschiedet hatte, bekamen sie
während der langen Fahrt über die Dörfer keine Antwort auf
die Frage, warum gerade nur Lieder von ihm gespielt wurden.
Oder klangen sie einfach nur alle gleich, weil alle den identi-
schen Dialekt pflegten?

Wirre Verschwörungstheorien zogen durch Ravis vom
Schlagertralala matschigen Schädel. Es waren verschiedene
Interpreten, aber ein und dieselbe Person. Alle zusammen?
Natürlich! Hinter all dem Schlagergedudel steckte eine einzige Person, die in die unterschiedlichsten Rollen und Verkleidungen schlüpfte, um mit den immer gleichen wiegenden
Bewegungen Weisen der Glückseligkeit und des geheilten
Herzschmerzes von sich zu geben. Eine selbst gebastelte Ap-
paratur produzierte dazu die aus einigen wenigen Tönen in
millionenfachen Kombinationsmöglichkeiten zusammenge-
würfelten eingängigen Tonfolgen. Sie nutzte einen Massen-
erfolge garantierenden Algorithmus, der nur von Bill Gates
stammen konnte oder von einem seiner Freunde. Nur so war
die Weltherrschaft des Schlagers zu erklären, und es musste die
Wahrheit sein, weil alle anderen sie so hartnäckig leugneten.

Oder sie konnten schlicht nicht erkennen, dass der Großteil
der Liedzeilen einen geheimen Subtext transportierte. Unvorstellbar, diese Blindheit der Massen, wo doch nicht wenige
Strophen in ihrer perfiden Konstruktion aus sinnentleerten
Silbenfolgen gar keine andere Erklärung zuließen. Unabhängig
voneinander agierende Kleingruppen schickten sich auf diese
Weise verschlüsselte Botschaften, die über weitere wunder-
same Apparaturen dechiffriert werden konnten. Im Radio
klang genau in diesem Moment ein Musterbeispiel für diese

Theorie an. Ravi erschrak. Konnten sie jetzt auch schon seine Gedanken lesen? *Aba heidschi, bumbeidschi, bumm, bumm! Aba heidschi, bumbeidschi, bumm, bumm!*

Kurioserweise war es bisher noch niemandem gelungen, die Geheimbotschaft der weltumspannenden Freimaurerloge, die sich unter dem Deckmantel des harmlosen Schlagers organisierte, zu entschlüsseln.

Ravi schüttelte sich und starrte gebannt auf die Landstraße, die in das Dorf hineinführte. Er hatte auf dem Weg zum Wagen entschlossen nach dem Autoschlüssel gegriffen, den Harro schon in der Hand hielt. Er hing am Leben. Ob der Chef den Zustand der Fahrtüchtigkeit schon wieder erreicht hatte, wusste er ebenso wenig zu sagen, wie er sich Tobias' Schweigsamkeit auf dem Rücksitz erklären konnte. Jeder hing seinen eigenen Gedanken nach. Eine schweigsame musikalische Ausfahrt, wie sie bei ihnen nur selten an der Tagesordnung war. Tobias starrte aus dem Seitenfenster in die Weite des Hügellandes, das sie durchquerten. Er hatte sich, als sie die Stadtgrenze passierten, in einem knappen Telefonat mit seiner Mutter bestätigen lassen, dass es Sara gut ging und sie noch immer schlief. Nach seiner Tochter hatte er nicht gefragt, dafür aber der alten Dame mehrmals das Versprechen abgerungen, dass sie alle halbe Stunde nach seiner Frau schauen sollte. Ihr schien es wohl wirklich mies zu gehen.

Harro summte die Melodie des nächsten Liedes mit, das schon wieder den Liebesschmerz vor Alpenpanorama beklagte. Zuvor hatte er sich ausgiebig über das stoppelige Gesicht gerieben. Zusammen mit seinen rauen Händen klang das Geräusch vom Beifahrersitz so, als ob jemand mit grobem Sandpapier das Holzimitat über dem Handschuhfach bearbeitete.

Ravi parkte den Wagen vor dem Bungalow des Bürgermeisters. In der plötzlichen Stille, die auf das Herausziehen des Autoschlüssels folgte, hallte ein letzter eindringlicher Jodler nach. Für einen winzigen Moment befürchtete er, dass dieser Ton ihn als Tinnitus in den nächsten Jahren begleiten könnte.

»Mit blumigen Worten und Ausflüchten kommt der uns heute nicht davon!« Harro marschierte am leeren Stellplatz vor der Garage vorbei auf die Haustür zu. Ravi und Tobias folgten ihm. Die Tür wurde erst nach dem dritten Klingeln geöffnet.

Medinger starrte sie irritiert an. Dann blickte er verlegen an sich hinunter. Der Unterschied zu seinem gestrigen Auftreten hätte nicht gravierender ausfallen können. Er steckte in einer ausgebeulten, leicht ausgeblichenen dunkelblauen Trainingshose, die auf Höhe des rechten Oberschenkels andeutete, dass nicht alle Bestandteile des Frühstücks dorthin gelangt waren, wo sie eigentlich hingehörten. Auf der offen stehenden Jacke, die sein Unterhemd in Doppelripp nur zum Teil verdeckte, prangte auf Brusthöhe der Bundesadler.

»Kommen Sie doch herein. Ich bin im Ruhestand, seit zwei Jahren.« Das klang entschuldigend. »Oberstarzt im Sanitätsdienst.« Er rang sich ein Lächeln ab, während er mit der rechten Hand einen militärischen Gruß andeutete. »Ich bin froh, dass ich nicht mehr dabei bin. Da bleibt mehr Zeit für die Arbeit in meinen Ehrenämtern und zum Glück auch ab und an noch ein freier Vormittag.«

Harro verschränkte die Arme vor der Brust und erweckte nicht den Eindruck, über die Türschwelle treten zu wollen.

»Wir möchten Sie nicht lange aufhalten.« Er ließ seinen Worten Schweigen folgen. Medinger wirkte plötzlich unsicher.

»Waren wir nicht erst in ein paar Stunden –«

Der Chef ließ ihn nicht ausreden. »Das mit dem Vorbesitzer des Gartengrundstücks ist mir nicht ganz klar geworden.«

Harro hatte ganz langsam gesprochen. Alle drei beobachteten sie nun den Bürgermeister im Bundeswehrsportdress.

»Wie ich Ihnen gestern schon sagte, eine komplizierte Erbengemeinschaft, die in ganz Deutschland verstreut ist. Zum Teil wussten die Personen nicht einmal, dass sie etwas geerbt hatten. Wir haben das letztendlich gut über die Bühne gebracht und dafür in Kauf genommen, dass nicht nur der

Abriss der Hütte, sondern auch die Entsorgung des Sonder-
mülls an uns hängen blieb.« Er verzog gequält das Gesicht.
Es wirkte fast so, als würde ihm dieser Umstand körperliche
Schmerzen bereiten. »Ich habe Ihnen ja schon erklärt, wie
viele Wagenladungen Abfall wir abtransportieren mussten.
Ich brauche Ihnen wohl nicht zu sagen, was das gekostet hat.«

Medinger straffte die Schultern und drückte den Rücken
durch. »Dass mir und meinem Mitarbeiter am Ende ein so
tragischer Fehler unterlaufen ist, bedaure ich zutiefst. Und
ich übernehme natürlich die Verantwortung dafür. Obwohl
ich mir nichts vorzuwerfen habe. Ich habe in guter Absicht
gehandelt, um Schaden von meiner Gemeinde abzuwenden
und weiteren Verzug in diesem Projekt zu verhindern.« Zur
Bestätigung nickte er gleich zweimal, sichtlich zufrieden
mit seiner Erklärung. »Hätte ich auch nur geahnt, um welch
schrecklichen Fund es sich wirklich handelte, hätte ich nicht
gezögert und die Arbeiten unverzüglich unterbunden. An so
etwas denkt man ja nicht. Hier bei uns, in einem überschaubaren Dorf, wo jeder jeden kennt. Für mich war klar, dass es sich
um ein altes Grab handeln musste, da sich der Friedhof im 18.
und 19. Jahrhundert direkt an den Dorfgraben anschloss. Erst
nach dem Zweiten Weltkrieg ist der neue Friedhof weiter nach
draußen verlegt worden, und die alten Gräber wurden eingeebnet.«

Medinger redete weiter. Er schien sich gefangen zu haben
und beteuerte noch mehrmals, wie leid ihm alles tue. Ravi
ging das gehörig auf die Nerven. Aber er wusste genau, dass
Harro ihn zur Schnecke machen würde, wenn er ihm dazwi-
schenfunkte. Es war seine Gesprächsführung, die er ganz der
Situation anpasste und den Notwendigkeiten, von denen er
annahm, dass sie ihn zum Ziel führten. So standen sie weiter
wie zwei sprachlose Bodyguards hinter ihrem Chef und starrten den Bürgermeister an, der seine Ausführungen endlich
beendet hatte und auf eine Reaktion wartete.

»Die Erben von Eduard Beißer?«

»Ja.«

»Er ist 2010 gestorben.«

Medinger zuckte mit den Schultern und lachte kurz auf. »Wenn Sie das sagen. Ich habe die genauen Daten jetzt nicht parat.«

»Wer hat das Gelände in der Zwischenzeit genutzt?«

»Die Frage kann ich Ihnen leider nicht beantworten.« Er versuchte, ein wenig ungehalten zu klingen, weil Harro ihm Fragen stellte, die er schon beantwortet glaubte. »Auch wenn ich mich wiederhole, es handelte sich um sehr verworrene Eigentumsverhältnisse.«

»Waren Sie das vielleicht?« Harros Stimme klang schneidend.

»Nein!« Medinger schüttelte hastig den Kopf. Ravi konnte sehen, wie die Farbe aus seinem Gesicht wich. »Ich habe nichts mit dem Grundstück zu tun.« Aus weit aufgerissenen Augen starrte er sie an. Sein Blick sprang zwischen ihnen hin und her.

»Wirklich nicht?« Harro ließ dem Bürgermeister noch einen Moment. Anscheinend wollte der aber nicht antworten, also redete er weiter. »Ist es da nicht sonderbar, dass Sie seit Kurzem im Grundbuch als neuer Eigentümer der eintausendsechshundert Quadratmeter geführt werden?«

Medinger schnaufte und schluckte mehrmals deutlich vernehmbar. Er fuhr sich über die Stirn, obwohl sich die Schweißperlen wie bei ihrem letzten Besuch auf seiner Oberlippe bildeten und nicht auf der ausladenden kahlen Fläche auf seinem Schädel.

Harro gab seiner Stimme einen noch freundlicheren Klang. »Sie werden den Erben ja sicherlich wahrheitsgemäß berichtet haben, dass ihr Garten Bauerwartungsland ist und nur noch dieses eine Stück für die Erschließung fehlt?« Er holte kurz Luft. »Und ganz bestimmt werden Sie auch einen entsprechend fairen und ordentlichen Preis bezahlt haben.«

Medinger antwortete nicht.

»Diese Verquickung verursacht bei mir einen ganz schalen Beigeschmack. Das Gartengrundstück, das Sie sich persönlich sichern und auf dem dann der Gemeindearbeiter den Müll

entsorgt und den Abriss der störenden Gebäude durchführt.«
Nur kurz hielt Harro inne. »Das stinkt zum Himmel!«

»Was soll das? Ich habe nichts mit dem zu tun, was dort
oben vor Jahren passiert ist!« Um Medingers Souveränität war
es geschehen. Heiser krächzte er die nächsten Worte heraus.
»Ich bin niemals auf diesem Grundstück gewesen. Über den
Zaun habe ich geschaut, mehr nicht. Da kam man ja nicht
einmal richtig hinein, so viel Zeug lag dort herum.«

Harro unterbrach ihn schroff. »Das will ich Ihnen gern
glauben und mich auf Ihre Version der Geschichte einlassen.
Wir beide ziehen uns jetzt in Ihr Büro hier oder ins Rathaus
zurück und nehmen uns einen Plan. Dann gehen wir jede einzelne Parzelle dort oben durch, und Sie sagen mir, was Sie
darüber wissen, wer sie genutzt hat und in welchem Zeitraum.
So nähern wir uns ganz langsam der entscheidenden Gartenparzelle, in deren Besitzverhältnisse der letzten Jahre wir ganz
zum Schluss ebenfalls noch ein wenig Licht bringen. Nach
Auskunft des Grundbuchs war die Erbengemeinschaft nämlich gar nicht so unübersichtlich, wie Sie es immer darstellen.«

18

Der Zorn ließ Achim Roos das Gaspedal seines Traktors bis zum Anschlag durchtreten. Mehr als zwei Stunden hatte er an dem Gerät herumschrauben müssen, um es wieder zum Laufen zu bringen. Der saubere Schnitt am Hydraulikschlauch verriet, dass sich wieder einmal jemand an seinem Eigentum zu schaffen gemacht hatte. Es war nicht das erste Mal, aber in den letzten Monaten hatte es zugenommen. In den nächsten Nächten würde er sich auf die Lauer legen. Der konnte etwas erleben! Der Gedanke besserte seine Laune. Vielleicht sollte er sich beim Heinrich eine Flinte ausleihen und dem Kerl eine Ladung Schrot in den Hintern pusten. Das wäre ihm eine Lehre, an der er ein paar Monate zu knabbern hätte.

Er raste weiter mit Vollgas den Betonweg entlang. Seine dünnen Haare flogen wild im Wind. Nichts lag auf seinem Schädel mehr dort, wo es eigentlich hingehörte. Seine linke Hand stützte er auf dem Oberschenkel ab und umklammerte mit der rechten den abgegriffenen Knauf am Lenkrad. Er sog die kühle Fahrtluft durch die Schneidezähne ein.

Bei jeder kleinen Unebenheit schwankte der Laubschneider durch sein Sichtfeld. Das Gestänge des alten Gerätes, das an der Vorderachse angehängt war, schepperte. Die blanken Kanten der Messer blitzten. Sie allein zeugten davon, dass der alte Haufen rostiger Schrott überhaupt noch zu etwas zu gebrauchen war. Manch einer wunderte sich darüber. Wenn sich die Messer drehten und vor ihm rotierten, durfte ihnen nichts in den Weg kommen. Sie durchschlugen erbarmungslos alles, was sich zu weit herausreckte.

Besonders am Ende der Rebzeile musste man vorsichtig sein. Die Messer drehten sich nur dann ausreichend schnell, wenn er ordentlich Gas gab. Im vergangenen Jahr wäre es fast zum Unglück gekommen, als er auf das Ende der Gasse zuschoss. In den Ohren des Radfahrers hatte er später die weißen

Stöpsel erkennen können. Der Mann war an seinem Weinberg vorbeigekommen, abgestiegen, hatte sein Elektrofahrrad an den letzten Rebstock gelehnt und saß davor im Gras. Den Lärm, den sein offener Schlepper produzierte, konnte er nicht hören. Im allerletzten Moment war es Achim Roos gelungen, das Lenkrad herumzureißen. Die Messer hatten die letzten Rebstöcke der Gasse vollständig zerfetzt, die Splitter waren ihm nur so um die Ohren geflogen. Dabei hatten sich die Drähte, die den Reben als Rankhilfe dienten, um die kreisenden Messer gewickelt und die Maschine gerade noch rechtzeitig zum Stillstand gebracht. Wäre er nicht so aufmerksam gewesen, hätten die Messer des Laubschneiders zuerst das Fahrrad und dann den nichtsahnenden Besitzer massakriert.

Im Unterschied zu den neuen, empfindlichen Maschinen war sein mehr als dreißig Jahre altes Gerät nämlich sogar in der Lage, im Oktober nach der Lese die verholzten Triebe seiner verbuschten Weinbergszeilen wieder in Schwung zu bringen und auf ein verträgliches Normalmaß zurückzustutzen. Zu ebendiesem Zweck war er gerade dorthin unterwegs. Auch als Hobbywinzer mit nur drei kleinen Weinbergen hatte er ausreichend Erfahrung, um zu wissen, wie man diesen Arbeitsschritt richtig anging. Daher hatte er vorhin die Schutzbleche am Gerät entfernt. Dort verfingen sich nämlich die elastischen Triebe, die die Messer nicht erreichten, und wickelten sich um die Schrauben, bis gar nichts mehr ging. Es war eine stundenlange Sisyphusarbeit, die ineinander verzurrten, zähen Triebe in winzigen Stücken wieder herauszuschneiden. Aus diesem Grund nahm er alle nicht benötigten Bauteile ab, bevor er mit diesem Arbeitsschritt die Winterruhe im Weinberg einläutete.

Quietschend meldete sich die Bremse, als er das Gewicht seines rechten Fußes darauf verlagerte. Er bog in die erste dichte Rebzeile ein und hielt kurz an, um die Messer des Laubschneiders zu starten. Das Ende der Rebzeile konnte er nicht sehen, weil sich die schmalen Gassen zuerst über eine kleine Kuppe zogen und der Hang erst dahinter ins Tal abfiel.

Seine Frau, die schon länger nicht mehr bei ihm lebte, hatte die Parzellen mit in die Ehe gebracht, die auf dem Papier noch immer bestand. Es waren die letzten Weinberge, die sie noch besaßen. Den Grundbesitz seiner Eltern hatte er vor fünf Jahren verkauft, als ihre gemeinsame Tochter im Hinterland hatte bauen wollen. Das Grundstück war dort, so weit entfernt von der Stadt, durchaus erschwinglich gewesen, setzte man die Preise hier bei ihnen als Vergleich an. Aber die Sonderwünsche ihrer Tochter und mehrmalige Änderungen am Bauplan hatten den Preis für das mickrige Einfamilienhaus dennoch in schwindelnde Höhen getrieben.

Achim Roos rief sich selbst zur Räson. Er durfte nicht schon wieder ungerecht zu ihr sein. Sein Schwiegersohn hatte einen nicht unbeträchtlichen Anteil an der Misere. Er berief sich stets und ständig auf seine beiden linken Hände und ließ selbst die armseligste Fußleiste und den kleinsten Pflasterstein von einer Fachfirma anbringen, während er selbst auf dem Sofa saß und Roséschorle trank. Wen wunderte es da, dass sein Gehalt als Staplerfahrer in einem Postfrachtzentrum nicht für jeden Wunsch am Bau ausreichte. So hatte er zu guter Letzt noch ein zweites und schließlich sogar ein drittes Mal eine gewisse Summe zuschießen müssen, um das Haus überhaupt so weit fertig zu bekommen, dass es bezogen werden konnte. Sein überschaubares Einkommen im Hauptberuf als Busfahrer hatte das natürlich nicht hergegeben. Der Verkauf der Weinberge in Essenheim und Stadecken-Elsheim war die einzige reelle Alternative gewesen, auch wenn es ihn geschmerzt hatte, den letzten Rest Familienbesitz zu verhökern. Aber mit dieser Meinung stand er in seiner Familie allein da.

Ruckelnd setzten sich die Messer in Bewegung. Erst ganz langsam, um dann abrupt rasend zu rotieren, sodass sie für die Augen zu einem Strudel verschwommen, in dem das Einzelne nicht mehr auszumachen war. Schnell griff er hinter sich, um die alte Kappe und die Brille hervorzuholen. Beides schützte ihn ausreichend vor den herumfliegenden Rebholzresten und dem in den Augen brennenden Saft der Triebe.

Bevor er startete, warf er noch einen Blick auf die Uhr. Bis heute Nachmittag wäre er fertig. Selbst wenn er sich Zeit ließe, würde er alles rechtzeitig erledigt haben, damit er pünktlich zum Dienstagstraining seiner Jugendmannschaft kam. Die Jungs hatten sich gut gemacht in den letzten Monaten. Er seufzte milde, weil ihn dieser Gedanke ein wenig darüber hinwegtröstete, dass ihm seine Tochter weiterhin verbot, die beiden Enkel mal für ein Wochenende zu sich zu holen. »Adrian und ich haben das so beschlossen. Wir wollen das nicht.« Was ging das seinen Schwiegersohn an, wenn er als Großvater seine Enkel sehen wollte?

Er legte den Gang ein und ließ die Kupplung langsam kommen. Die rotierenden Messer forderten lautstark Beschäftigung ein. Sie lechzten nach den holzigen Trieben, die verschlungen in die Fahrgasse hineinragten. Gleich würde alles ganz ordentlich aussehen. Dem Chaos wäre ein Ende gesetzt. Der Traktor rollte an, und die Messer schnitten sich gierig ihren Weg frei. Eine schmale, aber akkurate Schneise schuf er auf seinem Gefährt.

Achim Roos gab etwas mehr Gas, weil er spürte, dass die Triebe aufgrund der Trockenheit in diesem Sommer recht dünn und spröde waren. Die Messer kamen da ohne größere Anstrengung leicht durch. Dreck und Staub flogen ihm entgegen und legten sich auf sein Gesicht und seine Kleidung. Ein grober Nebel aus feinsten Holzresten, Blättern und dem klebrigen Saft der noch wüchsigen Triebe. Ein erster zarter Schleier legte sich auch auf die dünnen Plastikgläser der billigen Schutzbrille. Ohne sie müsste er die Augen zumachen, mit unabsehbaren Folgen. Nur eine kleine Unachtsamkeit, und er hing wieder im Draht oder fuhr mit dem Vorderrad des Traktors einen der knorrigen Stämme seiner Reben kaputt. In dem alten Weinberg fehlten schon so viele, es wäre schade um jeden, der noch daran glauben musste.

Die Hälfte der ersten Rebzeile lag hinter ihm, als er den schwarzen Beutel im dichten Geäst an sich vorbeiziehen sah. Die Messer hatten ihn zum Glück nicht erfasst, und selbst wenn, hätte er wenig dagegen ausrichten können. Wie schon einmal wäre die Scheiße um ihn herumgeflogen. Sollte er einen von denen erwischen, die die Kackbeutel ihrer lieben Vierbeiner im hohen Bogen so in die Weinberge warfen, dass sie im oberen Teil der Rebstöcke hängen blieben und dort baumelnd nur darauf warteten, dass er mit seinem Laubschneider das Plastik und seinen stinkenden Inhalt pulverisierte, dann würde er ihm sämtliche Knochen brechen und ihm zum Abschluss den Beutel in den Rachen stopfen. Achim Roos grinste breit bei diesem Gedanken, den er sich farbig und bis ins Detail genüsslich ausmalte.

Den zweiten schwarzen Beutel bemerkte er viel zu spät. Er tauchte urplötzlich auf Augenhöhe vor den erbarmungslos kreisenden Messern auf. Instinktiv schloss er sofort die Augenlider und presste die Lippen aufeinander, damit er das Zeug wenigstens nicht in den Mund bekam.

Ein metallisches Kreischen durchschnitt die Luft. Es glich einer Kreissäge, von deren Blatt sich die Zähne lösten. Das Zischen kleinster Splitter, die an ihm vorbeischossen, konnte er noch hören. Grausame Laute, die nicht aufzuhalten waren. Dann raubte ihm der Schmerz unzähliger Nadelstiche, die alle zugleich in sein Gesicht, seinen Hals und den Brustkorb eindrangen, die Luft. Tief bohrten sie sich in ihn hinein. Das Blut lief warm von seiner Stirn unter der Brille hindurch in seine nun weit aufgerissenen Augen, während er der plötzlichen Dunkelheit entgegenraste, die ihn gleich darauf verschluckte.

19

»Hier verlief der Hauptweg, der zwischen den Gärten hindurch schnurgerade zum hinteren Eingang des Friedhofs führte.« Tobias deutete auf die betreffende Stelle auf dem farbigen Ausdruck des Fotos. Dann zeigte er mit der Hand die entsprechende Luftlinie an, die nach hundert Metern in den geschotterten Pfad zu den ersten Gräbern mündete. Seit zwei Stunden waren sie schon auf der großen freien Fläche auf dem Herrgottsacker zugange, um anhand der Bilder eine Vorstellung davon zu bekommen, wie es hier ausgesehen hatte, bevor schweres Gerät aufgefahren war. Sie hatten die Ecken der Hütte und ihrer Anbauten mit kleinen roten Plastikpflöcken abgesteckt. Die bis auf einige tief in die Erde reichende Wurzeln nicht mehr existierenden Hecken und das Dorngestrüpp der beiden Nachbargrundstücke kreuzend, umrundeten sie jetzt ihre Markierungen und die seit gestern vor eventuellem Niederschlag mit einer Plane geschützte Sandkiste.

»Der Bewuchs an den Außenseiten muss ungefähr so dick gewesen sein.« Ravi blieb kurz stehen und breitete die Arme aus. »Wie ein Schutzwall, der es unmöglich machte, überhaupt irgendetwas zu erkennen, selbst wenn man direkt vor dem Grundstück stand. Perfekt abgeschirmt.«

Tobias nickte. Schweigend liefen sie weiter und betrachteten ihre Markierungen.

»Ist alles okay mit dir?« Ravi blieb stehen und sah ihn an. Der Kollege wich seinem Blick aus.

»Mir geht alles, was mit Kindern zu tun hat, extrem nahe. Ich kann das nicht mehr ausblenden, seit ich selbst Vater bin. Der Junge, der hier jahrelang im Sand lag, lieblos unter der Bodenplatte verscharrt. Ich sehe dann meinen Sohn dort liegen und Sara und mich daheim, wie wir jahrelang nach ihm suchen und immer noch hoffen, dass er irgendwann doch wieder lebendig vor uns steht, obwohl einem insgeheim klar ist, dass er tot sein muss.« Tobias fuhr sich über die roten Augen. »Ich lasse alle Todesfälle problemlos im Büro und fahre entspannt nach Hause in den Feierabend. Aber sobald Kinder betroffen sind, verfolgen mich die Bilder wochenlang bis in den Schlaf. Wenn du mal Nachwuchs hast, wird es dir sicher genauso gehen. Die müssten für Mordfälle an Kindern ein eigenes Kommissariat einrichten, das nur mit Kripobeamten besetzt wird, die noch keinen Nachwuchs haben oder keinen wollen.« Er versuchte zu lächeln. Ganz gelingen wollte ihm das aber nicht.

»Könnte es vielleicht ein Unfall gewesen sein?« Der Gedanke war Ravi ganz unvermittelt gekommen.

Tobias blickte ihn fragend an.

»Der Junge hatte sich unter der Bodenplatte versteckt und ist von allein nicht mehr herausgekommen. Ein Brett, das er aus eigener Kraft nicht mehr weggeschoben bekommen hat, versperrte den Weg. Eine Falle, wie bei den Kühltruhen. Ist man erst einmal drinnen in der Box und fällt der Deckel zu, dann ist man kaum noch zu retten. Sicher nicht die naheliegendste Erklärung, aber so kann es doch gewesen sein? Der Junge gräbt danach panisch im Sand, der auch unter der Hütte lag, um sich zu befreien, und am Ende sieht es so aus, als ob er verscharrt worden wäre.«

»Aber hier gibt es keine offenen Vermisstenfälle.«

»Dann ist er woanders abgehauen und hat sich bis hierher durchgeschlagen.« Ravi hielt kurz inne. »Oder es hat ihn einfach niemand vermisst gemeldet. Die Einschätzung der Rechtsmedizin passt dazu: Er war vermutlich vernachlässigt und hungrig. Auf der Suche nach Essen und einem Unterschlupf hat sich der Junge unter der Hütte verkrochen und ist dort gestorben. Fast alles ist denkbar, weil es so wenige Anhaltspunkte gibt. Du wirst sehen, von der Lieberknecht kommt am Ende auch nicht mehr als der grob geschätzte Todeszeitraum und keine Aussage zur Todesursache. Dann legen wir den Fall in zwei Wochen zu den Akten.«

Tobias stimmte ihm resigniert nickend zu. Unschlüssig

setzten sie ihren Rundgang fort. Am Fundort der Knochen waren zwei Kollegen von der Kriminaltechnik in Schutzanzügen noch immer damit beschäftigt, sich Schicht für Schicht durch das aufgehäufte Erdreich zu graben. Es gliche einem Wunder, wenn hier noch weiteres für ihren Fall verwertbares Material auftauchen würde.

»Ist daheim alles in Ordnung?«

Tobias hielt das Handy in der Rechten, den Blick auf das Display gerichtet. Er schüttelte den Kopf und atmete heftig aus. Er schien mit sich zu ringen, ob er sich ihm anvertrauen und wenn ja, wie er anfangen sollte. Ravi sah die Tränen in seinen Augen.

»Sara geht es schlecht. Schon seit einiger Zeit.« Stockend fuhr Tobias fort: »Seit Lena auf der Welt ist. Antriebslos und niedergeschlagen, hat sie kaum noch die Kraft, aus dem Haus zu gehen. Sie ist in Behandlung bei einer Heilpraktikerin. Das hat auch geholfen, zumindest am Anfang. Aber seit einigen Wochen geht es wieder bergab.« Er schluckte gegen den Kloß in seinem Hals an.

Einen Moment lang starrte Tobias über die leere Fläche, die sich vor ihnen ausdehnte. Dann sprach er flüsternd weiter. »Gestern, als ich heimgekommen bin, saß sie reglos im Wohnzimmer und hatte etliche Tablettenpackungen vor sich liegen. Ich habe im ersten Moment ernsthaft geglaubt, dass sie sich umgebracht hat.« Tobias schluchzte auf. Die Tränen rannen ihm jetzt über die Wangen. Feine Rinnsale, die sich an seinem Kinn sammelten. »Die Situation war so, wie wir sie als Polizisten schon oft erlebt haben. Ihre Nachricht auf meinem Handy, die wie eine Warnung klang vor dem, was mich und die Kinder erwartete. Die leeren Tablettenblister auf dem Wohnzimmertisch. Es sah aus, als würde sie schlafen, obwohl sie eigentlich nicht mehr atmete. Eine Szene, wie sie in unserem Beruf beinahe alltäglich ist. Nur ging es diesmal um meine eigene Familie. Ich war der heulende Ehemann, der vor ihr kniete und das alles nicht fassen konnte, während sich der Notarzt und die Kollegen von der Kripo ungläubig fragten, wie man die eindeutigen Anzeichen ihrer seelischen Not so lange hatte übersehen können. Aber das Leben ist komplizierter als die einfachen Erklärungen, die wir uns hinterher zurechtlegen, um das Unglück aufzudröseln. Aus der Distanz und vom Ende her betrachtet, erscheint alles immer ganz eindeutig.«

Ravi hielt Tobias ein Taschentuch hin. Der griff bereitwillig danach und wischte sich die Tränen von den Wangen. Ravi wusste nicht, was er sagen sollte. Er stand Tobias gegenüber und hätte ihn eigentlich in den Arm nehmen sollen. Und doch hielt ihn etwas davon ab. Eine unerwartete Distanz, die er in diesem Moment nicht zu überwinden vermochte. Er war sich nicht sicher, ob Tobias, der sonst nur Freudiges von den Kindern und deren Entwicklung berichtete, diese Nähe überhaupt wollte.

»Sie ist ganz von selbst wach geworden, als ich sie berührt habe.« Tobias' Stimme zitterte. Die Tränen waren versiegt. »Nur eine einzige Schlaftablette hatte sie genommen. Es waren alte, längst abgelaufene Packungen, die sie hervorgekramt hatte, um die Tabletten zu suchen, deren Verfallsdatum am unbedenklichsten erschien.« Er steckte das Taschentuch in die Hosentasche. Schwer atmete er ein und wieder aus. Er wirkte viel kleiner als sonst. »Meine Mutter ist jetzt bei ihr und passt auf. Ganz wohl ist mir aber trotzdem nicht dabei. Ich kann kaum einen klaren Gedanken fassen. Die Angst, dass sie es tatsächlich versuchen könnte, will nicht weichen.«

»Wird sie sich helfen lassen?«

»Nach ihrer Meinung tut sie das ja schon. Die Sitzungen bei der Heilpraktikerin und die kleinen weißen Kügelchen, die Madelaine ihr jedes Mal mitgibt, sind nach ihrer Meinung eine wirksame Therapie. Aber ich glaube nicht, dass es ausreicht. Sie braucht professionelle Unterstützung.« Tobias zuckte hilflos mit den Schultern. »Ich kann sie doch nicht gegen ihren Willen einliefern lassen? Das wird sie nicht mit sich machen lassen.«

»Willst du sie Tag und Nacht überwachen lassen?« Ravi zögerte, er wusste nicht, ob er weiterreden durfte. Tobias schien aber genau darauf zu warten. »Wir hatten schon Fälle, bei denen selbst die fast lückenlose Beobachtung nichts geholfen hat. Eine Depression macht antriebsschwach, aber auch sehr erfinderisch, wenn es darum geht, dem Leiden ein Ende zu setzen.« Ravi bereute umgehend, das gesagt zu haben. Er hätte es anders formulieren sollen, vorsichtiger und abwartend, um zur Not abzubrechen, sollte es seinem Kollegen zu weit gehen. Tobias nickte still. Erst nach einigen Momenten fand er wieder Worte.

»Ich weiß. Es klingt so einfach, wenn man es mit Abstand betrachtet. Aber es kostet eine unheimliche Überwindung, seinem Partner den eigenen Willen aufzuzwingen. Ich habe Angst davor, alles kaputtzumachen und ihr Vertrauen zu zerstören.« Leise setzte er nach: »Wahrscheinlich gibt es keinen anderen Weg.«

Von rechts steuerte der dunkelblaue SUV des Bürgermeisters auf sie zu. Er hielt mit einigem Abstand vor ihnen. Harro stieg aus. Sie konnten ihn reden hören.

»Ich melde mich bei Ihnen, wenn ich noch etwas brauche.« Schon kam er auf sie zugestapft.

Ravi ging dem Chef entgegen. Das verschaffte Tobias noch etwas mehr Zeit, um die Tränen aus seinen Augen zu wischen.

»Wir haben alles abgesteckt, um die Dimensionen der Gebäude vor Augen zu haben.« Ravi beschrieb dem Chef in groben Zügen, womit sie die letzten Stunden verbracht hatten. Bahnbrechende Erkenntnisse waren dabei nicht herausgekommen. Sie liefen wie ein Hamster im Rad, ohne wirklich voranzukommen. »Wir sollten den Hassinger hierherholen, damit er uns den Fundort der Knochen beschreiben kann. Unter Umständen kann er sich dann wieder an Details erinnern, die uns weiterbringen. Was hat unser Bürgermeister als Besitzer der Parzelle noch preisgegeben?«

Harro winkte ab. »Das ist ein Nebenkriegsschauplatz. Nicht schön, aber nicht unsere Aufgabe. Er wollte eben auch mal mitverdienen und nicht alles der Gemeindekasse überlassen, die, auch wenn die Baugrundstücke am Ende zu sozialen Preisen abgegeben werden, immer noch zweihundert Euro je Quadratmeter einstreicht. Das hat er mir zumindest so vorgerechnet. In seinem ganz speziellen Fall sind das dreihundertzwanzigtausend Euro, abzüglich des natürlich weit geringeren Kaufpreises, den er an die Erbengemeinschaft gezahlt hat. Entsprechend zerknirscht hat er sich gezeigt, als ich den Kaufvertrag sehen wollte.« Harro lachte auf. Seine heute Morgen noch fahlen Wangen schimmerten jetzt rosig. »Er hat denen den Garten für zweitausend Euro richtiggehend abgeschwatzt, und sie waren ihm am Ende wahrscheinlich noch dankbar dafür, dass sie den Müll nicht entsorgen mussten.« Harro verdrehte die Augen und reckte gleich darauf einen Lageplan triumphierend in die Höhe. »Immerhin hat ihn das gesprächig gemacht, obwohl er mir unbedingt das Versprechen abringen wollte, ihn aus der Sache rauszuhalten. Sein guter Ruf nehme sonst Schaden. Bei den meisten Parzellen kennen wir nun die Eigentümer und Pächter. Zeit, Klinken zu putzen.« Er grinste provozierend. »Wie die Zeugen Jehovas dürfen wir nun den Rest des Tages von Tür zu Tür schleichen. Es wohnen fast alle hier im Dorf.« Erwartungsvoll schaute er Ravi an.

Sollte er jetzt zum Tusch aufspielen? Auf gar keinen Fall! Das war der Alptraum der Polizeiarbeit. »Können Sie sich an etwas Außergewöhnliches dort oben in den Gärten vor drei bis sechs Jahren erinnern?« Das klang nach sinnloser Zeitverschwendung mit dünnem Kaffee, staubigen alten Keksen, die seit Jahren nicht angerührt worden waren, und nicht enden wollenden rührseligen Geschichten über Enkel und Urenkel, die zu selten zu Besuch kamen. Ravi schüttelte sich innerlich. Durchgesessene speckige Sofas hatte er noch vergessen, deren Sprungfedern einem in die Oberschenkel und den Hintern stachen. Wahrscheinlich hatte sich Harro die wenigen Personen herausgesucht, die noch nicht über achtzig waren, und auch bei Medinger nachgefragt, ob sich zufällig ledige Damen in seiner Altersklasse darunter befanden. Für ihn und Tobias blieb dann nur noch der senile, renitente Rest.

Je länger Harro wartete, desto mehr Assoziationen und

Erinnerungen blitzten in Ravis Kopf auf, und auch Tobias, der inzwischen zu ihnen gestoßen war, wirkte nicht eben glücklich. Dann schien der Chef endlich ein Einsehen zu haben.

»Wir kennen nun auch die Namen der Erbengemeinschaft. Es sind drei Personen, wobei bei zweien auch schon der Erbfall eingetreten ist. Das hat den Personenkreis deutlich erweitert. Ganz so unrecht hatte der Medinger also nicht.« Harro hielt inne, als Sirenen ertönten. Sie kamen von der nahe gelegenen Landstraße, die an Essenheim vorbei- und weiter in Richtung Stadecken-Elsheim führte. »Die drei ursprünglichen Erben lebten im besagten Zeitraum vor drei bis sechs Jahren noch. Also sollten wir die auch mal genauer durchleuchten. Vielleicht finden wir dadurch den Nutzer der Parzelle während der letzten Jahre. Sofern wir seinen Namen nicht schon durch die Befragung der anderen Gartenbesitzer im Dorf herausbekommen.«

Harro war sichtlich zufrieden mit den Erkenntnissen, die er aus Medinger herausgekitzelt hatte. Ein wenig Nachdruck und das halbherzig gegebene Versprechen, seine Gier nicht an die große Glocke zu hängen, hatten genügt. Ravi konnte sich die Befragung des Bürgermeisters durch Harro problemlos bildlich vorstellen. Es passte zu ihm und der Art und Weise, wie er zu Ergebnissen kam. »Den Druckpunkt suchen und diesen mit der nötigen Entschlossenheit immer wieder bearbeiten.« Das waren Harros eigene Worte. Ravis Mitleid mit Medinger bewegte sich in engen Grenzen.

Er unterband weitere Gedanken daran, weil der Chef ihm eine Ecke des großformatigen Plans auffordernd hinhielt. »Lasst uns kurz drüberschauen und das weitere Vorgehen unter uns aufteilen. Ich habe Verstärkung angefordert, damit wir zügig durchkommen.« Er blickte prüfend in ihre Gesichter. »Bitte etwas mehr Begeisterung, die Herren. Ich schreie bei dem Gedanken, von Tür zu Tür zu latschen, auch nicht laut Hurra, aber irgendwie müssen wir ja weitermachen. Ich will wissen, wer die Bude genutzt hat. Und für danach bestellen wir den Hassinger zum Ortstermin ein.«

Ein Streifenpolizist trat zu ihnen. Es war einer der Beamten, die den Fundort der Knochen sicherten und verhinderten, dass Unbefugte auf der Fläche herumschlichen, solange das Areal noch nicht freigegeben war.

»Wir haben gerade einen Funkspruch reinbekommen. Nicht weit entfernt hat sich ein Unfall ereignet. Wir sind am nächsten dran und würden daher kurz hinfahren, wenn ihr noch eine Weile hierbleibt. Es wird höchstens zehn bis fünfzehn Minuten dauern, bis die Kollegen eintreffen und unsere Position wieder besetzt ist.«

»Alles klar.« Harro nickte. »Was ist passiert?«

Der Beamte zuckte mit den Schultern. »Irgendetwas mit einem Traktor im Weinberg. Der muss die Böschung hinuntergefahren sein und hat sich überschlagen. Jetzt liegen Teile des Fahrzeugs auf der Fahrbahn. Die Landstraße ist stark frequentiert.« Die letzten Worte sprach er schon im Laufen.

»Dann wollen wir mal.« Harro richtete seinen Blick wieder auf den Plan. Er klang ungeduldig. Hinter ihm beschleunigte der Streifenwagen so stark, dass die Reifen auf dem grasigen Untergrund durchdrehten. Erdbrocken flogen in die Höhe. »So ungestüm waren wir in unserer Jugend auch mal.« Harro lächelte und machte dann weiter. »Zieht man von der Gesamtheit der Kleingärtner die Personen ab, die inzwischen verstorben sind, bleiben etwa fünfzehn Adressen, die fast alle im Dorf und nah beieinander liegen. Es ist also keine große Sache, denen jetzt einen kleinen Besuch abzustatten.« Das Surren seines Handys ließ ihn innehalten. Hastig fingerte er es aus der Innentasche seiner schwarzen Lederjacke. »Was ist denn?«

Seine Gesichtszüge verrieten, dass die Person am anderen Ende der Verbindung nicht über die Fähigkeit verfügte, sich kurzzufassen. Der Chef rollte mit den Augen. »Und der KDD ist geschlossen im Urlaub?« Er schüttelte den Kopf und stöhnte genervt. »Ja, machen wir.«

Noch mit dem Handy in der Hand nahm er Ravi den Lageplan wieder ab. »Ihr seid entlassen. Das mache ich jetzt eben allein.« Er faltete das unhandlich große Stück Papier umständlich zusammen. »Ihr sollt den Streifenpolizisten Gesellschaft leisten. Auf der Landstraße in Richtung Westen, etwa auf halber Strecke zum Nachbardorf. Ist wohl nicht zu übersehen. Dem Notarzt kommen die Umstände des Unfalls sonderbar vor. Und da die lieben Kollegen vom Kriminaldauerdienst heute eine Landpartie nach Worms einlegen, weil dort jemand unter seiner Hebebühne zu Tode gekommen ist, sollen wir hin.« Er schnaufte verächtlich. »Wir sind ja in der Nähe. Da könnt ihr sehen, welchen Stellenwert unser Fall hat. Den haben sie im Präsidium schon als Staubfänger für die Schublade abgehakt. Wiedervorlage alle zwei Jahre oder wenn sich zufällig doch noch jemand meldet, der seinen Sohn vermisst.«

Harro wirkte zornig, so als würde er gern etwas durch die Gegend schleudern. Ravi schaute besorgt auf den Plan in seiner Hand. Doch Harro widerstand dem Drang, die Karte dafür zu benutzen.

20

Just als sie aus dem Dorf heraus waren und auf die Landstraße abbogen, kam ihnen der Rettungswagen entgegen. Er fuhr sehr langsam. Über ihm stand der Hubschrauber fast reglos in der Luft, beinahe so, als ob sie beide nach einem geeigneten Übergabeplatz für das Unfallopfer Ausschau hielten.

Sie mussten nicht sehr weit ins Tal hinabfahren. Der Traktor lag direkt neben der Landstraße im Graben. Die Räder ragten in die Höhe.

»Das sieht nicht gut aus.« Tobias verzog das Gesicht.

Ravi bremste und fuhr langsam an den Streifenwagen heran, der mit zuckendem Blaulicht auf der Landstraße stand und den Verkehr auf die andere Spur umleitete. Es waren die Kollegen, die noch bis vor Kurzem den Dienst an ihrem Ermittlungsort versehen hatten.

Ravi ließ das Seitenfenster hinab. »Schön, wenn man auf alte Bekannte trifft.«

Die beiden blonden, noch jungen Polizisten grinsten. »Hier ist wenigstens etwas los. Bei euch schläft man ja ein.«

»Wo müssen wir hin?«

»Nach da oben. Hier liegt nur der Traktor. Der hat es den Weinberg hinuntergeschafft, über die Böschung zusätzlichen Schwung geholt und sich hier im Straßengraben auf den Rücken gelegt.« Er deutete mit einer knappen Bewegung des Kopfes in die entsprechende Richtung. Ravi folgte mit seinem Blick der Spur, die der Traktor am Hang zurückgelassen hatte. Das fiel ihm nicht allzu schwer. Die Schneise zwischen den geraden Rebzeilen war nicht zu übersehen. »Ihr fahrt am besten noch ein Stück weiter. Es sind zweihundert Meter bis zum nächsten Feldweg auf der linken Seite, der führt euch direkt an die obere Seite des Weinbergs hinter der Kuppe. Die ist von hier aus nicht zu sehen. Dort warten die Kollegen. Die wissen mehr. Der Rettungswagen stand auch dort.«

Ravi nickte und ließ den Wagen weiterrollen.

»Den Fahrer muss es schon dort oben vom Sitz geschleudert haben«, sagte Tobias, »sonst wäre der Hubschrauber nicht zum Einsatz gekommen. Den Weg hier herunter überlebt keiner. Das Fahrzeug macht einen Pfannkuchen aus dir. Danach ist nicht viel übrig, was sich noch zusammenflicken lässt.« Er richtete den Blick wieder nach vorne auf die Straße. »Ich dachte, es gäbe heute nur noch Schlepper mit Kabinen oder einem stabilen Überrollbügel, damit so etwas nicht passieren kann.« Tobias schaute versonnen. »Mein Großvater hat noch Weinberge bewirtschaftet, unten am Rhein. Nur als Hobby, nachdem er schon in Rente war. Ich glaube, er liebte seine Maschinen mehr als die Reben, zwischen denen er unterwegs war.« Jetzt lächelte er sogar. »Der hatte einen Holder. Das sind diese kleinen grünen Schlepper mit dem Gelenk in der Mitte. Dadurch besaßen sie einen enorm kleinen Wendekreis, fielen aber gern mal um, was natürlich lebensgefährlich war.«

Für eine Weile schwiegen sie. Ravi bog in den Feldweg ab und konnte den nächsten Streifenwagen auf der Anhöhe schon erkennen.

»Habt ihr den Traktor noch?«

Tobias verneinte. »Alles verkauft, nachdem der Opa gestorben ist. Mein Vater hatte kein Interesse daran und auch keine Ahnung vom Weinbau. Das wäre nicht trinkbar gewesen.«

Der Weg war auf den letzten Metern ziemlich ausgefahren. Sie wurden gehörig durchgeschüttelt. Ravi stellte den Kombi direkt hinter dem Streifenwagen ab. Eine junge Kollegin in Uniform kam ihnen entgegen. Sie war klein und zierlich. Ravi war ihr schon einmal bei einem Einsatz begegnet. Sie arbeitete in der Dienststelle auf dem Mainzer Lerchenberg, die für die Ortschaften hier draußen zuständig war. Ihrem Blick konnte er entnehmen, dass sie sich auch an ihn erinnerte, was bei seinem auffälligen Äußeren allerdings kein großes Wunder war. Sie lächelte und spulte dann eifrig ihren Bericht herunter.

»Der Rettungswagen ist gerade los. Es steht nicht gut um

ihn. Das Unfallopfer heißt Achim Roos. Er wohnt im Nachbardorf. Seine Frau ist informiert. Was sich genau zugetragen hat, ist unklar. Der Notarzt meinte, dass sich Metallteile des Schneidegerätes, mit dem er die Weinberge gekürzt hat, gelöst haben müssen und durch die Luft geflogen sind. Das sind rotierende Messer, die alles zerschlagen.« Sie machte ein ernstes Gesicht. »Er war komplett zerschnitten, von der Stirn bis über die Brust. Er hat viel Blut verloren. Sie fliegen ihn jetzt nach Ludwigshafen in die Unfallklinik. Das heißt, sobald sie ihn haben. Hier unten konnte der Hubschrauber nicht landen wegen der Hochspannungsleitungen.«

»Wie ist er vom Traktor heruntergekommen?«, wollte Tobias wissen.

»Ein paar Meter hinter der Stelle, an der ihm die Messer um die Ohren geflogen sind, hat es ihn heruntergeschleudert. Vielleicht ist er auch geistesgegenwärtig nach hinten abgesprungen. Den Traktor habt ihr ja wahrscheinlich gesehen. Der hat sich konsequent seinen Weg bis in den Straßengraben gebahnt. Den Überschlag hätte er nicht überlebt.« Sie bedeutete ihnen mitzukommen. »Ich bringe euch zu der Stelle, wo er gelegen hat. Dem Notarzt kam es komisch vor, dass ihn so viele Einzelteile getroffen haben. Er hat von Dutzenden Verletzungen gesprochen.«

Noch bevor sie antworten konnten, lief sie los. Ihr blonder Pferdeschwanz, der unter der Mütze herausschaute, wippte bei jedem Schritt mit. Ravi musste grinsen, weil er jetzt wieder wusste, unter welchen Umständen sie sich kennengelernt hatten. Die Situation war ähnlich gewesen. Ein Einsatz in einem ländlichen Vorort der Stadt. Nichts Spektakuläres, sonst würde er sich an mehr Details erinnern. Tobias und Harro waren vorausgefahren, und er war mit einem separaten Wagen nachgekommen. Sie hatte so reagiert, wie er es schon unzählige Male erlebt hatte. Ihn an der Absperrung abgefangen und kritisch gemustert. Ihn erst weitergelassen, nachdem er ihr seine Dienstmarke gezeigt hatte, und selbst dann hatte ihr Blick noch einen Rest an Misstrauen offenbart. Zumindest hatte er ihn so gedeutet, als er sich noch einmal umgedrehte und sie ihm prüfend nachblickte, die Mütze tief in die Augen gezogen.

»Hier geht es rein.« Sie ging an einem schlaksigen großen und sehr jungen Kollegen vorbei, dessen blasse Gesichtsfarbe andeutete, dass er noch mit der Verarbeitung dessen beschäftigt war, was er gerade hatte sehen müssen. »Etwa fünfzig Meter weiter ist es passiert.«

Sie drehte sich im Laufen jedes Mal kurz zu ihnen um, wenn sie etwas sagte. Das dürre Rebholz brach knackend unter ihren Schritten. Sie mussten die Füße immer wieder unbeholfen anheben, um gebogene Zweige, die sich an ihren Hosenbeinen festkrallten, abzuschütteln. Wie Störche stolzierten sie hintereinanderher.

Am Schnitt der Rebwand rechts neben ihnen war deutlich auszumachen, wo es passiert sein musste. Bis zu dem Punkt, den sie jetzt erreichten, bildete sie eine fast gerade Front. Sauber und ordentlich bearbeitet. Danach brach urplötzlich das Chaos aus. Ein Schlachtfeld öffnete sich vor ihnen. Der Traktor musste ins Schlingern geraten sein. Zu beiden Seiten waren metallene Pfähle verbogen, Rebstöcke über dem Boden abgebrochen, geborstene knorrige Stämme lagen quer. Die stabile Konstruktion der Rebzeile mit ihren den Hang hinablaufenden Drähten und Befestigungen hatte dennoch recht gut standgehalten und den führerlosen Schlepper den Berg hinabgeleitet. Wie ein orientierungsloser Rennrodler schien er immer wieder links und rechts die Bande touchiert zu haben, um letztlich doch unten anzukommen.

Die Kollegin war stehen geblieben und blickte sie still an. Auch ohne weitere Ausführungen war deutlich auszumachen, dass Achim Roos hier an dieser Stelle gelegen und mit dem Leben gerungen haben musste. Dunkel leuchtete das Blut auf dem verfärbten Herbstlaub der Reben. Massen an buntem Verpackungsmaterial zeugten von den Bemühungen des Notarztes, die Blutungen in den Griff zu bekommen und das Unfallopfer transportfähig zu machen. Ravi kam eine von Harros süffisanten Bemerkungen in den Sinn. »Notärzte und Elektriker hinterlassen das größte Durcheinander, wenn sie ihren Baustellen den Rücken kehren.« Mit hoher Wahrscheinlichkeit hätte er den Spruch auch beim Anblick dieses wüsten Durcheinanders angebracht. Falls der Chef irgendwann in Pension ging, mussten sie ihm eine gedruckte Zusammenstellung seiner polizeilichen Lebensweisheiten mit auf den Weg geben und die besten Sinnsprüche gerahmt im Flur des Präsidiums aufhängen.

Ravi folgte Tobias' Vorbild und zog sich ein Paar blaue Schutzhandschuhe über. Sie gingen in die Knie und betrachteten das zerfetzte Geäst und die zerschnittenen gelben und roten Blätter, schoben Holzsplitter und längere Triebe zur Seite. Ein stetiges Rascheln begleitete ihr Tun.

Ravi beobachtete aus den Augenwinkeln, dass sich die Polizistin ebenfalls hinabbückte. Ihr Blick wanderte über den Boden und schien etwas zu suchen. Sie hielt die Hände eng am Körper, weil sie wusste, dass man ohne Gummihandschuhe nichts anfasste.

»Hier liegt einer.« Sie deutete auf einen Punkt vor ihren Füßen. Tobias trat näher heran und beugte sich darüber. Mit den Fingerspitzen nahm er das Objekt auf und hob es vor seine Augen.

»Der Notarzt hat ihm mehrere dieser Splitter aus dem Gesicht und dem Hals gezogen, bis er realisierte, dass es einfach viel zu viele waren, um das an Ort und Stelle zu erledigen.« Sie senkte den Blick erneut und suchte weiter.

Nach kürzester Zeit lagen in Tobias' Handinnenfläche fünf kleine, zum Teil blutige Metallsplitter unterschiedlichster Form. Sie waren alle nicht größer als ein halber Fingernagel und dünn und scharf. Auch eine kleine, unregelmäßige Spirale, die der Feder eines Kugelschreibers ähnelte, befand sich darunter und der kaum briefmarkengroße Fetzen einer dünnen schwarzen Plastiktüte.

»Meine Erfahrungen mit weinbaulichen Arbeitsgeräten sind sehr begrenzt und liegen mehr als fünfzehn Jahre zurück.« Tobias schüttelte den Kopf. »Aber das sieht nicht nach den Einzelteilen eines Laubschneiders aus. Die Bruchstücke sind viel zu filigran, und die Spirale passt auch nicht dazu. So etwas entsteht, wenn man in Metall bohrt, nicht, wenn eines der Messer bricht und ein paar grobe Brocken durch die Luft geschleudert werden.«

Die Kollegin nickte. »Sehe ich ähnlich. Wir haben so ein Gerät daheim.« Tobias und er machten bei diesen Worten wohl dasselbe dumme Gesicht, denn sie ergänzte spöttisch: »Mein Vater ist Winzer, was sonst? Das ist hier in der Gegend kein so ungewöhnlicher Beruf, dass man so entgeistert schauen muss wie ihr beiden.« Sie lächelte herausfordernd. »Ich wäre fast Weinkönigin bei uns im Dorf geworden.«

»Fast?« Ravi musste jetzt auch grinsen.

»Die andere war einen Kopf größer, und ihr Vater hatte mehr Weinberge.« Sie zuckte mit den Schultern und zwinkerte Ravi zu. Sein Blick blieb an ihren leicht geröteten Wangen hängen, auf denen sich beim Lachen zarte Grübchen zeigten. Ihre Augen waren blau und hellwach. »Aber bei der Polizei ist es besser. Da darf man sich wenigstens wehren, wenn einem die alten Säcke betrunken an den Hintern fassen.«

Tobias bereitete dem heiteren Plausch ein Ende. »Ich glaube, hier sollten die Kollegen mal genauer drüberschauen.« Er drückte sich in die Höhe. Sein Kniegelenk gab dabei ein knirschendes Geräusch von sich.

Zusammen trotteten sie die Rebgasse wieder hinauf. Ravi blieb nach ein paar Metern abrupt stehen. Neben ihm hing, ein wenig versteckt zwischen den dichten Trieben, ein schwarzer kleiner Beutel. Tobias, der vor ihm lief, stapfte einfach weiter. Die Kollegin dagegen wäre fast auf ihn draufgelaufen. Sie folgte seinem Blick und bemerkte jetzt auch die kleine Plastiktüte, deren oberes Ende mit einem sauberen Knoten an einem der dickeren Zweige festgebunden war.

»Ich fasse das nicht an.« Sie wich angewidert zurück.

Ravi tastete bereits vorsichtig mit Zeigefinger und Daumen nach dem Inhalt.

Angewidert verzog sie das Gesicht. »Du weißt, was da drin ist?«

Er konnte es sich vorstellen, auch wenn sie etwas anderes meinte, und das erste behutsame Abtasten bestätigte seinen Verdacht.

Hier hatte jemand ganz sichergehen wollen, dass es den Roos auf seinem Traktor auch wirklich erwischte.

21

Zweimal hatten sie ihn schon vertröstet. Und Harro brauchte keine große Phantasie, um zu erahnen, dass auch nach einem dritten Anruf keine Unterstützung kommen würde, weder aus dem Präsidium noch aus der nächstgelegenen Dienststelle. Da seine beiden Kollegen es zudem vorzogen, sich wie alle anderen um einen herrenlosen Traktor zu kümmern, weshalb sie diesen Einsatz sicher so lange ausdehnen würden wie möglich, blieb ihm nichts anderes übrig, als weiter allein von Haustür zu Haustür zu ziehen.

Fünf ergebnislose Gespräche hatte er schon hinter sich. Auf das nächste steuerte er gerade zielstrebig zu. Wahrscheinlich würde es ähnlich verlaufen. Die Sache lag zu lange zurück, als dass sich die Befragten noch an irgendetwas erinnern könnten. Das verwunderte ihn nicht, aber was blieb einem als Ermittler übrig, wenn sich die Spurenlage am Fundort der Knochen so bescheiden gestaltete? Nach jedem noch so dünnen Strohhalm galt es zu greifen.

Die Gärten waren von den bisher Befragten kaum mehr genutzt worden, und wer die Fläche von Eduard Beißer nach dessen Tod in Beschlag genommen hatte, war auch nicht zu eruieren gewesen. Zumindest hatte eine Person bezeugen können, dass auf dem betreffenden Gartengrundstück auch nach Beißers Tod noch jemand zugange gewesen war. Den Zeitraum konnte der reichlich betagte Herr aber nicht eingrenzen, und auch an ein Gesicht wollte er sich nicht erinnern. Sie hatten sich schließlich nach langem Hin und Her darauf geeinigt, dass er vor Jahren einmal den Klang einer Heckenschere oder einer Motorsäge hinter den Büschen gehört haben wollte. Zu diesem Zeitpunkt war sich Harro aber schon nicht mehr sicher gewesen, ob er dem alten Mann nicht zu viele Stichpunkte in den Mund gelegt hatte, um seiner Aussage Glauben zu schenken. Womöglich wusste der gar nicht mehr, an was er sich eigentlich erinnerte.

So würde es weitergehen, und bei der nächsten Lagebesprechung musste er den Kollegen dann wahrscheinlich zugestehen, dass sie recht gehabt hatten, alle verfügbaren Kräfte beim aktuellen heißen Fall zu bündeln.

Reichlich genervt betätigte er die Klingel am Hoftor und wartete ab, bis das nächste mühsame Schlurfen auf Kopfsteinpflaster zu vernehmen war. Wenn es »Wetten, dass..?« noch gäbe, könnte er sich demnächst bewerben. »Wetten, dass ich die Bevölkerung eines gesamten rheinhessischen Dorfes am Geräusch erkennen kann, das ihre Hausschuhe beim Gang zum verschlossenen Hoftor erzeugen?« Harro musste beinahe lachen, wäre ihm in Anbetracht seiner trostlosen Lage nicht nach Weinen zumute gewesen. Es half aber alles nichts. Das war notwendige Polizeiarbeit, und spätestens beim Allerletzten auf seiner Liste käme der benötigte Hinweis, der sie im Fall des toten Jungen weiterbrachte. Er wollte fest daran glauben.

»Haben Sie die Sprache verloren, oder können Sie kein Deutsch?« Die ältere Dame mit den welligen, ordentlich gekämmten weißen Haaren, die einen zarten Stich ins Violett aufwiesen, starrte ihn fragend an. »Und warum klingeln Sie bei mir?« Sie sprach sehr laut und betonte jede Silbe.

Seine Gedanken hatten ihn so sehr in Beschlag genommen, dass er gar nicht mitbekommen hatte, wie schnell sie am Tor angelangt war. »Entschuldigung, ich war abgelenkt. Mein Name ist Harro Betz. Ich bin von der Kriminalpolizei.«

Sie fiel ihm barsch ins Wort und redete laut auf ihn ein. »Wegen der Einbrüche im Neubaugebiet? Na, da haben Sie sich ja reichlich Zeit gelassen. Kommen Sie rein.«

Ehe er antworten konnte, hatte sie ihm schon den Rücken zugekehrt und schlich durch den schmalen Hof auf die offen stehende Haustür zu. Zwischen den leuchtend roten Blättern eines in die Länge gezogenen alten Rebstocks zankten sich die Spatzen lautstark um die letzten noch nicht verfaulten Beeren. Im dunklen Flur stank es nach verbranntem Essen. Sie stapfte weiter voran und führte ihn in ein kaltes Wohnzimmer, das den

Geruch von abgestandener Feuchtigkeit und äußerst seltenen Besuchen verströmte.

»Na, dann setzen Sie sich mal.« Untermalt von einem Quietschen, zog sie die gläserne Front eines Büfetts aus den Achtzigern auf und holte eine vergoldete Kaffeetasse heraus. Harro wehrte sich nicht. Die reichlich versalzene Bulette, die er sich vorhin im Supermarkt in der Ortsmitte besorgt hatte, lag ihm wie ein Stein im Magen. »Ich trinke nur Entkoffeinierten. Aber dafür ist er stark.«

Entschuldigend hatte das nicht geklungen. Sie war schon verschwunden, um gleich darauf mit einer Thermoskanne in der Hand wiederaufzutauchen. Die Tasse klapperte munter auf dem Unterteller, als sie ihm zitternd eingoss. Der aufsteigende Dampf verriet, dass der Kaffee zumindest heiß war.

»Wollen Sie Zucker?«

Harro nickte. Vielleicht konnte er den Salzüberschuss in seinem Magen dadurch neutralisieren. Er hörte sie in der Küche murmeln und kramen. Mit einer schnellen Bewegung zog er den gläsernen Flachmann, den er als Ergänzung vorhin beim Kauf der Bulette in weiser Voraussicht miterworben hatte, aus der Innentasche seiner Jacke. Den kleinen Stimmungsaufheller hatte er bitter nötig, um den Rest des Tages durchzustehen. Er gähnte und schraubte den Deckel fast geräuschlos ab. Jetzt bekam der entkoffeinierte Kaffee den nötigen Gehalt. Hastig trank er einen Schluck und füllte die Tasse dann bis zum Rand wieder auf. Die Wärme rann wohltuend seine Kehle hinab und breitete sich umgehend im Magen aus.

Er lehnte sich zufrieden auf dem knarrenden Sofa zurück und zwang sich angestrengt, die Augenlider offen zu halten.

Noch so eine Nacht wie die gestrige würde es nicht geben. Er versuchte, sich gegen die Erinnerung zur Wehr zu setzen. In der Küche fiel etwas scheppernd zu Boden. Der notdürftig unterdrückte Fluch drang bis an seine Ohren.

Bis zum Monatsende reichte der Dispo nicht aus. Auch dann nicht, wenn er ab jetzt Leitungswasser trank und den Hunger mit selbst gebackenen Pfannkuchen stillte. Irgendwann in den nächsten Tagen standen sie bei ihm auf der Matte und würden mehr haben wollen. Mehr für gestern und dafür, dass sie den Mund hielten. Dann trank er rasch noch einen weiteren Schluck vom bitteren Gebräu, weil er ihre Schritte vernehmen konnte.

Sie platzierte die Zuckerdose direkt vor ihm, griff zur Kanne und schenkte sich selbst ein. Währenddessen redete sie bereits. »Eigentlich kann ich Ihnen gar nichts dazu erzählen. Bei mir ist das Hoftor immer abgeschlossen, und es hat auch noch nie jemand versucht, sich als mein Enkel auszugeben.« Sie nippte an ihrer mit roten Blüten verzierten Goldrandtasse. »Dass darauf jemand reinfällt, ist für mich sowieso unvorstellbar. Man kennt doch seine Verwandtschaft. Und meiner würde ich nicht einmal hundert Euro in die Hand drücken. Von denen kann keiner richtig damit umgehen. Die sollen sich ihr Geld schön selbst verdienen.«

»Nein, deswegen bin ich nicht hier. Das ist Sache der Kollegen. Es geht um Ihren Garten neben dem Friedhof.«

Sie sah ihn prüfend an. Aus ihrem Blick sprach unverhohlenes Misstrauen.

»Ich habe keinen Garten«, sagte sie verächtlich. »Den hat mein Sohn vor drei Jahren an die Gemeinde verkauft. Gegen meinen ausdrücklichen Wunsch, wohlgemerkt. Ich hätte das niemals getan! Aber er lehnt meine Ratschläge ab. Hätte er auf seine alte Mutter gehört, besäßen wir jetzt anderthalbtausend Quadratmeter Bauland.« Sie stellte ihre Tasse entschlossen wieder ab, ohne wirklich davon getrunken zu haben. Harro befürchtete aufgrund des Klirrens, dass das feine Porzellan weit über seine Belastungsgrenze hinaus beansprucht war und einen weiteren Aufschlag in dieser Stärke nicht mehr auszuhalten vermochte. »Ich habe ihm prophezeit, wie es kommen würde, aber der Herr Oberstudienrat wusste wie gewöhnlich alles besser. Jetzt organisiert er mit den anderen Idioten eine Initiative, um von der Gemeinde eine Nachzahlung zu erbetteln. Der Rest des Dorfes amüsiert sich prächtig. Wenn man dumm ist, soll man das am besten still akzeptieren und nicht noch damit öffentlich hausieren gehen.« Die kleine Tirade war nun beendet. Jetzt wartete sie, ihn aufmerksam betrachtend, auf seine Reaktion.

»Ihr Garten lag etwa in der Mitte der Kleingartenkolonie. Im oberen Teil, in Friedhofsnähe, befand sich der von Eduard Beißer. Ihm gehörte eine größere Hütte. Er ist 2010 verstorben.« Harro sparte sich den Hinweis, dass seine Erben noch viel dümmer als ihr Sohn gewesen waren, weil sie gerade erst verkauft hatten. Und dann noch zu einem Spottpreis an den Bürgermeister persönlich.

Sie schien so angestrengt zu überlegen, dass eine zarte Hoffnung in ihm keimte. Würde das hier der Lichtblick werden, auf den er schon die ganze Zeit wartete? Oder zeigte lediglich der billige Weinbrand im entkoffeinierten Kaffee seine Wirkung? Ein schwaches Aufflackern von positivem Denken in seinem pessimistischen Gemüt, das sogleich wieder erlosch, noch bevor es wirkliche Helligkeit gebracht hatte. Die Ungeduld in ihm wuchs wieder, je länger sie ihn auf die Folter spannte.

»Den Beißer haben wir gut gekannt.« Sie blickte über ihn hinweg, als würden ihr die verblichenen Familienbilder an der Wohnzimmerwand die Antwort geben. »Er hat immer Kartoffeln und Eier bei uns gekauft, wenn er mal wieder für ein paar Tage in seinem Garten war.«

»Hat er dort gewohnt?«

Sie nickte. Ohne ihn anzusehen, sprach sie weiter. »Natürlich. Er kam von Frankfurt hierher. Das lohnte sich nicht nur für einen Tag. Seine Behausung hatte er so ausgestattet, dass man dort alles vorfand, was man über das Wochenende benötigte. Im Winter konnte er sogar heizen mit einem kleinen Ölofen.«

»Waren Sie mal auf dem Gelände oder in der Hütte?« Harros Hoffnung glomm auf.

»Nein.« Sie wirkte fast entrüstet über diese Frage. »Beißer war Witwer. Wie hätte das ausgesehen, wenn ich mich dort zum Kaffee eingeladen hätte? Man kommt in einem Dorf schneller ins Gerede, als es einem lieb sein kann. Er hat auch mit sonst niemandem hier Kontakt gehabt. Seine Frau hatte den Garten von einer Tante überschrieben bekommen. Die war kinderlos, so wie die Beißers. Das muss in der Familie liegen.« Für einen kurzen Moment verirrte sich ihr Blick. Dann funkelte sie ihn böse an. »Manchmal denke ich, dass das nicht das Schlechteste ist. Ich hätte mir sehr viel Ärger und schmerzvolle Enttäuschungen erspart. Wer auf Dankbarkeit hofft, der sollte keine Kinder großziehen.«

»Und nach dem Beißer?« Harro gab seiner Stimme einen freundlichen Klang. »Wer hat das Gelände und die Hütte in den Jahren nach seinem Tod genutzt?«

Sie setzte die Tasse vorsichtig an die Lippen. Den kleinen Finger spreizte sie dabei gekonnt ab. Sicher zelebrierte sie den Moment, weil sie bemerkt hatte, dass er ungeduldig auf dem Sofa herumrutschte. Erst nachdem sie die Tasse ganz behutsam wieder abgestellt hatte, fuhr sie fort.

»Es war einer aus der Familie.« Sie räusperte sich und reckte ein wenig beleidigt den Oberkörper in die Höhe. »Kein sympathischer Mensch. Mein Mann brachte ihm zur Begrüßung einen kleinen Sack festkochende Kartoffeln in den Garten. Die mochte Herr Beißer immer ganz besonders, vor allem die kleinen, wenn sie frisch aus dem Boden kamen. Sein unfreundlicher Neffe starrte meinen Mann nur entgeistert an und schickte ihn mit den Kartoffeln umgehend wieder nach Hause.«

»Wissen Sie, wie der Neffe hieß?«

»Keine Ahnung, und nach dem Vorfall hat mich das auch nicht mehr interessiert.« Sie lächelte. »Aber vielleicht hilft es Ihnen weiter, wenn ich Ihnen sage, wo er herkam. Ich bin weiß Gott nicht neugierig, aber ein Auto mit einem Wiesbadener Nummernschild bleibt selten tagelang im Dorf. Immer wenn er übers Wochenende hier war, stellte er es auf dem Parkplatz am Haupteingang des Friedhofs ab. Aber das ist schon so viele Jahre her.« Sie seufzte und schaute dann auf seine fast geleerte Tasse. »Wie unaufmerksam von mir. Ich schenke Ihnen sofort nach. Sie bleiben doch sicher noch einen Moment. Möchten

Sie vielleicht einen Schluck Cognac in den Kaffee? Im Schrank steht noch ein guter französischer von meinem Mann. Irgendwie habe ich jetzt Appetit darauf bekommen.«

Sie hatte sich bereits erhoben und die Front des Büfetts aufgezogen. Dort drehte sie sich noch einmal zu ihm um und flüsterte: »Wenn Sie von der Kripo sind, dann können Sie mir vielleicht einen Ratschlag geben. Kommen Sie mal hierher.« Sie winkte ihn zu sich.

Harro spürte schon beim Aufstehen, dass der Weinbrand in seine Blutbahn übergegangen war. Wattig weich fühlte sich sein Schädel an. Die ältere Dame war zur Seite getreten. Sie hatte die übrigen Sammeltassen an den Rand geschoben und einen Teil des Schrankbodens in die Höhe geklappt. Im Geheimfach darunter lagen mehrere dicke Bündel Bargeld.

»Ich habe einfach kein Vertrauen mehr in die Bank. Hier kann ich immer kontrollieren, ob noch alles da ist, und aufpassen, dass niemand Schindluder mit unseren Ersparnissen treibt. Wir haben uns doch so gequält dafür, ein Leben lang.« Sie sah ihn neugierig an. »Meinen Sie, das ist sicher genug versteckt?«

22

Sie standen zu viert vor den beiden roten Holzpflöcken, die den Eingang zur Hütte markieren sollten. Rolf Hassinger war mit der Kawasaki vorgefahren und hatte den Motor, als er Ravi sah, noch einmal demonstrativ aufheulen lassen. »Du kannst gern nachher eine Runde drehen. Ich denke, bei dir ist die Maschine in guten Händen«, hatte er erklärt und ein kumpelhaftes Grinsen hinterhergeschickt. Hassinger steckte in einer schweren Lederjacke, die ihm nur bis zum Gürtel reichte und sein ohnehin breites Kreuz noch zusätzlich disproportional betonte. Ein überdimensionaler Aufnäher auf seinem Rücken verwies in Frakturschrift auf die Existenz eines regionalen Motorradclubs, dessen Heimat das Selztal war. Seine Füße steckten in Cowboystiefeln aus Krokodillederimitat, und er trug ausgewaschene Jeans, die an den Knien zerrissen waren und den Blick auf seine gut gebräunte Haut freigaben. Dazu hatte er Unmengen eines süßlichen Parfums aufgelegt, die langen Haare nach hinten gekämmt und mit Gel so nachhaltig fixiert, dass der Helm seiner Frisur nichts anhaben konnte. Ravi hatte kurz darüber gegrübelt, wann er und Rolf zum brüderlichen Du übergegangen waren und ob diese Verbundenheit auch dann noch fortbestehen würde, wenn er ihm nach einer Spritztour auf der frisch polierten Kawasaki offenbarte, dass sich seine Erfahrungen mit Zweirädern im Wesentlichen auf ein Drei-Gang-Damenrad beschränkten.

Hassinger blickte nach links, nach rechts und dann wieder nach vorne und versuchte, sich zu orientieren. Das fiel ihm sichtlich schwer, da es auf dem Areal außer den roten Plastikheringen, die sie zum Abstecken benutzten, nun keine nennenswerten Orientierungspunkte mehr gab.

»Sie stehen also vor der offenen Tür und schauen hinein in die Hütte. Was sehen Sie?«, fragte Ravi freundlich, um ihm eine zarte Hilfestellung zu geben, bevor Harro ungeduldig dazwischenfahren konnte und Rolf Hassinger daraufhin womöglich gar nichts mehr von sich gab. Er vermittelte trotz seiner Montur nicht den Eindruck, dass er mit Druck gut klarkam. Der Gemeindegärtner seufzte. Dann begann er zu erzählen, welcher Anblick sich ihm bot, wenn auch zunächst stockend. Aus dem Augenwinkel konnte Ravi erkennen, dass Harro unauffällig die Aufnahmefunktion seines Handys betätigte.

»Am Anfang hat man gar nichts gesehen. Man hat es nur gehört. Das Rascheln überall zwischen den blauen Müllsäcken. Die Hütte war voll davon. Das meiste waren Klamotten oder Ähnliches. Ein Teil war aufgerissen, porös. In den Rest habe ich nicht reingeschaut.« Er hob die Hand und zeigte in Richtung der durch Heringe markierten Außenwand. »Rechts stand ein Doppelbett. Darüber hingen ausgeblichene Bilder.«

»Was für Bilder? Fotos, Ausschnitte aus Zeitungen oder selbst Gemaltes?«

»Ein Foto. Eine Insel mit einer Burg und Türmen und Wasser drumherum. Ein gerahmtes Bild, aber die Scheibe war zersplittert. Das muss ein großes Puzzle gewesen sein.« Rolf Hassinger nickte mehrmals. Er suchte Ravis Blick. »Ganz sicher, die Einzelteile waren fest aufgeklebt, sonst wären sie ja herausgefallen. Und Postkarten, die hatte jemand mit Reißzwecken auf der Innenseite der Tür befestigt. Jede Menge. Blumen, Teddybären, Berge, alles Mögliche, was so auf Urlaubskarten drauf ist. Einen kleinen Ofen gab es da vorne links. Dann kam die Spüle und abgetrennt vom Rest eine Toilette, nicht größer als ein Wandschrank. Nur noch der Klorollenhalter hat daran erinnert. Über der Spüle befand sich ein richtiges Fenster. Die Scheibe war längst eingeworfen, die Gardine hing in Fetzen herunter. Und überall hat es nach den Viechern gestunken, den Ratten. Widerlich.«

Hassinger drehte sich zu ihnen um. Ihm war anzusehen, dass er gern jetzt schon zu einem Ende kommen wollte. Leider konnten sie ihm diesen Gefallen nicht tun. Seine Erinnerung war die einzige Möglichkeit, einen Eindruck vom Inneren der

Behausung zu bekommen. Vielleicht kam dabei ein Detail zur Sprache, das sie weiterbrachte.

»Und als dann alles ausgeräumt war, haben Sie den Boden aufgemacht?« Ravi hoffte, dass dieser kleine Anstoß schon ausreichte, um ihn zum Weiterreden zu bringen.

Rolf Hassinger drehte sich wieder in Richtung der Türöffnung. Er brauchte noch einen Moment, bevor er seinen Bericht fortsetzte. »Das waren massive und schwere Platten, alles fest verschraubt. Es war daher gar nicht so einfach, das aufzustemmen.«

»Warum?«

Rolf Hassinger sah Ravi fragend an. Er schien den Einwurf nicht zu verstehen.

»Sie hätten die leer geräumte Hütte doch einfach mit dem Radlader zerlegen können, ohne großen körperlichen Aufwand.«

Hassinger wich seinem Blick aus und starrte wieder nach vorne. »Ich wollte sehen, ob da noch mehr Ratten drunter sind.«

»Wie waren die Knochen angeordnet?«

Hassinger schwieg. Er rieb sich umständlich über die Stirn und fuhr sich dann durch die Haare. »Ich habe eigentlich nur den Schädel gesehen. Und den auch nicht vollständig. Vielleicht bis zur Nase. Die Augenhöhlen und darunter den Sand. Alles andere muss bedeckt gewesen sein. Ich habe mich so erschrocken und bin sofort raus, weil ich nicht wusste, was ich machen sollte. Ich rief den Bürgermeister an. Aber der Medinger hat mich sofort angeschrien. Der wollte mir gar nicht zuhören.«

»Ja, das wissen wir.« Darüber mussten sie nichts mehr hören. »Und als Sie dann mit dem Radlader das ganze Grab auf die Schaufel luden, was haben Sie da gesehen?«

»Ich wollte nichts mehr sehen. Der Schädel hat mir Angst gemacht. Ich kann mit Toten nichts anfangen. Deswegen bin ich auch nie dabei, wenn auf dem Friedhof irgendetwas gemacht werden muss. Der Jugo hat da seinen Spaß dran, aber ich nicht. Ich habe das ganz vorsichtig mit reichlich Erde aufgenommen, den Sand und den Boden darunter, so tief es nur ging. Dabei habe ich weggeschaut. Später am Friedhof habe ich die Ladung dann behutsam von der Schaufel wieder runterrutschen lassen. Ich wollte nichts sehen von den alten Knochen und habe mit Erde von der Halde alles so abgedeckt, wie es der Medinger wollte.«

»Haben Sie irgendetwas von hier mitgenommen?«

Rolf Hassinger sah ihn irritiert an und schüttelte entschieden den Kopf. »Da war nichts mehr zu gebrauchen. Was die Ratten nicht angefressen hatten, das haben die Halbstarken zerschlagen und zerhauen. An zwei Stellen in den Schuppen neben der Hütte hatten sie sogar Feuer gelegt. Offenbar zu einer Jahreszeit, in der das Material so klamm und durchfeuchtet war, dass es nicht brennen wollte. Alles war verkohlt.«

Ravi sah zu Harro und Tobias, kaum verhohlene Frustration im Blick.

Sie waren hier fertig, die beiden Kollegen schienen auch kein weiteres Interesse an Hassinger zu haben.

23

Resigniert standen sie auf der großen Fläche. Der Lärm von Hassingers Kawasaki war längst verklungen. Ravis Enttäuschung war groß. Er und Tobias hatten sich so viel mehr von diesem Ortstermin versprochen. Vielleicht einen Hinweis darauf, ob sich der Junge längere Zeit in der Behausung herumgetrieben hatte oder dort festgehalten worden war. Gitter vor den Fenstern, ein im Boden eingelassener Ring, der auch nach Jahren noch nahelegte, dass der Tod des Jungen die Folge eines anderen Verbrechens gewesen war. Letztendlich hatte der Gemeindearbeiter nur das mit etwas mehr Farbe ausgeschmückt, was sie schon wussten. Jeder zarte Ansatz in diesem Fall verlief im Nichts, noch bevor sie sich richtig damit beschäftigen konnten. Das nervte gehörig und verdichtete sich mehr und mehr zu dem unguten Gefühl, dass sie im Todesfall des Jungen nicht weiterkommen würden, egal, was sie noch in Bewegung setzten.

Das Opfer hatte aber ein Recht darauf, dass es auch nach so vielen Jahren nicht vergessen wurde. Das war das Letzte, was man für einen Menschen tun konnte, und sie waren die Einzigen, die dazu in der Lage wären, gerade weil den Jungen sonst niemand zu vermissen schien.

Am Fundort einer Leiche zu stehen und nicht weiterzukommen, das war eine Situation, mit der er als Polizist schwer umzugehen vermochte. Zum Glück kam das nur selten vor. Aber in diesem Fall, der zudem Jahre zurücklag, stellten sich ihnen so viele Schwierigkeiten in den Weg, dass seine Hoffnung schwand, am Ende doch noch einen Schimmer Licht in das Dunkel um den toten Jungen zu bringen, von dem sie noch nicht einmal wussten, wie er aussah.

Vorsichtig ließ Ravi seine rechte Hand in die Hosentasche wandern, um sich zu vergegenwärtigen, dass der kleine Zettel noch immer da war. Er war froh um diese Ablenkung und versuchte, nicht zu lächeln bei dem Gedanken an die Situation vorhin. Als Tobias im Weinberg schon vorausgeeilt war, während er noch den schwarzen Plastikbeutel befühlte, hatte er es zum ersten Mal gespürt. Sandra hatte ihn anders angesehen als davor. Oder war es ihm bis zu diesem Zeitpunkt schlicht nicht aufgefallen? Kurz vor der Abfahrt, nachdem sie mit den Kollegen von der Kriminaltechnik die Vorgehensweise für die Tatortaufnahme zwischen den Rebzeilen abgestimmt hatten, hatte sie ihn wie zufällig abgepasst, um ihm den kleinen Fetzen Papier in die Hand zu drücken. Ihr verschmitztes Lächeln hatte er jetzt wieder vor Augen, und ihre fast geflüsterten Worte klangen in seiner Erinnerung nach. »Sandra Stauder. Falls es noch Fragen zum Fall gibt oder du Lust hast, mit einer Fast-Weinkönigin ein Glas Grauen Burgunder zu trinken, gib Bescheid.«

Er konnte das Papier mit den Fingerspitzen ertasten. Sie hatte ihre Telefonnummer darauf notiert. Er spürte die Freude darüber und fühlte gleichzeitig Unbehagen in sich wachsen. Falls sich zwischen ihnen etwas entwickelte, würde sein privates Chaos nur noch größer werden. Gisela vollführte sicher Luftsprünge, wenn er endlich eine Freundin mit nach Hause brachte. Ob er aber einen Sonntagnachmittags-Kaffee bei seiner Mutter mit Frankfurter Kranz und Streuselkuchen in Begleitung überstehen würde, konnte er nicht mit Sicherheit sagen. Gisela würde jede noch so peinliche Anekdote aus seiner Kindheit zum Besten geben. Ein kalter Schauer lief ihm den Rücken hinunter, als er sich das ausmalte. Ein wackeliger Film lief vor seinen Augen ab, in dem er sie deutlich erkennen konnte, wie sie Sandra alte Fotoalben, Schulzeugnisse und seine als Kind gemalten Kunstwerke präsentierte. Er wehrte sich erfolgreich gegen das Kopfkino und suchte den Blickkontakt zu seinen beiden Kollegen.

Harro las schon seit geraumer Zeit halblaut murmelnd die Nachrichten, die während der letzten Stunde auf seinem Handy eingegangen waren. Jetzt schaute er auf und fuhr in einem Tonfall fort, der das Selbstgespräch beendete und signalisierte, dass es nun auch an ihnen war, die Neuigkeiten zu erfahren.

»Seit fünf bis sechs Jahren ist der Junge tot, schreibt die Lieberknecht. Viel genauer kann sie es nicht eingrenzen. Also ist der Zeitraum, der uns ab jetzt interessiert, 2015 bis 2016. Die DNA aus den Knochen ist in Arbeit. Sie rechnet in den nächsten Stunden damit und leitet das Ergebnis direkt ans Präsidium weiter, damit Stephanie sich um den Abgleich mit der Vermisstenkartei kümmern kann. Anhand der Kleidungsstücke und der Schuhe gab es bisher keinen Treffer. Sie schickt uns noch Musterfotos von den Klamotten.« Er las still weiter, bevor er erneut zu einer knappen Zusammenfassung anhob. »Das Opfer hatte einen Armbruch etwa ein halbes Jahr vor seinem Tod. Ist gut verheilt, aber auch der Bruch der Elle macht den Eindruck, als ob da kein Arzt draufgeschaut hätte. So hatte sich die Lieberknecht ja auch schon im Hinblick auf die Zähne geäußert. Ein Kind von zehn Jahren, das vermutlich unterhalb des Radars unterwegs war. Es gibt keine Vermisstenmeldung, zumindest keine, die wir zum gegenwärtigen Zeitpunkt zuordnen können.«

»Schlecht ernährt und vernachlässigt.« Ravi schaltete sich ein. »Tobias und ich haben vorhin darüber spekuliert, ob es ein Ausreißer sein kann, der hier Unterschlupf gesucht hat und sich unter der Hütte versteckt hielt. Vielleicht war der Junge krank und zu schwach, um sich aus dem Unterschlupf zu befreien. Oder er ist nicht mehr aus eigener Kraft unter dem massiven Boden hervorgekommen, weil ein Brett von außen ungünstig verrutschte und dann quer lag.«

Tobias zuckte mit den Schultern. Er kannte diese Version schon und schien noch immer nicht überzeugt davon zu sein. »Was ist mit den vielen offenen Vermisstenfällen in der Kartei, bei denen wir zum Teil kaum Informationen vorliegen haben?«

Ravi schaute ihn fragend an. Harro ebenso, doch ehe Tobias mehr erklären konnte, richtete er seinen Blick wieder auf das Display. Der Zwischenbericht der Rechtsmedizin schien noch nicht zu Ende zu sein.

»Die Lieberknecht hat die Haare des Jungen analysiert. Sie ist fündig geworden, selbst nach so langer Zeit.« Harros

Wangen zeigten jetzt etwas Farbe. Offenbar hatte sich die Rechtsmedizinerin die interessantesten Ergebnisse bis zum Ende aufgespart. »Glück muss man haben. Der Umstand, dass die Knochen unter den Bodenplatten und im Sand sehr trocken lagen, hat die Sache anscheinend erleichtert.« Harro wusste, wie sehr sie nach den Neuigkeiten gierten. Genüsslich zog er den Moment der Verkündigung daher in die Länge. Das war typisch.

Endlich schien er ein Einsehen mit ihnen zu haben.

»Sie haben im Labor Diphenhydramin nachgewiesen. Ein Stoff, der sich in gängigen Schlafmitteln von verschiedenen Herstellern findet. Sie hat eine ganze Liste mitgeschickt. Die meisten sind frei verkäuflich. Diphenhydramin wird auch gegen Allergien und Seekrankheit eingesetzt, weil es eine dämpfende Wirkung hat. Der Junge hat diesen Wirkstoff über einen längeren Zeitraum eingenommen, das steht zweifelsfrei fest. Die Substanz ist nicht besonders hoch dosiert schon toxisch. Bei einem Kind wird es jenseits von zweihundert Milligramm bereits gefährlich. Und wenn man leicht ist, wie es unser Opfer war, reicht eine geringe Überdosierung aus, um an einer Vergiftung zu sterben. Aber das bleibt Spekulation. Ob das Diphenhydramin schlussendlich zum Tod des Jungen geführt hat, kann die Lieberknecht nicht mit Gewissheit sagen. Sie hält es jedoch für wahrscheinlich.«

Harro hatte sein Telefon wieder in der Hosentasche verstaut. Nachdenklich versuchten sie jeder für sich, den Fall in diesem neuen Licht zu betrachten.

»Den Ansatz, dass es ein Unfall war und sich der Junge aus seinem Versteck unter der Hütte nicht mehr befreien konnte, können wir damit wohl vorerst außer Acht lassen«, sagte Tobias.

Ravi nickte. »Wie es aussieht, müssen wir darauf bauen, dass uns die DNA-Analyse weiterbringt.«

»Da hege ich wenig Hoffnung.« Harro schüttelte den Kopf. »Der Junge hat potenziell giftige Medikamente eingenommen, aber bei einem Armbruch keinen Arzt gesehen, dazu die Sache mit den Zähnen … Es spricht einiges dafür, dass er nie vermisst gemeldet worden ist. Ich glaube, dass wir uns besser das Umfeld eines der Erben genauer ansehen sollten. Bei meinem Klinkenputzen ist nämlich auch was rausgekommen: Eine ehemalige Kleingartenbesitzerin, die früher mit Eduard Beißer bekannt war, hat mir gesagt, dass ein Neffe aus Wiesbaden den Garten nach dessen Tod genutzt hat. Und die drei Erben von Beißer lebten laut Medingers Unterlagen in Ibbenbüren in Westfalen, Reit im Winkel und – man höre und staune – Wiesbaden. Der Name des Neffen ist Heiner Gerber. Er ist 2016 gestorben. Seine letzte Meldeadresse habe ich schon rausgesucht.«

»Also versuchen wir es bei seinen Nachfahren?« Ravi kam dieser Ansatz nicht eben erfolgversprechender vor als alles andere, was sie bisher unternommen hatten.

Harro hatte den Unterton aus seiner Stimme heraushören können. »Ja, genau. Kinder hatte Gerber keine. Aber es ist anzunehmen, dass man in seiner engeren Familie von dem Garten wusste, weil er ihn im Gegensatz zu Beißers Erben in Ibbenbüren und Reit im Winkel ja genutzt hat. An der Erbengemeinschaft, von der Medinger das Gelände gekauft hat, waren seine beiden Nichten und ein Neffe beteiligt.«

Dem Chef schien auch klar zu sein, dass viel Glück zusammenkommen musste, um aus dieser Spur noch gewinnbringende Informationen herauszukitzeln. Mürrisch setzte er hinzu: »Außerdem steht noch ein weiterer Gartenbesitzer auf meiner Liste. Alle, die hier im Dorf wohnen und noch leben, habe ich abgeklappert. Den letzten übernehmt ihr. Er wohnt im Nachbardorf. Da kennt ihr euch ja schon aus. Achim Roos, die Adresse habe ich euch aufgeschrieben. Ihm gehörte der Garten am ganz anderen Ende.« Er kramte einen zusammengefalteten Zettel aus seiner Hosentasche und hielt ihn Ravi vor die Nase. Der spürte, dass sich sein Herzschlag beschleunigte.

Manchmal bedurfte es der kleinen oder auch großen Zufälle, damit eine ins Stocken geratene Ermittlung wieder Fahrt aufnehmen konnte.

24

Es gestaltete sich äußerst mühsam, die angegebene Adresse in Stadecken-Elsheim zu finden. Zweimal hatte Ravi den Wagen an einer Straßensperre wenden und einen anderen Weg nehmen müssen. Das ganze Dorf schien eine einzige große Baustelle zu sein. Die Umleitungen führten zwar zielsicher darum herum, wenn man aber eine Adresse im inneren Bereich suchte, kam man schnell an unüberwindbare Grenzen aus roten Absperrbaken und metertiefen Gräben. Letztlich entdeckten sie unter Zuhilfenahme eines Satellitenbildes einen freien Feldweg am Ortsrand, der sich später sogar als beschilderte Straße entpuppte und an dessen geschottertem Ende sie ein schlammiger Wendehammer mit drei Einfamilienhäusern empfing.

Das im Weinberg von unzähligen Splittern und Nägeln durchbohrte Opfer hatte einen Garten nicht weit von der Stelle besessen, an der der tote Junge jahrelang vergraben lag. Konnte das zeitliche Zusammentreffen dieses Ereignisses mit dem Auffinden der Gebeine ein Zufall sein? Wie kam man auf die Idee, Metallsplitter in einen Beutel zu packen und diesen so zwischen den Reben zu platzieren, dass sie dem Fahrer des Traktors um die Ohren fliegen und ihn lebensgefährlich verletzen würden? Unter Autoreifen oder in Garagenzufahrten verstreute Nägel waren ein klassisches Nachbarschaftsdelikt. Bei der Kripo lernte man solche Fälle der Konfliktbewältigung und ihre Folgen bereits nach kurzer Dienstzeit kennen. Sie ließen sich meist in Rufentfernung lösen. Der absichtlich vor der Haustür des lieben Nachbarn geparkte Pkw, dessen schlichte Existenz sich auf Dauer zum Hass auf den Eigentümer auswuchs. Oder die laute Musik aus dem Auto, durch die der Nachbar in regelmäßiger Wiederkehr beim täglichen Nachmittagsschlaf gestört wurde. Eine ganz einfache Erklärung, die ausreichte und ein belastbares Motiv lieferte.

Markierte der Nagelbeutel im Rebholz die finale Eskalationsstufe eines aus dem Ruder gelaufenen Nachbarschaftskonflikts, der über viele Jahre hinweg angewachsen war? Tätliche Angriffe auf Personen waren im Allgemeinen nicht die erste Wahl, um seinem Ärger Luft zu machen, sondern die letzte. Wenn Wut und Ohnmachtsgefühle, weil nichts anderes geholfen hatte, die Oberhand gewannen. Wer nicht hören will, muss fühlen. Oft war selbst das noch als Warnung gedacht, die einem um die Ohren pfiff, von der der Täter aber annahm, dass sie das Opfer nicht wirklich verletzte. So konnte es hier aber nicht gewesen sein. Der zweite Beutel, den sie noch intakt im Weinberg gefunden hatten, zeigte, dass der Täter in der Absicht handelte, sein Opfer zu verletzen. Es hatte sich derselbe Inhalt darin befunden wie in dem Beutel, der Achim Roos gefährliche Wunden an Kopf und Oberkörper zugefügt hatte. Vielleicht tauchten bei der akribischen Suche der Kollegen am Tatort noch zusätzliche auf. Der Täter wollte auf Nummer sicher gehen.

Eine perfide Mordmethode, auf die er aber nur mit Detailwissen hatte kommen können. Weil er über die Abläufe im Weinberg und die von Achim Roos bei der Arbeit benutzten Geräte Bescheid wusste. Was zu der Annahme führte, dass der Täter sein Opfer kannte. Es gab aber auch die andere Möglichkeit. Der Roos könnte das Opfer eines unspezifischen Hasses auf Winzer allgemein oder jedenfalls diejenigen, die hier im Umkreis Lärm machten, geworden sein. Oder es gab jemanden, der Freude daran hatte, solche irren »Streiche« zu ersinnen und auszuprobieren, um zu überprüfen, ob sie wirklich funktionierten, ohne sich dabei Gedanken über die tödlichen Folgen zu machen.

»Laut Meldedatei wohnt er allein hier, obwohl er doch eigentlich verheiratet ist. Es muss das rechte der drei Häuser sein.« Harro deutete auf das Gebäude, das den beiden anderen auf seltsame Weise glich. Die Bebauung im Wendehammer wirkte wie das Wiedersehen von Drillingen nach vielen Jahrzehnten der Trennung. Alle drei hatten sich unterschiedlich entwickelt und ließen dennoch erkennen, dass sie einmal gleich ausgesehen hatten. Das linke war in einem verfallenen Rohbauzustand hängen geblieben. Dort, wo die Fenster hingehörten, klafften schwarze Löcher. Ein rostiges Gerüst, von dem die Plane in Fetzen herabhing, krallte sich an einen Teil der Seite. Aus dem Dach wuchs eine dürre Birke, die den Eindruck vermittelte, als wäre sie als Einzige bis zum Richtfest geblieben, während die Handwerker rechtzeitig das Weite gesucht hatten.

In der Mitte sah man das gepflegte Idealbild eines Bungalows aus den Neunzigern. Zwei große Fenster erlaubten den Blick auf die Straße. Dazwischen führten blanke schwarze Marmorstufen zu einer dunkelbraunen Eingangstür, deren darin eingelassenes kleines Fenster ebenso mit einem schmiedeeisernen Gitter gesichert war wie alle anderen Fenster bis hinauf ins Obergeschoss. Die mit Ranken, angedeutetem Blattwerk und Trauben aus Metall verzierten Gitter vermochten nur notdürftig den Eindruck einer kleinen dörflichen Justizvollzugsanstalt zu verschleiern. Es fehlten lediglich die gut sichtbar angebrachte Alarmanlage und ein halbes Dutzend großer Überwachungskameras. Ein schmaler Streifen Rasen vor dem Haus und das, was sich an der Seite ihrem Sichtfeld entzog, vermittelte den Eindruck gepflegter Gartenkultur mit frisch getrimmten kugeligen Hecken, die aus leuchtend gelbem Schotter hervorragten.

Das Haus von Achim Roos hätte eigentlich in der Mitte eingeordnet werden müssen und nicht am rechten Rand. Es sah bewohnbar aus, wirkte aber in jeglicher Hinsicht arg vernachlässigt. Das wenige, was hinter dem dichten Bewuchs im Vorgarten noch zu erkennen war, hatte nicht nur einen Großteil seiner Farbe verloren, sondern zum Teil war auch schon die nächste Schicht darunter in großen Placken von der Wand gefallen. Vor dem Haus und an der Seite, zu den Feldern hin, reihten sich unzählige rostige Gerätschaften so an- und ineinander, dass Anfang und Ende der einzelnen Objekte für das ungeübte Auge schwer auszumachen waren. Ravi hatte den Eindruck, dass es sich um einen metallenen Lindwurm handelte, der sich müde um das gesamte Gebäude geschlängelt und zur Ruhe gelegt hatte.

»Die Kollegin von der Streife hat davon gesprochen, dass die Ehefrau über den Unfall informiert wurde«, sagte Tobias. Ravi prüfte im Rückspiegel, ob sein Kollege ihn irgendwie komisch dabei ansah. An Tobias' Gesichtsausdruck war aber nicht abzulesen, ob er irgendetwas von Sandras Verhalten ihm gegenüber oder gar die Übergabe des Zettels mitbekommen hatte. Auf dumme Sprüche, die schneller im Präsidium und in den Dienststellen die Runde machten, als er es schaffte, sie anzurufen, konnte er gut verzichten. Tobias schien aber mit seinen eigenen Sorgen beschäftigt zu sein. Während der Fahrt hatte er sich von seiner Mutter erneut leise flüsternd versichern lassen, dass zu Hause alles in Ordnung sei. Ravi verstand nicht ganz, warum er noch hier war. Wäre er in der gleichen Situation, würde ihn nichts und niemand bei der Arbeit halten. Aber wahrscheinlich tat er Tobias damit unrecht. Der Kollege sorgte sich ständig um seine Frau und die beiden Kinder. Im Unterschied zu ihm und Harro wusste er und achtete auch darauf, dass ein Arbeitstag einen Endpunkt brauchte, um noch ausreichend Zeit für anderes übrig zu haben.

»Wir werden sehen, ob uns jemand aufmacht. Wenn nicht, schauen wir uns erst mal ein wenig um. Es scheint ja einiges zu entdecken zu geben.« Harro war ausgestiegen und bahnte sich einen Weg durch den Wall aus rostigem Eisen. Ravi bemerkte, dass sie beobachtet wurden. Hinter der Gardine des großen Fensters im Nachbarhaus zeichnete sich ein Schatten ab. Falls Roos' Frau nicht da war, blieb ihnen noch die Nachbarschaft. Es würde ihn arg wundern, wenn es da nicht einiges zu erfahren gäbe. Ein knapper Vergleich der beiden Häuser bot bereits genug Anreize, um das nachbarschaftliche Verhältnis näher ausloten zu wollen. Ein eskalierter Nachbarschaftskonflikt wäre hier ohne große Phantasie vorstellbar. Vielleicht konnte auf diese Weise die Herkunft der Hundekotbeutel schnell aufgeklärt werden, und sie konnten sich wieder mit ihrem eigentlichen Fall beschäftigen.

Sie folgten Harro und hatten gleich darauf die Haustür erreicht. Der Chef war schon dabei, die Klingel zu suchen.

Ihre Reste baumelten zersplittert an der Hauswand. Mit entschlossenen Hieben bearbeitete Harro stattdessen die Tür. Ravi sah unauffällig in Richtung des Nachbarhauses. Der Schatten hinter dem Fenster war verschwunden.

Es lag auf der Hand, dass hier niemand öffnen würde. Harro ließ zum Abschluss noch einmal die Faust auf das Türblatt fahren, dann blickte er sie herausfordernd an. »Ich drehe eine kurze Runde. Wer kommt mit?«

»Ich halte die Stellung und sichere den Rückzug«, scherzte Tobias ein wenig gezwungen.

Ravi strich sich durch den fusseligen Bart und folgte Harro auf dem knirschenden Schotter ums Haus. Kaum dass sie um die Ecke gebogen waren, hielten sie inne. Der Lindwurm aus Metall zog sich nicht nur bis hierher, er hatte, teilweise verdeckt vom Laub der Blätter, auch beträchtlich an Leibesfülle gewonnen. Harro wirkte unschlüssig, ob sie sich einen Weg durch den Landmaschinen-und-Eisenwaren-Dschungel bahnen sollten, um die Bestätigung dafür zu bekommen, dass es auf der Rückseite genauso aussah wie vor ihnen und um sie herum.

Ein Schuppen der Marke Eigenbau ragte hinter dem Haus aus dem struppigen Gras. Der windschiefe Kasten vermittelte den Eindruck, dass lediglich der auf platten Vorderreifen darinstehende Traktor ihn vor dem Einstürzen bewahrte. Harro und Ravi zuckten zusammen, als von dort, wo sich die Terrasse befinden musste, auf einmal eine Person um die Ecke bog. Tobias winkte freudig, als er realisierte, dass sie in einer Sackgasse gelandet waren.

»Ich dachte, ich schaue mal nach, wo ihr bleibt.« Er grinste. »Der andere Weg ist gut begehbar. Viel zu sehen gibt es allerdings nicht. Weiße Gartenmöbel aus Plastik bereichern das Wohnzimmer. Dafür steht die verschimmelte Couchgarnitur hier draußen im Garten. Alles zusammen ein eher trauriges Bild einer typischen Junggesellenbude.«

»Wie witzig«, murmelte Harro. »Bei mir sieht es so nicht aus, bei dir etwa?«

Ravi wusste nicht, ob er sich angesprochen fühlen sollte. Zusammen mit Harro ging er Tobias noch ein paar Meter entgegen. Einen Moment lang standen sie unschlüssig am Rand der gefliesten Terrasse. Ravi trat als Erster den Rückweg an und versuchte, keinen der Türme aus Farbeimern und sonstigen Gefäßen an der Hauswand zu berühren. Die Konstruktionen wirkten zum Teil so waghalsig, dass ein Luftzug ausreichen dürfte, um alles zu Fall zu bringen. Viele der obenauf stehenden Behältnisse verfügten zudem über keinen Deckel, der den ölig schwarzen Inhalt daran hindern könnte, sich unkontrolliert über alles zu ergießen, was sich in der Nähe befand. Sein Fleckensalz aus der Bio-Ecke des Supermarktes, das er mit mäßigem Erfolg gegen Rotwein- und Fettflecken einsetzte, würde da kaum ausreichen.

Im Gegensatz zu Harro blieb er vorne an der Haustür stehen, wo Tobias bereits auf sie wartete. Der Chef musste selbst noch einmal nachsehen, verschwand um das Haus herum und tauchte kurz darauf schon wieder auf.

»Das ist doch alles sinnlos, was wir hier machen.« Er klang reichlich desillusioniert. Es dämmerte, oder lag das an den dunklen Wolken, die sich mächtig über ihnen auftürmten? Entferntes Donnergrollen war zu hören.

»Bei den Nachbarn ist wer daheim.« Ravi deutete mit dem Daumen über seine Schulter. Das war eigentlich unnötig, da es im Wendehammer schließlich nur ein einziges weiteres bewohntes Haus gab. »Obwohl ich noch nicht recht weiß, was wir sie fragen sollen.«

»›Wissen Sie, ob Ihr Nachbar vor etwa sechs Jahren etwas Ungewöhnliches in der Nähe seines Gartens im Nachbardorf gesehen oder gehört hat?‹« Tobias lachte auf.

Ravi wusste nicht recht, ob er das lustig finden sollte. Die Entscheidung darüber entfiel, als sich am Bungalow etwas tat. Eine Frau erschien in der Haustür und hatte sich, obwohl es in spätestens einer Viertelstunde regnen würde, zur Tarnung mit einer kleinen Gießkanne bewaffnet. Auf die Schnelle war ihr anscheinend keine bessere Requisite zur Verschleierung ihrer

Neugier eingefallen. Demonstrativ drehte sie sich zuerst von ihnen weg und ließ plätschernd dem Buchsbaum neben sich Wasser zukommen. Dann wandte sie sich um und blickte sie mit gespielter Überraschung an.

»Huch, ich habe Sie ja gar nicht gesehen. Der Roos ist nicht zu Hause. Um die Mittagszeit ist er mit seiner klappernden Rostlaube in den Weinberg gefahren. Zu dem im Nachbardorf, hier hat er nichts mehr.« Die Genugtuung darüber stand ihr ins Gesicht geschrieben. Sie musterte sie aus wachen Augen. Ihre Brille baumelte an einer goldenen Kette vor ihrer ausladenden Brust. Ihre Dauerwelle wirkte frisch. Die klein gedrehten Locken hingen ihr in die Stirn, sie reichten bis an die Augenbrauen heran, die ebenso tiefschwarz schimmerten wie die Haare auf ihrem Kopf. Warum erwartete man eigentlich immer, dass ältere grauhaarige Damen hinter der Gardine lauerten, um ihr Opfer wie zufällig vor der Haustür abzupassen?

Ravi schätzte Roos' Nachbarin auf Anfang fünfzig, auch wenn ihre Kleidung und die Brillenkette eher zu einer rüstigen Siebzigjährigen gepasst hätten. Die cremefarbene Seidenbluse mit angedeuteten Rüschen um den hochgeschlossenen Kragen steckte in einem knielangen Rock mit dunkelblauem Schottenmuster. An den Füßen konnte er glänzende schwarze Lackschuhe mit einer großen silbernen Spange ausmachen. Ihr roter Lippenstift, den sie üppig aufgetragen hatte, leuchtete ihnen entgegen. Sie lächelte, sichtlich zufrieden, dass sie den richtigen Moment für ihren Auftritt abgepasst hatte, und wartete jetzt auf einen Gesprächsbeitrag der orientierungslosen Herrengruppe.

Um deren Schweigen nicht noch gedehnter werden zu lassen, fuhr sie fort: »Schauen Sie sich ruhig bei ihm um. Es gibt viel zu entdecken.« Sie schmunzelte. »Ich kann Ihnen aber nicht sagen, was noch funktionsfähig ist. Allzu viel kann es nicht sein, weil er im Gegensatz zu früher viel weniger Lärm macht. Mit seinem einzigen verbliebenen Gefährt neben dem Volvo, der aber mal wieder in der Werkstatt zu sein scheint, ist er unterwegs. Es gibt auch nicht mehr viel, wofür er es brauchen könnte. Außer den beiden Weinbergsparzellen hat er alles verkauft. Die benötigt er noch, allerdings nur für seinen Eigenbedarf an Wein, den er in seiner Scheune herstellt.« Sie räusperte sich abfällig. »Die süße Brühe kann man nicht einmal zum Kochen verwenden. Ich habe es einmal bei einem Gulasch versucht, das ich danach wegwerfen musste. Aber als Glühwein taugt er, vorausgesetzt, dass man am nächsten Tag keine Termine hat oder in der Hausapotheke reichlich Aspirin vorhanden ist. Mich beglückt er jedes Jahr an Weihnachten mit einer Kiste Rotwein. Wenn Sie möchten, kann ich Ihnen also gern etwas aus meinem Vorrat abgeben.«

Harro machte dem Geplänkel ein Ende. »Ihr Nachbar hatte einen schweren Unfall mit dem Traktor.«

Ravi beobachtete ihre Reaktion, so wie seine beiden Kollegen sicherlich auch. Ihr Erstaunen wirkte auf ihn nicht übertrieben und recht natürlich.

»Das tut mir leid.«

»Wir sind von der Polizei und hatten gehofft, dass wir im Haus einen Angehörigen antreffen«, ergänzte Tobias.

Die Nachbarin verneinte und atmete dabei lautstark durch die Nase ein. Sie schien den Gedanken überaus abwegig zu finden. »Da werden Sie wenig Erfolg haben. Er lebt schon seit vielen Jahren allein. Seine Frau ist mit der Tochter ausgezogen, bevor ich seine Nachbarin geworden bin. Ich wohne seit 2000 hier. Es wird viel geredet über ihn, hinter vorgehaltener Hand, wie es eben so ist in einem Dorf, aber das wissen Sie bestimmt. Sie hat sich sofort aus dem Staub gemacht, als das aufkam. Was ich gut nachvollziehen kann.«

Sie blickte sie alle drei fragend an. Ravi wollte nachhaken, wagte aber nicht, ihren Redefluss zu unterbrechen, damit er nicht versiegte. »Seine Schwiegermutter wohnt noch hier, direkt neben der Kirche. Elsa Steinbrecher, sie nimmt bei mir immer donnerstags Klavierunterricht. Eine meiner ältesten und treuesten Schülerinnen und der lebende Beweis, dass es nie zu spät ist, um ein Instrument zu erlernen. Gerade im Alter hält es geistig fit und bewahrt die Frische des Verstandes.« Sie sah bei diesen Worten Harro eindringlich an.

Ravi konnte sich alles vorstellen, nur nicht den Chef als gelehrigen Klavierschüler, der mit seinen kräftigen und etwas stummelig geratenen Fingern hochkonzentriert nach den richtigen Tasten suchte. Der Gedanke begann ihn zu amüsieren. Sie sollten ihn gleich im Auto zusammen noch etwas vertiefen. Vielleicht half ihnen das ja, die gedrückte Stimmung vor dem Feierabend ein wenig aufzuhellen. Tobias schien eine Auflockerung nötig zu haben, und das Arbeitsende würde er sicher auch lieber jetzt als später einleiten. Irgendwie musste er ihm gleich helfen, den frühzeitigen Absprung hinzubekommen. Zur Not würde er Harro wieder allein Gesellschaft leisten, ob bei der Arbeit oder beim Feierabendschoppen in einer Altstadtkneipe. Meistens war das ja ganz lustig. Aber er brauchte das nicht an jedem Abend.

»Wissen Sie auch, wo die Ex-Frau wohnt?«

Sie nickte und schien zu überlegen, wie sie das treffend formulieren sollte. »Sie wollte möglichst weit weg, um allem zu entkommen. Es ist kein Spaß, in einem Dorf zu leben, wo jeder jeden kennt und sich zu allem noch eine kleine zusätzliche Anekdote findet. Egal, ob sie der Wahrheit entspricht, ganz nahe daran vorbeischrammt oder sich als hanebüchene Erfindung entpuppt, es bleibt doch immer etwas davon hängen. Das ist im Kleinen so wie auch im Großen.« Den letzten Satz hatte sie bewusst in die Länge gezogen, während sie weiterhin Harro ansah. Ihren Mund umspielte ein leicht spöttischer Zug. »Irmgard Roos wohnt in einem Dorf am Donnersberg. Ihre Tochter hat dort in der Nähe gebaut. Charlotte ist verheiratet und hat zwei kleine Jungs von vier und sechs Jahren. Die Uroma berichtet jede Woche aufs Neue sehr stolz von allen. Über ihn«, sie deutete eine knappe Kopfbewegung in Richtung des Nachbarhauses an, »verliert sie kein Wort. Der ehemalige Schwiegersohn existiert für sie nicht mehr.«

»Was ist passiert?« Tobias warf nach seiner Frage einen verstohlenen Blick auf sein Handy, dessen Summen für alle deutlich zu hören war. Er steckte es gleich wieder zurück in die Hosentasche.

»Nicht von mir.« Sie schüttelte entschieden den Kopf und winkte ab. »Über mich ist schon so viel erzählt worden hier im Dorf. Eine alleinstehende Musiklehrerin, da geht bei einigen die Phantasie gehörig durch. Von Bordell über Nachtclub bis hin zur Scheinfirma für die Wäsche von armenischem Drogengeld beherbergte mein Haus schon alles, was Sie sich als Polizisten vorstellen können. Ich weiß also, was es bedeutet, wenn andere ihr Unwissen über einen Menschen und seine vermeintlichen Verfehlungen auswalzen. Gehen Sie zur Schwiegermutter oder zu wem auch immer, aber erwarten Sie von mir bitte keine Aussage zu meinem Nachbarn, mit dem nicht immer leicht, aber doch recht passabel auszukommen ist, wenn man nur weiß, wie man ihn anzupacken hat. Dazu gehört, dass man seinen Weinjahrgang lobt, auch wenn er einen neuen geschmacklichen Tiefpunkt markiert.« Sie kippte den letzten Rest Gießwasser mitten auf die gelbe Schotterwüste und winkte ihnen zum Abschied zu. Ansehen tat sie dabei aber lediglich ihren Chef, der den Blick seinerseits erst von ihr ließ, als sie schon längst die Tür hinter sich zugezogen hatte.

Tobias lief bereits zurück zum Wagen und starrte dabei auf sein Handy. »Stephanie hat angerufen und eine Nachricht geschickt. Der Roos wird gerade in der Unfallklinik operiert. Es sieht schlimm, aber wohl nicht lebensgefährlich aus. Er hatte wohl verdammtes Glück. Es haben ihn zwar etliche der Splitter und Nägel getroffen, aber die beiden Schlagadern am Hals wurden nicht verletzt, und die Schutzbrille rettete ihm das Augenlicht. Vielleicht können wir ihm übermorgen schon einen Besuch abstatten. Die Klinik meldet sich, wenn er ansprechbar ist.«

25

Noch bevor sie das Auto erreichten, hielt Harro sein Handy
ans Ohr. Die Ungeduld zeichnete sich auf seinem Gesicht in
Form großer roter Flecken ab. Er zischte unverständliche Ver-
wünschungen, die sich gegen den Netzbetreiber und die Vernachlässigung der Dörfer beim Ausbau eines leistungsfähigen
Funknetzes richteten. Mit einer Begrüßung hielt er sich nicht
auf. Wer auch immer am anderen Ende der Leitung war, Ravi
beneidete ihn nicht darum, naiv zum Hörer gegriffen zu haben.

»Haben wir über Achim Roos etwas im Computer?« Ungeduldig trommelte Harro auf dem Dach des Wagens herum, bis
sie alle eingestiegen waren und er selbst auf dem Beifahrersitz
Platz nahm. Ravi fuhr los. Die ersten dicken Tropfen schlugen
gegen die Windschutzscheibe. Ein kurzer Moment der Vorankündigung nur, dem sogleich ein ohrenbetäubendes Prasseln
folgte. Riesige Regentropfen, die scheinbar alle gleichzeitig
herunterwollten. Der Scheibenwischer focht einen Kampf,
den er nicht gewinnen konnte. Es war wie auf Knopfdruck
Nacht geworden. Donnerschläge ließen alles erbeben.

»Was?« Harro brüllte unentwegt in sein Telefon. Trotz
seiner Bemühungen schien er am anderen Ende der Leitung
nicht verstanden zu werden. »Achim Roos, den habt ihr?« Er
schnaufte genervt, warf einen kontrollierenden Blick auf das
leuchtende Display und drückte das Telefon umgehend wieder
an sein Ohr.

Ravi steuerte den Kombi im Schritttempo durch die Fluten, die Augen zusammengekniffen und bemüht, sich auf dem
Feldweg zu orientieren. Der ausgetrocknete Graben zu beiden
Seiten der löchrigen Schotterpiste hatte sich innerhalb kürzester Zeit in einen Strom verwandelt, auf dem sich die Wogen
schaumig brachen.

»Ja, dann geh schauen. Jetzt sofort! Und ruf mich danach
umgehend an. Nein, im Regen!« Harro legte auf und starrte

aus dem Fenster, um die Situation dort draußen zu erfassen. Sie befanden sich mittlerweile auf festem Untergrund, zumindest fühlte es sich im Auto so an. Zu erkennen war kaum etwas. Die gesamte Straße diente als ausladendes Flussbett. Jetzt konnte Ravi linkerhand einen Rinnstein erkennen. Aus den Gullydeckeln sprudelten kleine Fontänen in die Höhe, denen er vorsichtig auszuweichen versuchte.

»Sie hat gefragt, ob wir auf einer Autobahnraststätte Halt gemacht haben, um an einer Imbissbude eine Currywurst zu essen. Eine witzige Kollegin, die Stephanie Niebergall. Noch so ein Spruch, und sie kann sich die nächsten zehn Jahre ihre Meriten allein im Innendienst verdienen und Aktenbündel im Rollwagen durch die Kommissariate schieben.« Er unterbrach seine Tirade. Der Regen trommelte weiter fest auf sie ein. Ravi war gerade dabei, eine braune Biomülltonne zu überholen, die am Rand des Kanals, auf dem sie unterwegs waren, vor sich hin trieb. Ihren undefinierbaren klumpigen Inhalt hatte sie bereits von sich gegeben. Er glaubte, Kartoffelschalen neben sich erkennen zu können, die wie kleine Boote in schneller Fahrt an ihnen vorbeischaukelten. Wenn erst alles Wasser von den umliegenden Hügeln den Weg zu ihnen ins Tal gefunden hatte, würde sich ihr Gefährt wahrscheinlich sanft vom Boden lösen und auf den sich kräuselnden Wellenkämmen davonwippen. Ravis Phantasie schuf die Bilder dazu. Wie sie auf offener See im Kombi der Kripo dahinschipperten. Auf großer Fahrt unterwegs zum nächsten Fall. Der Chef als bärtiger Kapitän mit goldenen Ankern auf den Schulterklappen und einer tätowierten Meerjungfrau auf dem Oberarm.

Das unablässige Hämmern der Regentropfen und der brüllende Harro neben ihm brachten ihn dem Wahnsinn offenbar immer näher. Jetzt konnte er den Chef wenigstens wieder notdürftig verstehen.

»Der Roos ist im Computer.« Weiter kam Harro nicht. Sein Handy leuchtete auf. Es klingelte, ohne dass man es durch den Lärm hätte hören können. »Ja.« Harro starrte nach draußen. »Das kann doch nicht sein! Du musst richtig nachschauen, verdammt! Dann warte eben, bis wir da sind. Es regnet, und die Currywurst schmeckt scheiße!«, schrie er in das Telefon.

Ravi hoffte inständig, dass Stephanie, deren Auffassungsgabe außerordentlich gut war, das Telefonat bereits nach kurzer Zeit aufgezeichnet hatte. Das würde sein Drohnenfoto bei der Weihnachtsfeier im Präsidium schnell vergessen machen. Das Kommissariat 11 auf munterer Ausfahrt bei heftigem Seegang und der überspannte Chef, der mit der Navigation überfordert war.

Er konnte Harros Blick auf sich spüren. Seine Lippen bewegten sich. Ravi starrte weiter konzentriert auf die sich kreuzenden Wogen vor ihrem Amphibienfahrzeug. Die Landstraße hatten sie sicher erreicht. Hier verteilte sich das Wasser besser und konnte ungehindert in die angrenzenden Felder und Weinberge abfließen. Der Straßenbelag und die weißen Markierungen waren notdürftig auszumachen. Vorsichtig beschleunigte er, jederzeit bereit, auch wieder abzubremsen, falls der Wagen ins Schwimmen geriet. Die Bugwelle spritzte bis über die Seitenfenster.

»Hört mir denn keiner zu in diesem Verein?« Harro schien sich selbst zu erschrecken, auf einmal wieder seine Stimme zu hören. Der Regen ließ mit jedem Meter, den sie aus dem Tal herauskamen, nach. Immer noch laut brüllend, aber jetzt verständlich, setzte der Chef seine Ausführungen fort. »Der Roos ist bei uns im Computer. Es hat eine Ermittlung gegen ihn gegeben, Ende der Neunziger. Bei der K2 lag das damals. Ein Anfangsverdacht, mehr nicht. Das muss die Nachbarin gemeint haben. Stephanie war im Keller und hat die Akte gesucht. Sie kann nur nicht besonders dick sein. Ein paar Vernehmungen, nicht mehr, weil sich der Verdacht nicht so weit erhärten ließ, dass die Staatsanwaltschaft aktiv werden konnte. Aber«, Harro schlug zornig auf die Kunststoffverkleidung der Beifahrertür, »die bescheuerte Akte ist nicht aufzufinden. Es gibt keine Notiz, wer sie entnommen hat, gar nichts.«

Harros Hände zitterten.

26

Tobias war dankbar, dass Harro ihn heimgeschickt hatte. Der Chef wirkte oft grob, aber sein Gespür für das Seelenleben seiner Mitmenschen schien intakt. Ehe er losgefahren war, hatte Tobias sich nervös bei seiner Mutter rückversichert, dass es Sara gut ging. Die beiden saßen zusammen im Wohnzimmer, tranken Tee und bemühten sich mit vereinten Kräften, Sylvia Wildenberger von nebenan zu trösten. Auch daheim hatte es wie aus Kübeln geschüttet. Bei den Nachbarn stand jetzt der Keller komplett unter Wasser. Die Kanalisation in ihrem Neubaugebiet hatte vor den Massen kapitulieren müssen. Woraufhin sich die Fluten ihren eigenen Weg gesucht und ihn über die steile Rampe zur Garage der Wildenbergers auch gefunden hatten. Der zähe Schlamm musste den Abfluss dort unten innerhalb kürzester Zeit so restlos verstopft haben, dass der Pegel ungehemmt steigen konnte, bis das ganze Geschoss bis zur Decke voll stand.

Die Feuerwehr ihres Dorfes war nun gefragt, und die ging streng nach Plan vor. Da das Los der Wildenbergers kein Einzelfall war und ein gutes Dutzend Keller auf die eine verfügbare Pumpe wartete, gab es eine Dringlichkeitsliste, auf der anscheinend die Dauer der Zugehörigkeit zur Dorfgemeinschaft über die Position entschied. So sah es jedenfalls Sylvia. Die Nachbarn im Neubaugebiet hatten sich hinten einreihen müssen.

Tobias war froh, dass sie bei ihrem Haus aus Kostengründen auf den Keller verzichtet hatten. Und auch die bisherige Vernachlässigung ihres Gartens erschien ihm nun nicht mehr so dramatisch. Die meisten frisch gesetzten Stauden hätte die Flut ebenso mitgerissen wie alles, was längst gepflanzt und seit zwei Jahren zeitaufwendig gehegt worden war.

Etwas entspannter als gestern steuerte er seinen alten Golf aus Mainz hinaus. Überall in der Peripherie waren die Folgen des heftigen Gewitters sichtbar. Den Straßenrand säumte neben Schlamm haufenweise Treibgut. Leere Plastikflaschen waren eindeutig in der Mehrzahl. Äste und dürre Zweige folgten, wobei dünne Plastikbeutel beziehungsweise das, was das Unwetter davon übrig gelassen hatte, mengenmäßig durchaus mithalten konnten.

Die momentane Erleichterung täuschte ihn nicht darüber hinweg, dass es auf Dauer so nicht weitergehen durfte. Seine Mutter würde klaglos tagelang Wache bei Sara schieben. Aber seine Frau könnte das auf Dauer sicherlich nicht akzeptieren. Sara war krank, doch sie würde sich spätestens nach zwei oder drei weiteren Tagen zur Wehr setzen. Um eine grundsätzliche Entscheidung kamen sie also nicht herum. Wenn nicht heute, dann mussten sie morgen miteinander reden. Viel länger ließ sich das nicht aufschieben, und auch bei der Arbeit konnte er nicht unbegrenzt den sorgenvollen Familienvater spielen, dessen Frau und Kind mit einer Erkältung daheim im Bett lagen.

Vielleicht war das Unwetter eine unverhoffte Chance. Das Glück, dass sie von den Fluten verschont worden waren. Sara hatte die Nachbarin trösten müssen. Wenn die Kinder nachher im Bett lagen und schliefen, würde er ihr schonend seine Sicht darlegen. Die Besuche bei der Heilpraktikerin standen dem ja nicht entgegen. Sie konnte sie gern fortführen, wenn sie ihr ein gutes Gefühl gaben. Aber sie musste einsehen, dass das allein nicht ausreichte. Dass nicht nur sie, sondern auch er und die Kinder unter dieser Krankheit litten. Wenn sie gesund werden wollte, sollte ihr doch auch daran gelegen sein, jede Möglichkeit zu nutzen, aus den dunklen Tälern, in denen sie sich so oft verlief, wieder herauszufinden. Tobias spürte, wie sich die Tränen in seine Augen drückten. Alles verschwamm ganz langsam und löste sich auf, wie vorhin, als die Wassermassen auf der Windschutzscheibe auch von den hektisch auf und ab ruckenden Wischblättern nicht zu bändigen gewesen waren.

Er fuhr sich über die Augen und wusste jetzt schon, dass er wahrscheinlich kein Wort mehr herausbringen würde, wenn

Sara erst vor ihm saß und ihn mitfühlend anlächelte. So oft hatten sie diese Unterhaltung schon begonnen, mit dem immer gleichen Ausgang. Er konnte ihre Stimme hören. »Zusammen schaffen wir das. Ich merke, dass es aufwärts geht. Ich sehe tagsüber schon viel mehr Licht als Dunkelheit, obwohl es im Herbst umgekehrt sein müsste. Nur abends fällt es mir schwer. Aber da seid ihr ja bei mir, du und die Kinder. Wenn ihr mir helft, dann stehe ich das durch. Ich will nicht mit Medikamenten vollgepumpt werden. Das macht mir Angst.«

Tobias riss den Kopf herum. Diese vielen Gedanken in seinem Schädel. Er war gerade an der Ausfahrt vorbeigefahren. Kurz überlegte er, ob er an der nächsten drehen und die drei Kilometer wieder zurückfahren sollte. Doch auf der Gegenseite herrschte um diese Uhrzeit stets dicke Luft. Er musste nicht hinsehen, um zu wissen, dass die Fahrzeuge dort standen.

Was blieb jetzt noch? Die Tour über die ganz kleinen Dörfer. Die Strecke war sogar kürzer, aber die vielen kleinen Gassen, durch die er durchmusste, kehrten den Vorteil um. Eine andere Möglichkeit sah er allerdings nicht, also fuhr er ab und folgte gleich darauf der Strecke, die sie gestern und heute schon genommen hatten, um zum Fundort des toten Kindes zu kommen.

Bevor Saras Krankheit offensichtlich geworden war, hatte er den Fahrten nach Hause durchaus positive Seiten abgewinnen können. Ähnlich wie ein Feierabendschoppen stellte die ausgedehnte Heimfahrt eine Variante der Psychohygiene dar. Sie verschaffte ihm Zeit, den Tag und das Erlebte zu reflektieren und hinter sich zu lassen. Um den alltäglichen Schrecken, den sein Beruf mit sich brachte, aus seinem Familienleben herauszuhalten.

Harro war da anders. Der propagierte stets, dass man einen Fall getrost mit nach Hause nehmen dürfe. Entscheidend war für ihn nur, dass man ihn emotional auf Abstand hielt. Große Worte, von denen er nicht wusste, ob sie der Chef wirklich zu beherzigen wusste. Er für seinen Teil hatte das noch nie gekonnt. Er wollte die freie Zeit mit seiner Frau und den Kindern genießen, ohne ständig von den Gedanken an laufende Ermittlungen oder ungelöste Fälle verfolgt zu werden. Bis er daheim ankam, herrschte Ordnung im Kopf. Er konnte die Autotür hinter sich zuwerfen, und alles blieb dort drinnen. Kein Gedanke an den Arbeitstag hing ihm nach, solange nicht Kinder zu Schaden gekommen waren.

Er war gespannt, was sie aus dem Roos herausbekommen würden. Wenn das Kommissariat 2 ermittelt hatte, war es um Gewalt gegen Kinder oder ein Sexualdelikt gegangen. Könnte hier womöglich die Querverbindung zwischen dem Anschlag auf sein Leben und dem toten Jungen in der Hütte liegen? Tobias fror bei dem Gedanken. Der Missbrauch an einem Kind, im Anschluss ermordet und auf dem verlassenen Gartengrundstück unter der Behausung verscharrt. Doch der Anschlag auf den Roos passte nicht dazu. Die Art und Weise, wie er geplant und ausgeführt worden war – das sah aus wie die Tat einer Person aus dem persönlichen Umfeld. Sie mussten sich morgen die Ex-Frau und seine Kollegen im Weinberg vornehmen. Und sie mussten dringend herausbekommen, was es damals konkret für einen Verdacht gegen ihn gab und wer das bei der Polizei zur Anzeige gebracht hatte.

Die Ortseinfahrt passierte er mit einem Gefühl des Ankommens. Durch die Ermittlungen kam ihm alles so vertraut vor. Die dicht gedrängt stehenden alten Bauernhäuser und Winzerhöfe. Mächtige Hoftore mit schindelgedeckten kleinen Schutzdächern darüber. Verschlossen hielten sie neugierige Blicke von dem fern, was sich dahinter verbarg. Nur selten stand ein Tor einladend längere Zeit offen. Nach dem Herausrangieren des Wagens wurde zumeist umgehend wieder zugeschlossen. Hier schien jeder am liebsten für sich zu sein. Das eigene Reich gut abgeschirmt gegen die Neugier der anderen. Umso ausgiebiger beobachtete man getarnt hinter der Gardine, was sich draußen auf der Straße abspielte, wer wann unterwegs war und wohin.

Er kannte das nur zu gut von früher. Seine Großmutter pflegte stolz und ohne schlechtes Gewissen ausführlich zu berichten, worüber sich die beiden Damen unter ihrem Wohnzimmerfenster jüngst unterhalten hatten. Er erinnerte sich an den entrüsteten Blick seiner Mutter, wenn sie das tat. Längst vergangenen Zeiten entstammten diese Bilder in seiner Erinnerung. Damals hatte es bei ihnen im Dorf noch drei Bäcker und ebenso viele Metzger gegeben, bei denen man neben Lebensmitteln auch reichlich Dorfklatsch mitbekam. Vormittags, wenn die meisten zum Einkaufen gingen, hielt seine Oma immer das Fenster zur Straße gekippt, um ja nichts von dem zu verpassen, was draußen unter ihrem Fenster getratscht wurde.

Zwei Jungs auf Fahrrädern fuhren nebeneinander vor ihm her. Er konnte sie in der engen Gasse unmöglich überholen, und sie machten keine Anstalten, ihn vorbeizulassen. Ihre Mountainbikes mit den dicken Stollenprofilen wirkten für ihre Körpergröße eine Nummer zu klein. Beide steckten sie in abgewetzten Camouflage-Hosen und alten Turnschuhen. Auch ihre Bomberjacken wiesen deutliche Spuren einer täglichen Nutzung auf. Der kleinere trug eine schwarze, der größere der beiden Jungs eine dunkelrote. Ganz normale Kinder vom Dorf, die sich den ganzen Tag draußen herumtrieben. Ihre Kopfbedeckungen waren mit Sicherheit der wichtigste Bestandteil ihrer Ausstaffierung. Er musste lächeln. Die beiden leuchtend grünen und mit wilden Mustern verzierten Cross-Helme sahen aus wie Profiutensilien aus dem Motorsport. Hassingers aufgemotzte Maschine würde gut dazu passen.

Jetzt konnte sich Tobias auch wieder daran erinnern, dass er die beiden schon einmal gesehen hatte. Sie hatten ihn eine Zeit lang aus sicherer Entfernung unter einigen Nussbäumen am Rande der Fläche stehend bei der Arbeit in der Sandkiste beobachtet. Sie waren an diesem Tag nicht die einzigen Gaffer gewesen. Er hatte daher auch keine große Notiz von ihnen genommen und wusste nicht zu sagen, wie ausdauernd sie ausgeharrt hatten. Dass sie überhaupt dort gewesen waren, wunderte ihn nicht. Die Felder und Wiesen hinter dem Gelände gehörten wahrscheinlich zu ihrer bevorzugten Cross-Strecke.

Tobias schaltete den Blinker, den er eben gesetzt hatte, sofort wieder aus und blieb mit etwas Abstand hinter den beiden. Sie schienen nicht zu bemerken, dass ihnen ein Fahrzeug folgte. Schließlich wurden sie langsamer und hielten vor einem Hoftor an. Er stellte den Wagen ab und ging zu ihnen. Der größere der Jungs in der dunkelroten Jacke setzte gerade den Helm ab und hängte ihn an den Lenker. Auf seinen erhitzten roten Pausbacken zeichneten sich deutlich die Druckstellen der Kopfbedeckung ab. Seine blonden, nicht besonders langen Haare waren verschwitzt und klebten an den Schläfen. Mit geübtem Griff zog er eine Kugelkette aus seinem Shirt, an der ein ovales Metallplättchen im Stil einer militärischen Erkennungsmarke und der Hausschlüssel hingen.

Tobias hatte die beiden jetzt erreicht. »Hallo. Ich bin von der Kriminalpolizei. Habt ihr einen Moment Zeit?«

Auch der zweite Crossbiker hatte jetzt seinen Helm abgenommen. Ein langer blonder Zopf fiel dem Mädchen über die Schulter. Tobias musste grinsen und versuchte, nicht zu erstaunt dreinzublicken. Sie sah etwas jünger aus als ihr Cross-Kollege. Vielleicht lag das aber auch daran, dass sie einen halben Kopf kleiner und um einiges zierlicher war. Ihr Gesicht zeigte die gleichen Druckstellen des Helmes. Er schätzte beide auf etwa zehn Jahre.

»Das kann jeder sagen!« Sie hatte die Hände in die Hüften gestemmt und sah ihn herausfordernd an. Der Helm baumelte an ihrem Lenker. Das Fahrrad wippte ganz langsam mit, schien aber stabil genug zu stehen, um nicht gleich umzufallen.

Tobias zog seinen Dienstausweis aus der Hosentasche und hielt ihn beiden nacheinander vor die Nase. Sie betrachteten ihn ausgiebig und wechselten dabei knappe Blicke.

»Ihr habt mich schon oben am Friedhof gesehen. Da trug ich allerdings einen von diesen weißen Schutzanzügen. Wir sind dort mit den Ermittlungen beschäftigt. Ihr habt sicher gehört, dass wir die Knochen eines Kindes gefunden haben, das in eurem Alter war, als es gestorben ist.«

Beide nickten.

»Lag er in der Hütte?« Das Mädchen war eindeutig die Wortführerin. Sie hegte ihm gegenüber keine Scheu.

Tobias nickte zuerst. An ihren größer werdenden Augen konnte er erkennen, dass er seine Antwort nachbessern musste.

»Er lag unter dem Boden der Hütte.«

Das Mädchen wirkte erleichtert.

»Wart ihr dort drinnen?«

Der Junge schüttelte hastig den Kopf. Das Mädchen hatte aber bereits genickt. Er hielt daher in der Bewegung inne.

»Ja, aber die Hütte war so voller Müll«, sagte sie. »Das war eklig. Wir sind dann in die Werkstatt daneben.«

»Einer der Schuppen, die an die Hütte angebaut waren.« Die Stimme des Jungen klang dunkler, als Tobias erwartet hatte. »Dort gab es letztes Jahr noch Werkzeug: Hämmer, Schraubenzieher, Sägen und so. Die sind aber irgendwann alle weg gewesen. Keine Ahnung, wer die geklaut hat.« Tobias meinte, ein zufriedenes Lächeln auf seinen Gesichtszügen ausmachen zu können, das augenblicklich wieder verschwunden war.

»Die Scheiben haben wir nicht eingeworfen!« Das Mädchen hatte sich wieder eingeschaltet.

»Das interessiert den doch gar nicht. Die Bruchbude ist sowieso abgerissen worden.«

Sie verzog schmollend den Mund und verschränkte die Arme vor der Brust.

»Waren da auch andere?«

Sie nickte, wollte jetzt aber anscheinend nichts mehr sagen.

Der Junge fuhr fort: »Es haben sich viele dort oben im Geisterhaus getroffen.« Er hielt vielsagend inne und musterte Tobias. »Der Levin wollte es anzünden. Aber das hat nicht geklappt, weil er zu wenig Papier und kein trockenes Feuerholz dabeihatte. Die Äste und Zweige der Büsche waren viel zu feucht dafür.«

»Es hat lange gequalmt, und dann haben sie zum Schluss

draufgepinkelt, damit es wieder ausgeht.« Das Mädchen verzog angewidert das Gesicht.

»Das weißt du doch gar nicht.«

»Der Levin hat es in der Schule erzählt.«

»Der redet doch bloß irgendeinen Quatsch, weil er angeben will. Der hatte Schiss, da überhaupt reinzugehen, wegen der Gespenster und der Leichen und der ...« Er stockte. Fahrig suchte er einen Ansatz, wie er weitermachen sollte. »Das haben wir nicht gewusst, nur so gesagt. Jeder hat sich gegruselt vor der Hütte, weil da die Ratten waren und auch ein Fuchs. Und weil alles so verlassen war.«

»Die Jungs haben das erzählt, weil sie den anderen Angst machen wollten.«

»Habt ihr mal versucht, unter die Hütte zu kommen?«

Beide sahen Tobias erschrocken an und verneinten hastig. Er nahm ihnen das ab.

»Da wollte keiner drunter. Das war sowieso alles richtig fest zu, und ich glaube, davor hatten auch alle viel zu viel Angst.« Das Mädchen sah ihren Cross-Partner prüfend an. Der schien ihren Worten nichts hinzufügen zu wollen. Die Gesichter der beiden leuchteten jetzt rot.

»Habt ihr auch Erwachsene an der Hütte gesehen?«

Der Junge lachte still in sich hinein. Ein böser Blick des Mädchens konnte ihn nicht vom Reden abhalten. »Deine große Schwester.« Er grinste breit.

»Halt den Mund!« Sie zischte ihn an. Es klang wie das Fauchen einer Katze. Ihn schien das aber wenig zu beeindrucken.

»Mareike hat mit ihrem Freund im Schuppen geknutscht. Wir haben sie erschreckt, und dann sind sie abgehauen. Du hast auch mitgemacht. Da ist doch nichts dabei.«

»Sonst noch jemand?«

Beide verneinten.

»Habt ihr etwas aus der Hütte mitgenommen? Werkzeuge oder Kleidungsstücke oder sonst irgendetwas? Ihr müsst keine Angst haben, deswegen Ärger zu bekommen. Für uns ist nur wirklich alles wichtig, um herauszubekommen, was mit dem

Jungen passiert ist. Wir kennen bis jetzt noch nicht einmal seinen Namen.«

Einen Moment lang schwiegen beide. Sie schienen mit sich zu ringen. Das Mädchen sah den Jungen an. Dessen Kopf blieb gesenkt. Er starrte auf seine kaputten Turnschuhe, an deren Seiten die letzte durchscheinende Schicht Stoff schon zu erkennen war.

»Du hast die Fotos mitgenommen. Zeig sie ihm!«

Der Junge setzte sich augenblicklich in Bewegung. Im Hoftor drehte er sich zu Tobias um. »Aber Sie bleiben hier draußen. Meine Eltern wollen nicht, dass jemand mit ins Haus kommt, wenn sie nicht daheim sind.« Dann war er verschwunden.

»Dein Bruder?«

Sie sah ihn aus großen Augen an. »Nein, ich habe nur zwei Schwestern.« Tobias konnte ernsthaftes Bedauern heraushören. Schweigend warteten sie, dann vernahmen sie auch schon die schnellen Schritte des Jungen auf dem Kopfsteinpflaster des Innenhofes. Kurz darauf reichte er Tobias ein Bündel.

Tobias fühlte, wie sich sein Herzschlag beschleunigte. Sie hatten bisher so wenig Greifbares. Ein Haufen gelber Sand und die Knochen eines Kindes, es musste doch endlich mal etwas geben, was sie in diesem Rätsel einen Schritt weiterbrachte. Vorsichtig blätterte er durch die zum Teil stark ausgebliche Sammlung. Sie enthielt ein buntes Durcheinander von Postkarten, Ausschnitten aus Zeitschriften und Monatsblättern eines kleinen Kalenders. Alle hatten ein kleines Loch oben in der Mitte von den Reißzwecken, mit denen sie an der Wand der Hütte befestigt gewesen waren.

Das mussten die bunten Bildchen sein, von denen der Hassinger berichtet hatte. Blumensträuße, Strände, lachende Schwarzwaldfrauen mit Bollenhüten und Teddybären in verschiedenen Verkleidungen. Einen Teil mussten die Kinder mitgenommen haben, bevor die Hütte abgerissen worden war. Zur Erinnerung an den Ort, in dem die Geister daheim waren und den man nur betrat, wenn man zu zweit und mutig war.

Tobias blätterte weiter. Es tauchten immer wieder abgegriffene Motorradsammelkarten auf. Teile eines dieser Quartettspiele, mit denen sie als Kinder auf dem Schulhof gespielt hatten.

Das Mädchen starrte zuerst auf die Karten und dann zu ihrem Cross-Partner. »Du hast die auch mitgenommen?« Sie klang sehr zornig. »Und mir hast du gesagt, dass sie irgendjemand anders geholt hat. Das war total gelogen. Du wolltest sie nur nicht teilen!«

Tobias spürte, wie ihm der nächste dünne Karton die Luft nahm. Den Streit der beiden Kinder bekam er nur noch am Rande mit. Alles schien auf einmal weit weg zu sein. Sein Mund war trocken. Sein Blick irrte über das Foto. Er war im ersten Moment nicht in der Lage, das, was er sah, zu sortieren. Ein Junge mit schwarzen Haaren stand vor einer braunen, verwitterten Bretterwand. Neben ihm ein Sandkasten, in dem strahlend buntes Plastikspielzeug lag, Förmchen, ein Bagger, Schaufeln und Rechen. Der Junge trug Jeans, ein T-Shirt und leuchtend rote Turnschuhe, an deren Seiten etwas Grünes blitzte. Er hatte ein wenig Ähnlichkeit mit Freddie Mercury, weil seine Vorderzähne deutlich vorstanden.

Tobias starrte weiter auf das Bild und in das Gesicht des toten Jungen, der ihn unsicher anzusehen schien.

27

Harro hatte es nur kurz daheim ausgehalten. Wie ein Käfig kam ihm seine Wohnung mittlerweile vor, und er war das gefangene Raubtier, das mit stierem Blick tagein, tagaus am Gitter entlanglief. Den Weg als Ziel, weil ein Ausweg nicht zu finden war. Nicht mehr lange, und man konnte auch seine immer gleiche Spur auf dem Fußboden seines Wohnzimmers ablesen. An der Wand und der Fensterfront entlang, hinter der sich die Rampe bis hinauf zur Grasnarbe zog. Ihm fehlte dort unten in seiner Wohnung die Luft zum Atmen, solange er nach den Eindrücken des Tages noch unter Strom stand. Nur ganz langsam löste sich der Druck von ihm. Ruhe fand er auch dann kaum, und heute ganz bestimmt nicht.

Er rieb sich mit der freien Hand über die stoppelige Wange und kippte dann den winzigen Rest aus dem gläsernen Flachmann hinunter, den er am Mittag zur Bulette im Supermarkt erworben hatte. Die Zeit, die er im Wohnzimmer der älteren Dame allein gewesen war, hatte leider nicht ausgereicht, um ihn unbeobachtet mit dem guten Cognac ihres verstorbenen Mannes wieder aufzufüllen. Und von dem anderen hatte ihn zum Glück die Vernunft abgehalten. Wie lange behielt sie noch die Oberhand und bewahrte ihn vor dem Schlimmsten?

Er schlich weiter durch die Dunkelheit, direkt am Rheinufer unter den Platanen entlang. Das trübe Wasser klatschte unregelmäßig gegen die groben Steine, die das Ufer sicherten. Der Wind hatte während des Unwetters den Müll aus den überfüllten Abfalleimern geweht. Selbst jetzt im Herbst bevölkerten abends und in der Nacht zumeist Massen von Menschen die Grünflächen am Wasser. Für all das, was sie leer und verbraucht zurückließen, reichten die wenigen Behältnisse, die zudem viel zu selten geleert wurden, nicht aus. Die Abstände zwischen den noch intakten Straßenlaternen waren mittlerweile so groß, dass er im Dunkeln ständig auf Dinge trat, die knackend unter seinem Gewicht zerbrachen. Er machte sich nicht mehr die Mühe, erschrocken zur Seite zu springen, wenn sich die Hindernisse schwarz vor seinen Füßen abzeichneten. Er wollte nicht wie ein gehetzter Feldhase herumspringen.

Der starke Regen, an den nur noch das Treibgut erinnerte, hatte die Straßen und die Uferpromenade restlos von Menschen geräumt. Keiner schien sich heute mehr herauszuwagen. Alle saßen sie jetzt daheim in ihren warmen Wohnzimmern auf weichen Couchgarnituren oder schaufelten den Schlamm aus ihren leer gepumpten Kellern. Keine Streuner wie er, die es daheim nicht aushielten. Die Sirenen hallten wiederkehrend durch die Häuserschluchten. Die Kollegen von der Berufsfeuerwehr schoben sicher Überstunden bis zum nächsten Morgen.

Wie lange würde er heute brauchen, bis er sich nach Hause trauen konnte? Der Blick auf die Uhr war sinnlos. Er brach in der Bewegung ab. Wie ein herrenloser Kater zog er weiter durch die Dunkelheit, von Mülleimer zu Mülleimer. Er passierte eine Parkbank, über die eine Plastikplane gespannt war. Ein mit Tüten vollgestopfter Einkaufswagen stand daneben. Das Schnarchen unter dem Regenschutz offenbarte, dass hier jemand seine Nachtruhe schon gefunden hatte. Fast beneidete er die Person dafür.

Das Kleingeld in seiner Hosentasche klimperte, als er mit den Fingern prüfend dazwischenfuhr. Es reichte für keine der sonst üblichen Ablenkungen aus. Wenn er Pech hatte, schlich er ziellos bis zum Morgengrauen durch die Stadt und verirrte sich nur zum Duschen kurz in seine Wohnung. Das würde ihm zumindest den peinigenden Dämmerzustand vor dem Einschlafen ersparen, in dem ihm die Ausweglosigkeit seiner Situation grell im Kopf herumspukte. Sie geizte nie mit Schreckensszenarien.

Vor einem guten Jahr im Sommer war er schon einmal an diesem Punkt gewesen. Sie hatten ihn unter Druck gesetzt, weil er nicht mehr bezahlen konnte. Zwei Schlägertypen hatten vor seiner Haustür gestanden. Er blickte sich schnell um, weil ihm der Gedanke ein zartes Unwohlsein in den Magen trieb, begleitet von der Furcht, dass sie auch jetzt wieder hinter ihm her sein könnten. Es war absurd, das wusste er. Sie würden ihm niemals etwas antun. Solange er im Staatsdienst stand, war er wertvoll für sie.

Im Sommer hatte ihn der alte Mann in der Dusche gerettet. Er war mit Tobias zu dem Einsatz geschickt worden. Die Nachbarn in der Wohnung darunter hatten den Hausmeister einbestellt, weil es von der Decke tropfte. Ein handtellergroßer Wasserfleck, in dessen Mitte sich alle paar Sekunden ein Tropfen bildete und auf das glänzende neue Fischgrätparkett der Einliegerwohnung klatschte.

Da der Mann im grauen Kittel den Wohnungsbesitzer nicht erreichen konnte, hatte er sich zur Verhinderung größeren Schadens Zugang zur Wohnung verschafft – und bei dem Geruch, der ihm entgegenwehte, schon im Türrahmen erschrocken kehrtgemacht. Sie waren stattdessen hineingegangen.

Der Estrich in dem Neubau war anscheinend so gut gewesen, dass es mehrere Tage gedauert hatte, bis sich das Wasser endlich einen Weg in das Geschoss darunter gebahnt hatte. Sie wateten durch eine subtropische Fäulnislandschaft, in die sich die Zimmerpflanzen-Vegetation des Besitzers perfekt einfügte. Die Palmen reckten ihre Blätter kraftstrotzend in die Höhe. Selbst die Kakteen hielten sich noch erstaunlich gut. Es schien, als senkten sie ihre schweren Köpfe zum Gruß. Aufgequollen starrte ihnen zudem ein halbes Dutzend ausgestopfter Tiere entgegen. Fuchs und Dachs fletschten drohend die Zähne. Bereit, ihr Reich zu verteidigen.

Sie setzten ihre Expedition durch ein bei sommerlichen Temperaturen und geschlossener Dreifachverglasung in vollständiger Auflösung befindliches Gruselkabinett fort, in dem der tote Besitzer in der Duschtasse, auf den noch immer ein sanfter Schauer aus der Regenwaldbrause niederging, den traurigen Höhepunkt bildete.

Tobias hatte den Gestank keine Minute länger ausgehalten und war nach Luft japsend hinausgestürzt. Harro hatte das noch nie viel ausgemacht. Vielleicht war es aber auch schlicht der Überlebensdrang des fast verhungerten Raubtiers, der ihn antrieb. Ausreichend lange blieb er allein, weil sich der Rest der herbeigerufenen Mannschaft viel Zeit ließ und sein Kollege es vorzog, draußen vor der Tür den aufgewühlten Magen zur Ruhe kommen zu lassen. Es gab nichts mehr zu retten. Vorsichtig und leise hatte er mit Gummihandschuhen an den Fingern nacheinander all jene Schubladen aufgezogen, die noch nicht so weit verquollen waren, dass man dafür ein Stemmeisen benötigte. Schon nach wenigen Versuchen war er fündig geworden. Unter einer von der alles beherrschenden Feuchtigkeit verzogenen dünnen Furnierplatte quollen hellgrüne stockfleckige Geldscheine hervor. Die im Geheimfach sauber aufgeschichteten Bündel hatten Raum erhalten und drängten hinaus.

Wie ferngesteuert hatte er zwei dicke Packen Hunderter in den beiden Innentaschen seiner Lederjacke verschwinden lassen und den Reißverschluss trotz der feuchten Hitze bis unter das Kinn hochgezogen. Es war so einfach gewesen, und sein schlechtes Gewissen hatte er mit einer halben Flasche Rémy Martin am Abend schnell so weit betäubt, dass es ihn kaum noch plagte.

Es sollte nie wieder vorkommen. Sogar im Vollrausch hatte er sich diesen Schwur unzählige Male selbst abgerungen, solange noch ausreichend Geld dagewesen war, um durch die Nächte zu kommen. Vorhin bei der alten Dame war alles ins Wanken geraten. Aber nur für einen kurzen Moment, den sie durch ihre schnelle Rückkehr aus der Küche beendet hatte. Vom Cognac hatte er sich gierig noch einmal die Kaffeetasse vollgeschenkt. Viel hatte nicht gefehlt.

Harro trottete weiter und bog am Schloss ab in Richtung Bahnhof. Ein Bus fuhr langsam an ihm vorbei und auf die nahe gelegene Haltestelle zu. Den brauchte er nicht. Er kicherte in sich hinein. Er hatte Zeit, viel zu viel Zeit, die er irgendwie totschlagen musste. Eine lange Nacht lag vor ihm. Ohne eine sinnvolle Beschäftigung und die sonst übliche kostspielige

Flucht aus dem Alltag, die ihm irgendwann zum Verhängnis werden würde. Wenn nicht diesmal, dann ganz sicher bei einer der nächsten Gelegenheiten. Und ganz zum Schluss, wenn er ihnen nicht mehr von Nutzen war, würden die Typen ihn schließlich doch fallen lassen. Hatte es da überhaupt einen Sinn, so lange durchzuhalten?

28

Den ganzen Morgen und den größten Teil des Nachmittags hatte er reglos im Bett gelegen. In seinem Kopf randalierte die Kugel. Sie drückte alles zur Seite, um sich Raum zu schaffen. Die Schmerzen überlagerten das Jucken der Narbe, die er blutig gekratzt hatte. Die Tabletten, die sie ihm in der Klinik mitgegeben hatten und die alles betäubten, waren aufgebraucht. Was er ohne Rezept in der Apotheke bekam, reichte nicht aus, um ihm Linderung zu bringen.

Am Nachmittag hatte er sein Schlafzimmer verlassen können. Die Kugel gab endlich Ruhe. Es schien so, als ob sie selbst Erholung brauchte und eingenickt war, nachdem sie sich über Stunden an ihm verausgabt hatte. Keine Ahnung, wie lange das so bleiben würde. Die Zeit, die ihm blieb, nutzte er, um alles sauber zu machen. Seinen verdreckten Schlafanzug und die komplette Bettwäsche entsorgte er in der Mülltonne, um sich danach eine Suppe aufzutauen und heiß zu machen. Er hatte sich in weiser Voraussicht einen Vorrat angelegt für den Fall, dass sich seine körperlichen Möglichkeiten weiter einschränkten oder all die Gegenstände, die er für die Zubereitung einer warmen Mahlzeit benötigte, irgendwann verschwunden waren. Mehr als ein Dutzend bunter Plastikbecher stand ordentlich und mit Frischhaltefolie und einem Gummiring verschlossen im Keller in seiner Kühltruhe. In der Mikrowelle dauerte es nur ein paar Minuten, bis aus dem festen Block eine heiße Gemüsesuppe wurde. Die hatte ihm heute wieder etwas Kraft und Zuversicht eingehaucht, zumal in seinem Schädel weiterhin Ruhe herrschte.

Er hatte überlegt, ob er seine Mutter besuchen sollte. Es war ja nicht mit Sicherheit zu sagen, wie lange das überhaupt noch gehen würde und er es schaffte, den Anstieg bis zum Friedhof zu bewältigen. Am späten Nachmittag hatte er sich dagegen entschieden. Das Grab konnte er sich auch so vor

Augen rufen. Die meisten der Blumen, die er gepflanzt hatte, waren längst verwelkt. Für den Winter konnte er bald alles mit Tannenzweigen abdecken. Das ging schnell und kostete wenig Kraft, wenn ihm der Gärtner das Material direkt an die Grabstätte lieferte. Den immergrünen Bodendecker auf der rechten Seite um den Kalkstein ließ er wachsen, auch wenn er dann über die Marmoreinfassung hinweg bis auf den Weg hing. Auf dieser Seite des Grabes waren kein Name und keine Lebensdaten eingraviert. Seine Mutter hatte das auch nicht gewollt. Das Vergessen hatte ihnen beiden gutgetan. Nur der Findling erinnerte die, die es wussten, an den Menschen, der darunter begraben lag.

Unschlüssig rieb er seine rauen Hände ineinander und betrachtete den sauber gewischten kleinen Tisch in seiner Küche. Die Dunkelheit hatte sich schon über alles gelegt. Er wartete einen Moment mit geschlossenen Augen ab. Als sich in seinem Kopf immer noch nichts rührte, erhob er sich vorsichtig. Wenn die Kugel ihm Zeit schenkte, dann sollte er sie auch nutzen. Vorsichtig tastete er sich durch den fast dunklen Raum, um zu seiner Werkbank zu gelangen. Das Werkzeug hing streng geordnet auf Augenhöhe in gleichmäßigen Reihen. Alles war griffbereit.

Vor einigen Wochen schon hatte er die groben Holzscheite hereingeholt und an der Seite abgelegt. Damals hatte er noch keine wirkliche Vorstellung davon gehabt, was daraus einmal werden sollte. Er hatte sie schlicht deswegen hierhergeschleppt, weil er noch die Kraft dazu besaß. Er probierte sich ständig an irgendwelchen Aufgaben aus. Was noch möglich erschien, tat er, auch wenn keine Notwendigkeit dazu bestand. Den kaputten Rasenmäher hatte er aus dem Heizungsraum in den Hof getragen und zwei Tage später wieder zurückgeräumt. Der schwere tönerne Sauerkrauttopf hatte den gleichen Weg genommen. Er stand jetzt neben seiner Sitzbank an der Haustür. Jeden Abend, wenn er sich dort niederließ, nachdem er den Müll in die Tonne getragen hatte, leistete er ihm still Gesellschaft. Die Kraft, um ihn wieder zurück an seinen Standort im Keller zu bringen, fehlte ihm jetzt. Aber das machte nichts. Es gab niemanden, den er im Hof durch seine Existenz stören konnte.

Das trockene Holzscheit der Tanne roch harzig. Er liebte diesen Geruch, obwohl er mit ihm nicht nur knisterndes Wohlbefinden verband. Er zog ihn zu sich heran und griff nach dem fest zusammengerollten Bündel seiner Schnitzmesser, von denen er eines auswählte und das Holz damit zu bearbeiten begann. Ganz sicher fühlte er sich nicht dabei. Das Holz war durch die lange Lagerung sehr hart geworden. Die scharfen Messer rutschten einige Male ab, bis er sich so weit vorgearbeitet hatte, dass er sie sicher ansetzen konnte.

Die Tanne hatte am Hochsitz gestanden und war durch den Brand, den er unter der groben hölzernen Konstruktion gelegt hatte, arg versengt worden. Er hatte sie daher ein paar Tage später gefällt, als nur noch ein kleiner Haufen weißer Asche an den Ausguck erinnerte, der hier einmal gestanden hatte. Mit einem dichten Zweig der Tanne hatte er den Aschehaufen, in dessen Kern noch kleine Stücke glühten, auseinandergezogen und ihn dann auf dem angrenzenden Acker verteilt.

Er hatte nicht immer mitgemusst auf den Hochsitz, aber wenn, dann war es in der Nacht gewesen. Viele Stunden vorher schon hatte er fühlen können, dass es bald wieder so weit war. Der Blick seines Vaters verriet es. Er irrte sich nie in seiner Vorahnung. An seinen Augen konnte er es ablesen und an der Stille im Haus. Alles lief gedämpfter ab und verlor scheinbar seinen Klang, bis er neben ihn auf den Beifahrersitz des alten Jeeps kletterte. Seine Wachsjacke stank nach den Tieren, die er nie schoss, wenn sie zusammen auf den Hochsitz stiegen. Die Klappe blieb zu und hüllte sie in Dunkelheit, sobald die Tür hinter ihnen ins Schloss fiel. Erst wenn alles vorbei war und er sich seine Zigarette anzündete, drückte er die schmale Luke wieder nach außen. Das Gewehr hatte er unten im Auto liegen lassen. Reglos und schweigend musste er sitzen bleiben und so lange zusammen mit ihm in die Nacht starren, bis er ihm ein weiteres Mal sachte über die Wangen strich oder das leise Brummen des Wagens verriet, dass der andere kam. Er konnte auf dem Hochsitz ihre flüsternden Stimmen vernehmen. Sie standen unten an der hölzernen Leiter, die aus den runden Ästen einer Fichte bestand. Sie tranken von seinem Kräuterbitter. Der andere roch danach, wenn er gleich darauf schwer atmend im Hochsitz anlangte und die Tür hinter sich verriegelte.

Er hatte sein Gesicht nie erkennen können. Es war immer die gleiche Plastikmaske gewesen, die er sich umband, um es zu verdecken: ein lächelnder weißer Hase mit einer rosa Nasenspitze, dessen Ohren starr in die Höhe ragten. Sie gab den herzförmigen Leberfleck am Hals nur dann frei, wenn sie bei seinen schnellen Bewegungen verrutschte. Er hatte erst realisiert, wer er war, als er das Mal am Hals des Mannes in der Zeitung wiedererkannt hatte. Das Plastik der Maske verstärkte sein Schnaufen. Danach, wenn er fertig war und sich mit dem karierten Stofftaschentuch abgewischt hatte, strich er ihm immer über den Kopf, so als ob er ihn trösten wollte, bevor er hastig die Leiter hinunterstieg. Ein Hase auf der Flucht.

Er war froh, dass er danach nicht auch neben ihm sitzen bleiben musste. Das musste er nur für den Rest der Nacht neben seinem Vater, aus dessen Blick die Gier verschwunden war. Die gleiche Gier, die er auch bei den Männern gesehen hatte, die an jenem Sommertag um den Jungen herumstanden. Er hätte ihn retten können, wenn er nicht der Angst um sich selbst nachgegeben hätte. Seinetwegen hatte der Junge sterben müssen. Da war es nur gerecht, dass er ihm bald folgen sollte.

29

Mit einem vertraulichen Augenzwinkern hatte der Chef ihm vorhin auf dem Weg aus dem Präsidium zu verstehen gegeben, dass er heute Abend noch etwas anderes vorhabe und daher nicht für einen Absacker in einer Mainzer Altstadtkneipe zur Verfügung stand. Ravi hatte nicht nachgefragt. Eine verwertbare Antwort wäre sicher nicht zu erwarten gewesen. Es ging ihn nichts an, und der Chef wollte nicht darüber reden. Das war in Ordnung so. Sie waren ein gutes Team, aber man musste nicht jedes Detail über den anderen wissen. Er selbst gab ja auch nicht alles von sich preis.

Er mochte seine Kollegen. So unterschiedlich sie alle drei waren, als Gemeinschaft funktionierten sie ausgesprochen gut, und das war das Entscheidende. Konflikte innerhalb eines Teams schadeten den Ermittlungen. Wahrscheinlich lief es gerade deswegen so gut, weil jeder den anderen vom Typ her ergänzte, aber gleichzeitig auch mit seinen jeweiligen Eigenarten in Ruhe ließ. Früher hatten sie mehr zusammen unternommen. Jetzt war es eben weniger Zeit, die sie außerhalb des Dienstes miteinander verbrachten. Dass das Verhältnis zueinander trotzdem nicht darunter litt und vertrauensvoll blieb, das hatte Tobias heute gezeigt. Die Situation zu Hause, die Depression seiner Frau und die damit verbundenen Sorgen und Ängste würden nicht von heute auf morgen verschwinden. Das war ein langwieriger Prozess mit unsicherem Ausgang und hohem Rückfallrisiko. Über kurz oder lang musste Tobias das mit dem Chef besprechen, weil Zeiten kommen würden, in denen er nicht auf Biegen und Brechen um fünf daheim sein konnte.

Vielleicht wäre es sinnvoll, wenn er in ein anderes Kommissariat wechselte, das geregeltere Arbeitszeiten mit sich brachte. Damit war die Situation daheim zwar nicht gelöst, aber die Abläufe ließen sich besser organisieren und sicherer planen.

Tobias hatte so etwas vor einiger Zeit selbst schon mal angedeutet. Sie hatten bei einer längeren Autofahrt Spekulationen darüber angestellt, wo es sie mit fortgeschrittener Dauer im Polizeidienst wohl einmal hin verschlagen würde. Ravi musste lächeln und kratzte sich dabei die lichten Bartflusen am Kinn. Er hatte großspurig erklärt, spätestens mit Ende fünfzig der erste dunkelhäutige Polizeipräsident einer deutschen Großstadt zu sein.

Tobias hatte sich an einer realistischeren Karriere orientiert. Ihn reizte die Einheit »Operative Fallanalyse« beim LKA. Das waren die Kollegen, die in amerikanischen Krimiserien gern als psychologisch geschulte »Profiler« dargestellt wurden. Coole Typen, die jeden noch so aussichtslosen Fall durchleuchteten und spätestens nach neunzig Minuten eine verblüffende Lösung präsentieren konnten, an die davor niemand gedacht hatte. Die Realität sah etwas anders aus. Und auch einer der Kollegen, den er dort kannte. Seine an den Ellbogen verstärkten waldgrünen Cordsakkos waren so abgetragen, dass sie seine Mutter nicht einmal mehr in Altkleidersäcke stopfen würde. Er galt als analytisches Genie.

Bei der Operativen Fallanalyse OFA arbeiteten sehr erfahrene und zusätzlich besonders ausgebildete Kollegen. Gerieten die Ermittlungen in einem Fall ins Stocken, war die OFA oft so etwas wie die letzte Hoffnung. Die Teams erhielten Kopien der Ermittlungsakten, in denen alle Mutmaßungen über Täter, Motive und Vorgehensweisen geschwärzt worden waren, um unbelastet noch einmal ganz von vorne anfangen zu können. Bei einer umfangreichen Ermittlung konnten das Hunderte Aktenordner sein. Mitunter stand am Anfang der Fallanalyse also eine wochenlange akribische Sichtung von etlichen laufenden Metern Akten.

Danach zerlegten sie den Fall in winzige Einzelteile, um unter anderem aus dem Täterblickwinkel die Abläufe durchzugehen. Aus jeder Entscheidungsmöglichkeit des Täters ergaben sich neue Handlungsstränge und Eventualitäten, die in umfangreiche Flussdiagramme mündeten. Je nach Situation holten sie sich weitere Spezialisten wie forensische Psychologen mit hinzu, um die Erkenntnisse zur Tat, zum Motiv und zu Opfer und Täter zu deuten. Die so gewonnenen Ergebnisse gingen wieder an das ermittelnde Kommissariat zurück. Ob Tobias dort die erhofften geregelteren Arbeitszeiten finden würde, vermochte Ravi nicht abzuschätzen. Etwas Phantasie brauchte es dafür aber schon.

Die Holzdielen knarrten unter Ravis Füßen. Er war auf dem Weg durch den schmalen dunklen Flur in die kleine Küche seiner Wohnung. Heute hatte er es geschafft, nur dreimal in seinen Mails nachzusehen, ob die Nachricht endlich gekommen war. Auch seine Nervosität hatte sich dabei in Grenzen gehalten. War das der natürliche Prozess der Abstumpfung oder das sich langsam in ihm durchsetzende Gefühl, dass er es gar nicht wissen wollte? Das wohl eher nicht, sonst würde sich sein Puls nicht jedes Mal, wenn er sein Postfach öffnete, beschleunigen. Die feuchten Handinnenflächen kamen noch dazu. Ziemlich erfolglos versuchte er jetzt, seine Gedanken auf die Frage zu lenken, ob er aus den in seinem Kühlschrank gestrandeten Lebensmitteln etwas zum Abendessen kochen wollte oder sich doch lieber einen Döner auf der Boppstraße holte.

Die Tür des Kühlschranks stand schon seit einigen Minuten offen, und der Inhalt schien sich in dieser Zeit nicht verändert zu haben. Die ehemals bunten Gemüsereste vom Markttag am Dom waren nach vier Wochen im Kühlschrank schrumpelig und kaum noch wiederzuerkennen. Im Tiefkühlfach gab es noch eine gefrorene Gemüsemischung, die zu dem unangetasteten Päckchen Räuchertofu passte. Zusammen mit der Dose Kokosmilch und den Gewürzen, die er in großen Mengen aus Sri Lanka mitgebracht hatte, ließe sich daraus sicher etwas Essbares zubereiten. Eine kleine kulinarische Erinnerung an die letzten vier Wochen. Für ein typisches Dhal Curry fehlten ihm allerdings die Linsen, aber so wie dort würde es ohnehin nicht schmecken.

Er strich sich die schwarzen Haare zurück und drückte

die Kühlschranktür unschlüssig wieder zu. Eine endgültige Entscheidung war noch nicht gefallen, weil der Hunger ihn nicht zur Eile drängte. Eigentlich empfand er gar keinen richtigen Appetit. Er lehnte sich mit dem Rücken gegen den Kühlschrank und schaute an sich herab, über seinen grauen Kapuzenpulli und die dunkelblauen Jeans bis hinunter zu seinen ockergelben Socken. Die beiden großen Zehen waren durch den dünner werdenden Stoff zu erahnen.

Warum rief er nicht einfach die blonde Kollegin an? Er schüttelte, verwundert über sich selbst, den Kopf, obwohl er auch daran nicht zum ersten Mal dachte, seit er vorhin nach Hause gekommen war. Wenn Sandra Zeit hatte, könnten sie sich für später verabreden. Ihr sympathisches Lachen, bei dem sich jedes Mal die zarten Grübchen in ihren Wangen zeigten, würde ihn aufheitern. Er seufzte. Und hinterher war das Durcheinander noch größer als zuvor. Er brauchte wenig Vorstellungskraft, um sich den weiteren Fortgang auszumalen. Solange alles im Unklaren waberte, kam er gut mit Frauen klar. Wenn sich aber eine feste Bindung abzeichnete, ergriff er die Flucht. Das war schon so oft passiert. Die Furcht legte sich über alles. Sie erdrückte jedes Gefühl. Sandra wäre nicht die Erste, die ihm dann Bindungsangst vorhielte. Vielleicht war das sogar die richtige Diagnose, aber nur die halbe Wahrheit, so viel hatte er inzwischen über sich gelernt. Er musste zwangsläufig immer wieder vor der Frage kapitulieren, wo er hinwollte, solange er keinen blassen Schimmer davon hatte, wo er herkam. Oft beschlich ihn bei diesen Gedanken das Gefühl, dass er gar nicht wusste, wer er war. Ob daran wirklich alle bisherigen Beziehungen gescheitert waren? Er wusste es nicht. Aber der Grund für seine Suche nach den eigenen Wurzeln, die sich in den letzten Monaten zur Obsession ausgewachsen hatte, lag sicher darin begründet.

Frauen fingen damit früher an. Das hatte er bei den wenigen Zusammenkünften mit den anderen festgestellt. Er war bei der Recherche nach Ansätzen für eine Suche auf die Internetplattform gestoßen. Er war kein Einzelfall, sondern einer von vielen, denen es ähnlich ging. Sie waren alle in Sri Lanka geboren und dann von deutschen oder Schweizer Eltern adoptiert worden. Die meisten wussten, so wie er, fast gar nichts über ihre Herkunft. Ganz unterschiedlich hingegen waren ihr Drang und ihre Bemühungen, Antworten zu finden. Ein Großteil der Frauen hatte sich schon in der Pubertät nicht mehr mit den spärlichen Informationen der Adoptiveltern zufriedengeben wollen. Spätestens mit Anfang zwanzig hatten sich fast alle zum ersten Mal auf den Weg nach Südasien gemacht, um oft vollkommen enttäuscht und ohne jedes Ergebnis wieder zurückzukehren.

Das System der Adoptionen, das bis in die neunziger Jahre hinein fast reibungslos funktioniert hatte und anscheinend von den Behörden in Deutschland und der Schweiz toleriert wurde, war erst durch die Recherchen von Schweizer Journalisten vor zwei Jahren in seiner ganzen Tragweite offengelegt worden. Bis ins Detail waren die einzelnen Schritte aufeinander abgestimmt gewesen, um vermögenden kinderlosen Paaren aus Westeuropa gegen Geld unbürokratisch zur Vervollkommnung des eigenen Lebenstraums zu verhelfen. Die offenbar stabile Nachfrage ließ dieses Geschäftsmodell vor allem in Sri Lanka zu einem ausdifferenzierten Wirtschaftszweig heranwachsen. Säuglinge wurden ihren notleidenden Müttern entweder abgekauft, unter Drohungen abgenommen oder gleich nach der Geburt noch im Krankenhaus für tot erklärt, um sie über bezahlte falsche Mütter an weiße Adoptiveltern zu vermitteln, die bereits vor Ort zur Abholung bereitstanden.

Es existierten sogar sogenannte »Babyfarmen«, in denen Schwangere unter unmenschlichen Bedingungen Kinder zum Zweck der umgehenden Vermittlung an zahlungskräftige Kinderlose zur Welt brachten. Über Agenturen, die den Interessierten zusicherten, auch auf Sonderwünsche einzugehen, lief die Vermittlung. Das Geschlecht des Kindes und die Helligkeit der Hautfarbe konnten gegen einen zusätzlichen Betrag frei ausgewählt werden. Zügig und im engen Kontakt mit den Behörden vor Ort regelten sie auch die Beschaffung von Papieren, die von den Konsulaten anerkannt wurden und dazu dienten, das Land schon nach wenigen Tagen unbehelligt mit dem Säugling verlassen zu können.

Für einige Gruppenteilnehmer hatte sich die Adoption zum Trauma ausgewachsen, das ihr Leben fast vollständig vereinnahmte. Sie fühlten sich so, als ob sie vom Himmel gefallen wären, der Mutter direkt nach der Geburt entrissen. Eine Wunde, die stetig heftiger schmerzte und nicht heilen konnte, solange weiter Ungewissheit herrschte. Sie hangelten sich vom einen hoffnungsprechenden Strohhalm zum nächsten, um schließlich doch in Resignation zu verfallen, wenn alle Spuren im Nichts verliefen.

In vielen Fällen hielten die Originaldokumente aus Sri Lanka einer Überprüfung nicht stand. Vom Geburtsdatum über den Geburtsort bis hin zur vermeintlichen Mutter war nicht selten fast alles auf den Papieren falsch. Die Suche nach den eigenen familiären Wurzeln glich unter diesen Ausgangsbedingungen einer Schatzsuche ohne Karte, und nicht wenige empfanden sie als einen letztlich wohl aussichtslosen Wettlauf mit der Zeit. Hatte er sich zunächst noch zögerlich mit der Gruppe in Verbindung gesetzt und erste Treffen besucht, so nahm ihn das Thema schon bald voll und ganz gefangen. Auch in ihm hatte der Faktor Zeit schnell Ängste entfacht. Viel zu lange hatte er schon gewartet. Kostbare Jahre waren verstrichen, in denen er sich kaum mit seiner Herkunft auseinandergesetzt, sondern sich nur an der Abnabelung von seinen Adoptiveltern abgearbeitet hatte. Verlorene Jahre, die nicht mehr nachzuholen waren. Beim Gedanken an die Lebenserwartung von Frauen in abgelegenen Dörfern Sri Lankas hatte sich sein Magen zusammengekrampft. Und mit jedem weiteren Jahr sank die Wahrscheinlichkeit, seine echte Mutter noch ausfindig machen zu können, rapide. Er hatte sie sehen wollen. Dieses Gefühl war immer beherrschender geworden und hatte ihn zur Eile angetrieben. Er wollte sie fragen, warum sie ihn damals gleich nach der Geburt weggegeben hatte.

Die Treffen mit den anderen hatten seine eigene bis dahin

sporadische Suche zwanghaft werden lassen. Erst durch die Gruppe hatte sie aber auch eine klare Richtung und Struktur bekommen. Gisela hatte sich zunächst geweigert, überhaupt nach irgendwelchen Unterlagen zu kramen. Sie schob offensichtliche Ausreden vor, die ihn rasend machten. »Dein Vater hat alles weggeworfen, nachdem wir richtige Papiere für dich hier in Deutschland bekommen hatten. Wir waren doch so glücklich, dass wir dich endlich bei uns hatten. Wir haben dich dort rausgeholt und dir hier ein Leben ermöglicht, dass du in diesem Land niemals gehabt hättest. Du solltest dankbar sein und nicht in der Vergangenheit stochern. Das bringt nichts.«

Das war der Punkt, an dem stets jedes Gespräch mit ihr stagnierte, nicht mehr vom Fleck kam. Die Dankbarkeit für ihr Handeln, die sie von ihm erwartete und die durch seine hartnäckiger werdenden Bemühungen um Aufklärung Schaden nahm. Ausnahmslos jeder in der Gruppe wusste von diesen Argumenten und ergebnislosen Gesprächen zu berichten. Die Adoptiveltern hatten mit der Annahme eines Kindes aus einer bitterarmen Region Gutes tun wollen. Und es gleichzeitig seiner Wurzeln und seiner Identität beraubt. Amodia aus der Gruppe hatte es einmal drastisch auf den Punkt gebracht: »Meine Eltern wollten mit meiner Adoption auch nur Gutes tun. In erster Linie sich. Ich habe ihnen noch zur Abrundung des bürgerlichen Wohlstands gefehlt. Außer einem Kind hatten sie schon alles. Da es auf dem herkömmlichen Weg nicht geklappt hat, haben sie einen anderen gesucht und herausgefunden, wie man mit Geld zu dem kommt, was man haben möchte. Sie haben mich ausgesucht und gekauft, wie man ein neues Auto kauft. Als Mädchen war ich etwas günstiger. Das an dieser Stelle eingesparte Geld haben sie für eine hellere Hautfarbe draufgelegt. Ich bin also ein günstiges Exemplar mit Sonderausstattung.«

Ravi war die Lust aufs Kochen jetzt vergangen. Auch wenn Amodias Worte ihn damals erschreckt hatten, konnte er sich doch nach und nach in dem Gesagten wiederfinden. Es tauchten immer mehr winzige Erinnerungsfetzen aus seiner Kindheit und Jugend auf, die ihn in eine ähnliche Richtung drängten. Da war eine Szene aus der Grundschule. Einige der Jungs aus dem Dorf hatten ihn wegen seiner dunklen Haut aufgezogen, und er hatte wild auf dem Pausenhof um sich geschlagen. Die Lehrerin fühlte sich daraufhin bemüßigt, sein Anderssein zum Unterrichtsthema zu machen. Was ihn lehrte, nur noch dann zuzuschlagen, wenn es niemand sehen konnte. Eines der Mädchen aus der ersten Reihe hatte sich auf die Frage, woher er komme, artig gemeldet und brav den Satz heruntergebetet, den die Lehrerin hören wollte: »Der Dr. Bingenheimer hat den Timotheus aus Indien geholt und vor dem Verhungern gerettet.«

Als Arzt im Dorf war das genau das Bild, das sein Adoptivvater pflegte. Gisela arbeitete auch daran: Tue Gutes und rede darüber. Sie wurde nicht müde, die erschreckenden Lebensbedingungen in Indien und Sri Lanka zu beschreiben, die sie in ihrem Entschluss bekräftigt hatten, ein Kind von dort als ihr eigenes anzunehmen. Dabei war das doch nur die reichlich geschönte Version, die das eigene Gewissen beruhigte. Deswegen hatte Norbert auch alle Dokumente bis auf Ravis Geburtsurkunde vernichtet. Die Antwort des Mädchens aus seiner Grundschulklasse hätte eigentlich lauten müssen: »Der Dr. Bingenheimer hat den Ravi entführt. Er hat ihn mitgenommen, obwohl er wusste, dass man ihn seiner Mutter gestohlen hat.«

Kaum eine Mutter gab ihr Neugeborenes freiwillig weg. Und wenn doch, dann hatte er ein Recht darauf, die Gründe dafür aus ihrem Mund zu hören. Das war der eigentliche Grund, der ihn antrieb.

Ohne die Unterstützung der Gruppe hätte er die Reise nach Sri Lanka nie in Angriff genommen. Er sah aus wie ein Einheimischer, es verband ihn aber nichts mit diesem Land und seiner Kultur. Über eine Kontaktperson vor Ort hatten sie seine Mutter anhand der Angaben auf der Geburtsurkunde dann sogar schon im Vorfeld ausfindig machen können. Das war ein Glücksfall gewesen. Nur bei wenigen gestaltete es sich so einfach und problemlos.

Ravi schloss die brennenden Augen. Er verspürte bei diesen Gedanken wieder dieselbe Anspannung, die ihn auf dem Weg in dieses unbekannte Land und bis in das abgelegene Bergdorf begleitet hatte. Hinzu kam der Schlafmangel während der Reise und auch schon davor. Er musste einen recht bedauernswerten Eindruck gemacht haben, als er aus dem Mietwagen gestiegen war. Er hatte gezittert, als ob eine heftige Grippe ihm zusetzte, und traute sich kaum aus der Sicherheitszone, die das Fahrzeug für ihn darstellte, heraus. War es die Furcht vor der Wahrheit und dem, was sie mit sich brachte? Würde danach alles anders sein und er ein neuer Mensch? Irre Gedanken, die er jetzt gar nicht mehr alle zusammenbekam, die ihn aber so sehr beanspruchten, dass er sich nicht mehr rühren konnte. Er stand wie angewurzelt da und hielt sich an der Dachreling des Toyotas fest.

Mani, der ihn vom Flughafen abgeholt hatte und häufig als Dolmetscher für die Gruppe im Einsatz war, hatte ihn vorsichtig, aber entschlossen am Ärmel hinter sich hergezogen. Er schien diese Problemfälle zu kennen. Mit einer Kopie seiner Geburtsurkunde in der Hand hatten sie sich von den herbeigelaufenen Kindern den Weg zeigen lassen. Das Zittern verstärkte sich noch, als sie nickten und gestenreich die Richtung anzeigten, in der sie suchen sollten. Neugierig rannten sie auf dem schmalen Pfad zwischen niedrigen Hütten hindurch neben ihnen her. Er war willenlos wie eine Marionette in ungelenken Bewegungen hinter Mani hergetrottet, der sich immer wieder aufmunternd nach ihm umsah. Anscheinend hatte ihn die Erfahrung gelehrt, dass den einen oder anderen kurz vor dem Ziel der Mut verließ. Weit davon entfernt war er nicht gewesen. Allerdings hatte er keine überstürzte Flucht in Betracht gezogen. Er befürchtete vielmehr, im alles entscheidenden Moment der Situation nicht gewachsen zu sein und mit einem letzten Seufzer das Bewusstsein zu verlieren. Nicht zuletzt deshalb hatte er schon seit vielen Stunden keinen

Bissen mehr hinunterbekommen, und die hohe Luftfeuchtigkeit machte seinem Körper zusätzlich zu schaffen.

»*This is your mother.*« Der Satz hatte sich tief in seine Erinnerung eingebrannt. Wie auf Knopfdruck konnte er ihn zu jeder Tages- und Nachtzeit abrufen, inklusive aller Umgebungsgeräusche.

Ravi musste bei dem Gedanken schlucken. Das monotone Surren des Kühlschranks in seinem Rücken tat gut. Er starrte auf seinen Küchentisch, auf dem die Teetasse vom Morgen stand. Der Beutel hing noch immer darin.

Seine Mutter. Der Moment, auf den er so lange gewartet hatte. Er hatte wie angewurzelt dagestanden, vollkommen unfähig, eine Bewegung auszuführen. Umgefallen war er nicht. Die Tränen rannen über ihre faltigen Wangen. Sie sah viel älter aus, als er sie sich vorgestellt hatte. Mit ihrer Hand hatte sie vorsichtig seine Wange gestreichelt. Ihre Zähne leuchteten weiß und standen weit nach vorne. Die tiefschwarzen, langen, dünnen Haare trug sie streng zurückgekämmt. Sie bedeutete ihm, ihr in die kleine Hütte zu folgen, deren Boden aus gestampftem Lehm bestand. Dort hatten sie nebeneinander auf dem Bett gesessen. Die metallenen Federn unter der Matratze quietschten bei jeder Bewegung, die sie vollführte.

Mani hatte sich zunächst abseits gehalten und war erst näher gekommen, als sie zu reden begann. Wie lange sie sich zuvor still betrachtet hatten, konnte Ravi nicht abschätzen. Wahrscheinlich waren es nur ein paar Minuten gewesen, die ihm aber auch jetzt im Rückblick noch wie eine Ewigkeit vorkamen. Sie hatten so viele Jahre nachzuholen. Ihre ersten Worte, die Mani ins Englische übersetzte, drangen nicht bis zu ihm durch. Er konnte seinen Blick nicht von ihr lösen. Diese kleine, hagere Frau, die seine Hand nicht mehr loslassen wollte. Er fühlte sich ihr in diesem Moment schon so verbunden. Die Augen, das Haar, die dunkle Farbe der Haut und die Fältchen an ihren Augen, in allem erkannte er die Ähnlichkeit mit sich selbst.

Mehrmals noch strich sie ihm so vorsichtig über die Wange,

wie sie es schon bei seiner Ankunft getan hatte. Sie wiederholte die immer gleichen Worte, die er nicht verstand. Mani schwieg. Sie redete weiter, ganz still, fast flüsternd, und er nickte dazu. Ravi spürte, dass sie ihm alles zu erklären versuchte. Der Tag seiner Geburt, ihre Ängste und Sorgen. Wie sie trotz der Schmerzen danach eingeschlafen war. Ihre Verzweiflung, als sie ihr am nächsten Morgen erzählten, dass er die Nacht nicht überlebt habe. Die Trauer, die sie über all die Jahre empfand. Vielleicht hatte sie gespürt, dass er doch noch am Leben war. Gehofft zumindest hatte sie es. Das glaubte er, aus ihren Augen herauslesen zu können. Obwohl er sich das alles doch nur einbildete, weil er kein Wort von dem, was sie ihm erzählte, verstehen konnte. Er war schlicht nicht mehr aufnahmefähig gewesen. Unentwegt strich sie ihm mit ihren dünnen Fingern zart über die feuchten Wangen. Die Tränen versiegten. Sie hieß Niluka.

Mani hatte sie irgendwann allein gelassen. Ravi hatte es nicht mitbekommen. Der Dolmetscher stand am Auto und rauchte, als Ravi die Hütte zusammen mit Niluka verließ. Sie zog ihn mit sich. Eine kurze Wegstrecke nur ging es an ein paar ähnlich kleinen Hütten vorbei. Vor einer größeren Behausung schienen sie schon auf ihn zu warten. Neugierig wurde er beäugt. Die Kinder betasteten vorsichtig seine blauen Jeans, griffen dann nach seinen Händen. Er hätte nie geglaubt, dass ihm dieser Ort in den nächsten drei Wochen zu einer zweiten Heimat werden würde. Wege, die er ganz selbstverständlich zurücklegte, und Hütten, die er betrat, als habe er sie schon seit seiner Kindheit immer wieder aufgesucht. Der in der Ferne lebende Sohn, der auf Urlaub in die alte Heimat kam.

»Wir werden weiter nach ihr suchen. Wenn sie noch lebt, finden wir sie auch. Die Chancen stehen gut, wenn ein erster Ansatzpunkt existiert. Und den haben wir jetzt. Viele der anderen, die ihre Mutter suchen, kommen gar nicht so weit wie du.« Mani hatte ihn entschlossen angeblickt. Seine Stimme klang tröstend.

In ihm hatte sich alles gesträubt gegen diese Worte. Ravi

wollte sie auch jetzt noch nicht wahrhaben. Hatte ihn sein Gefühl so sehr in die Irre geführt? Die Ähnlichkeiten, die er zu erkennen glaubte, auch zu seinen Brüdern und deren Kindern. War das alles eine große Täuschung gewesen, befeuert vom Willen, endlich am Ziel angelangt zu sein? Die Sehnsucht danach, die eigenen Wurzeln endlich gefunden zu haben, ließ ihn krampfhaft an seiner Hoffnung festhalten. Auch gegen Manis Einwände, dass Niluka selbst ihm vorhin erklärt habe, dass sie nicht seine Mutter sei. Ihr Name stünde auf der Geburtsurkunde, weil sie damals die leibliche Mutter gespielt habe. Er sei nur einige Tage bei ihr gewesen, bis alle Dokumente so weit vorbereitet waren, dass seine im Hotel in der Stadt wartenden Adoptiveltern ihn zu sich nehmen konnten. Das übliche Prozedere, für das Niluka ihren Namen hergab und im Gegenzug ein paar Dollar erhielt. Ravi sei ihr durch einen Mittelsmann aus dem Nachbardorf gebracht worden.

Trotz aller Bemühungen in den nachfolgenden Wochen war es Mani nicht gelungen, mehr herauszufinden. Und bis zum Ende seiner Zeit in Sri Lanka hatte Ravi in Nilukas Familie gelebt, als ob er dazugehörte. Die Hoffnung, dass sie doch seine Mutter sei, erlosch bis zur Abreise nie ganz. Vielleicht brauchte sie Zeit, um sich zu offenbaren, weil sie ihn weggegeben hatte und die eigenen Kinder bis zu seinem Erscheinen nichts von ihrem Bruder gewusst hatten? Ravi hatte sich dabei an die Erzählung einer Bekannten aus der Gruppe geklammert. Ihre leibliche Mutter, die sie nach langer Suche ausfindig gemacht hatte, hatte sie weinend in die Arme genommen, aber trotz eines positiven DNA-Abgleichs, dem sie zugestimmt hatte, die Mutterschaft geleugnet. Es brauchte Zeit, um über Jahrzehnte aufgebaute Mauern des Vergessens niederzureißen. Warum sollte es nicht auch bei ihm so sein? Vielleicht hatte sie ihn aus Not gegen Geld weggegeben und sich das bis heute nicht verziehen. Es fanden sich in den langen, warmen Nächten, in denen er auf einer dünnen Matte neben ihr lag, so viele einleuchtende Erklärungen.

Er hatte lange damit gehadert, sie um Haare für einen Test

zu bitten. An Teststäbchen, wie sie die Kripo an Tatorten verwendete, hatte er nicht gedacht. Das Ergebnis wäre schon längst da gewesen. Ihre Haare hatte er zusammen mit seinen über FedEx an ein Labor in Hamburg geschickt, das einen zuverlässigen Eindruck machte. Die Dienste des LKA konnte er dafür kaum in Anspruch nehmen. Seither wartete er. Trotz aller Beteuerungen des Paketdienstleisters und eines üppigen, in US-Dollar zu entrichtenden Expresszuschlages hatte der gepolsterte Briefumschlag keine zwei, sondern mehr als zehn Tage gebraucht, um auch nur den Weg aus dem Land heraus zu finden. Immerhin wusste er mittlerweile, dass die beiden Proben am Bestimmungsort angekommen waren und sich sein Vorgang in Bearbeitung befand. Die spärliche Auskunft, die er nach mehrmaligen Rückfragen erhalten hatte, vertröstete ihn auf eine baldige Mitteilung des Ergebnisses. Im eingeschickten Material habe zuerst nach den verwertbaren Haarwurzeln gesucht werden müssen. Nur aus diesen könne die für den Nachweis benötigte DNA gewonnen werden. Das wusste er alles selbst. Aus Sri Lanka hatte er somit abreisen müssen, ohne wirklich zu wissen, ob seine Suche erfolgreich gewesen war.

Ravi kramte in der alten Zigarrenkiste auf dem Hocker am Eingang seiner Wohnung nach den Karten der diversen Dönerbuden, die ihn in der Neustadt umgaben. Sein Handy, das er hier abgelegt hatte, leuchtete auf. Ganz loslassen konnten die beiden Kollegen also doch nicht. Er musste schmunzeln. Wahrscheinlich beglückte Harro sie mit einem Foto seiner frisch eingeschenkten Rieslingschorle. Zum letzten Geburtstag hatte er von ihnen sechs Schoppengläser mit dem Logo der Polizei und dem Aufdruck »Vorsicht Tatort« bekommen. Seither wurde er nicht müde, ihnen in regelmäßigen Abständen Bilder in ihre gemeinsame Nachrichten-Gruppe zu stellen, die die Nutzung des Geschenks dokumentierten. Sollte er ihm im Gegenzug gleich eine Aufnahme seiner Tasse mit abgestandenem kaltem Yogi-Tee vom Morgen übermitteln?

Reflexartig griff er zum Telefon, um festzustellen, dass die Nachricht nicht vom Chef, sondern von Tobias stammte. Das angehängte Foto zeigte einen Jungen, der ungelenk vor einer dunkelbraunen Bretterwand stand. Aus seinen Augen sprach Unsicherheit. Noch bevor Ravis Blick die Schuhe erfasste, wusste er, dass das tote Kind unter der Hütte nun endlich ein Gesicht hatte.

30

Harro nahm einen kräftigen Schluck aus dem Flachmann und krümmte sich zusammen. Der vergessene Rum, den er in seiner Kommode ganz hinten gefunden und vorhin in die geleerte Weinbrandflasche umgefüllt hatte, schmeckte so alt, wie er ausgesehen hatte. Er rann außerdem furchtbar brennend seinen eigentlich abgehärteten Rachen hinunter. Eine Erinnerung, woher das Zeug kam, wollte sich auch jetzt nicht einstellen. Wahrscheinlich stammte er noch von seiner Frau, die ihn zum Backen benutzt hatte. Von der einstmals großen Auswahl solcherlei Aromazugaben im Backwerk war nicht mehr viel übrig, sonst hätte er kaum nach diesem verstaubten Schnaps gegriffen. Vielleicht hätte er zumindest beim Umfüllen einmal kurz den Alkoholgehalt überprüfen sollen. Das Zeug schmeckte, als ob es zum Desinfizieren von Oberflächen ebenso gut taugte wie zum Abbeizen mehrfach lackierter Weichholzmöbel.

Eine Weile noch hielt er die Augen geschlossen und genoss die wohlige Wärme, die sich wellenförmig in seinem Magen ausbreitete, nachdem der Schmerz in seiner Speiseröhre sie nicht mehr überlagerte. Er musste nicht darüber nachdenken. Die Entscheidung war längst gefallen. Vorhin, als er den Autoschlüssel vom Haken genommen und ihn in der ausgebeulten Seitentasche seiner speckigen Lederjacke verstaut hatte, wäre sie noch umkehrbar gewesen. Jetzt würde er nicht unverrichteter Dinge den Heimweg antreten. Nur den Moment konnte er noch frei bestimmen. Er musste also nicht sofort aussteigen, sondern durfte die Vorfreude getrost noch ein wenig auskosten.

Die Fassade reflektierte einen fahlen Schimmer. Einzelne Böen ließen die in seinem Rücken stehende Straßenlaterne wanken. Das Haus schien von wogenden Wellen getragen, ohne wirklich voranzukommen. Der Widerschein des Fernsehers flackerte an der Decke im Wohnzimmer. Sie saß wahrscheinlich direkt darunter auf ihrem Sofa. Die Tagesschau lief seit ein paar Minuten. Auf HR-Info verfolgte er sie. Das war der einzige Radiosender, der die Nachrichtensendung live übertrug.

Sie hatte nicht den Eindruck erweckt, als ob sie um diese Zeit bereits auf dem Sofa einschliefe. Es war noch früh am Abend. Trotzdem würde sie nichts mitbekommen, und wenn, dann wäre alles relativ einfach zu erklären. Er konnte mit solchen Situationen gut umgehen. Dafür brauchte er keine langwierig zurechtgelegten Notlügen oder vorkonfektionierte Sätze. Spontan klang jede noch so schlechte Ausrede immer überzeugender.

Er rieb sich mit der flachen Hand über den stoppeligen Schädel. Das Geräusch beruhigte ihn, auch wenn es so klang, als streiche er über Sandpapier. Die Haut seiner Finger war spröde. Seine Gedanken kreisten weiter um das, was er vorhatte. Sie würde nicht weiter nachfragen, auch wenn er sie aufschreckte.

Er reckte sich in seinem Sitz in die Höhe. Vielleicht sollte er es hinterher genau darauf anlegen. Hatte sie ihn heute Nachmittag nicht reichlich herausfordernd angesehen? Aus ihrem Blick hatte mehr gesprochen. Sie schien nicht abgeneigt gewesen zu sein. Er schüttelte den Kopf über sich selbst. Abwegige Vorstellungen waren das.

Eine zarte Anspannung glaubte er jetzt doch zu spüren, auch wenn es nicht das erste Mal war, dass er so vorging. Sie breitete sich unter der Wärme in seinem Innern aus. Er fachte das zarte Flämmchen mit einem weiteren Schluck zusätzlich an. Lautlos drückte er wenig später die Fahrertür auf und schloss sie gleich darauf ebenso leise wieder. Er sog die vom Regen gereinigte und kühle Abendluft tief ein. Die Hitze in seinem Magen behauptete sich. Solange der Fusel nicht blind machte, erfüllte er seine Aufgabe recht ordentlich. Das, was auf seinen halb betäubten Geschmacksnerven davon zurückblieb, schmeckte jedoch nach Kopfschmerzen und Sodbrennen am nächsten Morgen.

Er blickte sich im Gehen um. Es war die Stunde der Gassigänger. Aus seinen Jahren bei der Prävention wusste er, dass professionelle Einbrecher das Zeitfenster zwischen sieben und halb neun weitgehend aussparten, weil es einfach zu viele potenzielle Zeugen mit lärmenden Haustieren auf den Straßen und den angrenzenden Feldern gab. Aber er war kein Profi-Einbrecher.

Im Laufen zog er sein Handy aus der Hosentasche. Die Nachricht von Tobias konnte er sich nachher noch anschauen. Er schaltete das Telefon aus. Ihr Wohnzimmerfenster behielt er im Blick, während er zielstrebig auf die Treppe zusteuerte, ohne sich noch einmal umzusehen. Die Haustür passierte er, ohne sie eines Blickes zu würdigen, und drückte sich an der begehbaren Seite des Gebäudes hastig in das Dunkel, das die Hecken warfen. Er hatte sich den Weg am Nachmittag eingeprägt. Einen gedehnten Moment harrte er hier trotzdem noch aus, um seinen Augen die Möglichkeit zu geben, sich an das spärliche Umgebungslicht zu gewöhnen. Die Wolken hingen noch immer tief. Sie waren zerrissen und gewährten dem Mond nur ab und an etwas Durchblick. Die Umrisse der wenigen sperrigen Geräte, die Achim Roos auf dieser Seite seines Einfamilienhauses platziert hatte, hoben sich ganz allmählich vom dunklen Untergrund ab. Der Weg auf dieser Seite glich ohne Taschenlampe einem Himmelfahrtskommando.

Vorsichtig tastete er sich bis ans Ende der Wand vor. Dass der Roos seine Terrassentür nur angelehnt hatte, war keinem seiner beiden Kollegen aufgefallen. Sie achteten nicht auf solche Kleinigkeiten, weil sie für sie keine Relevanz besaßen. Er dagegen wartete auf Chancen wie diese, weil sie ihm eine Beschäftigung für die langen Nächte bescherten, in denen das Geld für seine anderen Ablenkungen fehlte. Der Grenzgang gehörte dazu, weil er die Produktion von Adrenalin gehörig beförderte, ehe er in die Stille der Nacht zurückkehrte, die er dann auch bereit war anzunehmen.

Schnell zog er sich die Gummihandschuhe über, die er immer in der Jackentasche verwahrte, und drückte die Glastür auf. Die Taschenlampe hatte er mit einem flexiblen Stück

Kunststoff notdürftig abgeschirmt. Sie warf jetzt nur einen kleinen Lichtkegel auf die Stellen, die er gezielt absuchte. Im gefliesten Wohnzimmer reichte das spärliche Mondlicht aus, um genug zu sehen. Auf unnötige Dekoration und hilflose Versuche, den kalten Raum wohnlich zu gestalten, hatte der Roos verzichtet. Neben dem Gartentisch aus weißem Plastik und drei dazu passenden Stühlen stand an der Seite nur eine Schrankwand, die ihre besten Jahre lange hinter sich hatte. Nacheinander zog er alle Schubladen auf und ließ die Taschenlampe über ihren Inhalt kreisen. Die meisten waren leer. Ein paar Gebrauchsanleitungen für Elektrogeräte rutschten ihm entgegen, billiges Besteck von Ikea, fleckige Platzdeckchen mit selbst gestickten Monogrammen aus Zeiten, als hier noch mehr als eine einzelne männliche Person gehaust hatte.

In den Unterschränken stieß er auf ein Durcheinander hastig zusammengelegter Tischdecken mit Blumendruck und einen Stoß stockfleckiger Polsterkissen für das Gartenmobiliar, das sich zur Wohnzimmereinrichtung hochgearbeitet hatte. Mit einer knappen Bewegung schob er die ungeöffnete Post auf dem Tisch auseinander. An der Korrespondenz mit dem Finanzamt, der Telekom und zwei Inkassounternehmen schien dem Roos nicht viel zu liegen, die Umschläge waren alle ungeöffnet. Harro arrangierte die Post wieder so, wie er sie vorgefunden hatte. Es sah nicht so aus, als ob der Besitzer einem Ordnungssystem folgte, das ihm verriet, wenn jemand anderes sich an seinen Sachen zu schaffen gemacht hatte. Hier wirkte alles so trostlos, dass er kaum glaubte, etwas Brauchbares zu finden. Neben der Tür zur Küche hingen mehrere selbst gestaltete Fotokalender. Der neueste stammte von 2018 und zeigte zwei Jungs im Schnee, die auf einem Schlitten sitzend in die Kamera blickten.

In der Küche sah er sich nur kurz um. In der Spüle stapelten sich Teller und mehrere Töpfe. Es roch noch ganz passabel. Je nachdem, wann sie ihn aus der Klinik entließen, würde den Roos ein üppiger Pilzrasen auf dem Geschirr begrüßen. Der Inhalt des Kühlschranks hielt jede noch so lange Wartezeit

unbeschadet aus. Ein paar angebrochene Gläser sauer Einge-
legtes, Dosenwurst und eine gut sortierte Auswahl an Fisch-
konserven, die noch Jahrzehnte genießbar blieben.

Harro nahm sich eine der fünf Bierdosen und steckte sie
zusammen mit einer Portion Brathering in die Jackentasche.
Kein Fund, der ihn jubeln ließ, aber immerhin eine kostenlose
Mahlzeit vor dem Schlafengehen. Er musste grinsen bei der
Überlegung, ob das, was er gerade tat, schon als Beschaffungs-
kriminalität galt.

Er trat wieder hinaus in den lang gezogenen Flur. Neben der
Gästetoilette am Eingang lag ein sehr kleines Zimmer. Da es
ein Fenster zur Nachbarin besaß, drückte er die Taschenlampe
aus. Welche Bestimmung der Raum früher einmal gehabt hatte,
ließ sich nicht eindeutig ausmachen. Der Roos schien ihn als
Zwischenlager für Kleidungsstücke und andere Textilien des
täglichen Gebrauchs zu nutzen. Um ein Bügelbrett und zwei
verzogene Wäscheständer herum türmten sich die Halden. An
der Wand hielten vier Reißzwecken mit letzter Kraft ein wel-
liges Plakat, das den Genuss von Wein aus deutschen Landen
propagierte.

Die Entscheidung, wohin er als Nächstes gehen sollte, fiel
ihm nicht schwer. Die Treppen knarzten unter seinem Gewicht.
Er hatte die Taschenlampe wieder angeschaltet. Feuchtwarme
Luft hieß ihn willkommen und intensivierte sich mit jedem
Schritt, den er weiter hinabstieg. Jede Suche begann im Keller,
von dem aus man sich bis nach oben unter das Gebälk des
Daches arbeitete. Zeit hatte er mehr als genug, um bis zum
Morgengrauen jeden noch so versteckten Winkel abgesucht zu
haben, wenn ihm danach war. Dass er hier Kostbareres finden
würde als das, was er schon eingesteckt hatte, bezweifelte er. Da
stellte die alte Dame mit ihrem Geheimfach unter dem Cognac
schon ein lohnenderes Ziel dar. Aber man konnte nie wissen.

Trotzdem, er musste aufpassen, dass er den Bogen nicht
überspannte. Zu sicher durfte man sich nicht fühlen. Niemand
war unantastbar. Sorglosigkeit war kein guter Partner, und ab
einem bestimmten Punkt half auch die beste Ausrede nicht

mehr weiter. Das einmal bei einem Kollegen entfachte Misstrauen würde stetig weiterwachsen und ihn in seinen Möglichkeiten und seiner Bewegungsfreiheit deutlich einschränken. Dann bliebe an den Abenden und in den langen Nächten nur noch wenig übrig, was ihn von der Flasche abhielt.

Er setzte geräuschlos den ersten Schritt auf den grauen Betonboden des Kellerflurs. Die schwere Stahltür, die nach rechts abging, markierte den Heizungsraum. Darauf hatte er keine Lust. Er konnte diese stickige Hitze, die dort herrschte, nicht ausstehen. Sie nahm ihm den Atem. Die Tür des nächsten Raumes stand weit offen. Das gut gefüllte Lager des Hobbywinzers breitete sich vor seinen Augen aus. In alten, bis unter die Decke gestapelten Holzkisten ruhten bauchige Literflaschen mit roter Schraubkappe. Ohne Etikett verrieten sie nicht, was sich in ihnen befand. Eine Blindprobe mit unbekanntem Ausgang, in die er gern eingestiegen wäre. Ob er die unterschiedlichen Jahrgänge herausschmecken würde?

Er kratzte sich im Nacken. Irgendein Mistviech hatte ihn dort vorhin gestochen. Die Stelle juckte barbarisch und war unter seinen Fingernägeln geschwollen und nass. Selbst wenn er den gesamten Kofferraum seines Autos mit Weinflaschen vollladen würde, bestünde wenig Gefahr, dass es dem Roos auffiele. Diese Massen konnte er bis an sein Lebensende kaum allein bewältigen, zumal er jedes Jahr im Herbst Nachschub bekam. Und viel heftiger als die Kopfschmerzen, die Harro vom Rum erwartete, konnte das hier auch nicht sein. Eine Probierflasche plante er fest für den Heimweg ein. Jetzt hinderte der zusätzliche Ballast nur bei der Suche. Er kam sich ohnehin reichlich sonderbar vor mit der Bierdose und den Bratheringen in der ausgebeulten Jackentasche.

Noch eine Tür fehlte ihm im Keller. Sie war abgeschlossen. Er spürte, dass sich sein Puls sachte beschleunigte. Ging es den Profis auch so? Ganz bestimmt blieb die Anspannung, die sich gerade kontinuierlich steigerte, auch erfahrenen Einbrechern erhalten. Sie machte süchtig nach mehr, schrie nach immer neuer Befriedigung. Die Faszination, die der verschlossene

Raum ausübte. Das Verlangen geschürt und angeheizt, bis es glühte und jede Vorsicht verzehrte. Es verhinderte, dass man ihn einfach ausließ. Oder witterten erfahrene Einbrecher sofort die Finte? Die wertvollen Dinge wollte doch mittlerweile jeder dort verstecken, wo man sie nicht erwartete und kaum danach suchte – also niemals hinter einer verschlossenen Zimmertür oder gar in einem Schließfach aus dem Baumarkt, das selbst einen Gelegenheitsdieb wie ihn kaum länger als ein paar Sekunden aufhielt.

Seine linke Hand kramte bereits nach dem Schlüsselbund, an dem sich zwei Dietriche für die Schlösser einfacher Zimmertüren befanden. Er würde sie nicht brauchen. Wieder grinste Harro. Manchmal lag die Lösung direkt vor einem. Er streckte sich in die Höhe. Oben am Türrahmen hing der Schlüssel an einem kleinen Nagel. Er schob ihn vorsichtig in das Schloss. Schon beim Öffnen der Tür spürte er, dass der nächste Schritt alles verändern würde. Er kannte dieses Gefühl aus vielen Jahren als Kripobeamter. Selten lag er dabei vollkommen daneben.

Der Raum war nicht besonders groß. Er war mit einem hellgrünen abgewetzten Teppich ausgelegt, der nicht verklebt zu sein schien. Unter den oft bewegten Rollen des Bürostuhls warf er wulstige Falten. Ein breiter Schreibtisch stand an der Stirnseite. Darüber befand sich direkt unter der Decke ein schmales Fenster, das in einen mit reichlich Laub gefüllten Lichtschacht mündete. Ein ausladender Bildschirm bannte Harros Blick. Der Lüfter des Computers unter dem Tisch surrte leise. Kontrollleuchten flackerten auf und erloschen wieder. Es roch nach neuem Kunststoff. Ein Wust aus Kabeln, der auch zum Rest der technischen Ausstattung gehörte, über die man heute eher schmunzelte, lag dahinter. Ein wuchtiger alter Fernseher thronte auf einem VHS-Videorekorder, der eine Kassette halb ausgeworfen hatte. Das hohe, schmale Regal rechts daneben war restlos gefüllt mit weiteren Kassetten, auf deren weißen Schildchen knappe Kombinationen aus Buchstaben und Zahlen Auskunft über den Inhalt gaben.

Harro bewegte die Funkmaus und versuchte, dabei nicht ins Sichtfeld der Kamera des Monitors zu gelangen. Die Hardware machte den Eindruck, als ob sich der Besitzer mit den Möglichkeiten der modernen Technik besser auskannte, als es sein verrosteter mechanischer Fuhrpark um das Haus erwarten ließ. Prompt fragte das Gerät nach einem Passwort.

Es hatte keinen Sinn, seine Zeit darauf zu verwenden. Mit wenigen Bewegungen hatte er den Fernseher und den Videorekorder startbereit gemacht. Ein leichtes Brummen nur, und das Gerät zog die Kassette ein. Die Mattscheibe wechselte mehrmals die Farbe, bevor der Film anlief. Es waren private Aufnahmen, die nicht so alt aussahen, wie es das Speichermedium vermuten ließ. Ein wackelndes Bild. Der Ausschnitt zeigte eine dunkelbraune Bretterwand. Buntes Plastikspielzeug lag verstreut in gelbem Sand. Undeutliche Stimmen erklangen aus dem Hintergrund, ein Rufen.

Harro spürte die pochenden Schläge in seiner Brust und den dumpfen Schmerz, der sich hinter seinen Schläfen bemerkbar machte. Dann kam der Moment, auf den er gewartet hatte. Der die Gewissheit brachte für das, was er seit Beginn der Aufnahme bereits ahnte. Der Junge näherte sich mit zaghaften Schritten und gesenktem Kopf den Spielsachen in der Sandkiste. Seinen rechten Arm hielt er angewinkelt vor der Brust. Die Hand umklammerte den Ellbogen des linken Arms, der schlaff herabhing. Jetzt blickte er Harro aus dunklen Augen direkt an. Seine schwarzen Haare waren über der Stirn nicht ganz gerade geschnitten worden.

»Farid, bitte sag unseren Freunden noch mal Auf Wiedersehen.«

Harro musste schlucken. Etwas in seinem Hals zog sich zusammen. Der Junge löste sich kaum aus seiner Starre, er winkte nur vorsichtig mit der rechten Hand. Das, was seine Lippen mühsam andeuteten, begleitete kein Laut. An den Füßen trug er die Schuhe, die sie aus dem Erdhaufen geborgen hatten.

Harro wandte sich hastig um und drückte zitternd den Lichtschalter. Mehrmals flackerte die Neonröhre auf, ehe sie monoton surrend eisig kaltes Licht verbreitete. Er kniff die Lider fest zusammen. Die plötzliche Helligkeit schmerzte in den Augen. Er ließ ihnen keine Zeit, sich daran zu gewöhnen. Mit ein paar schnellen Bewegungen hatte er den Videorekorder wieder ausgeschaltet und die Tür hinter sich abgeschlossen. Harro hetzte durch den schmalen Flur und die Treppe hinauf. Im Gehen riss er die mit Panzerband an der Taschenlampe befestigte starre Plastikfolie ab und drückte die Terrassentür auf. Er konnte sehen, dass bei der Nachbarin noch immer Licht im Wohnzimmer brannte. Er griff nach einem der großen rostigen Farbeimer und schleuderte ihn in Richtung eines der Metallhaufen, die nahe an ihrer Grundstücksgrenze im Gras lagen. Einen zweiten schickte er im hohen Bogen sofort hinterher.

Das Scheppern zerriss die Stille. Gleich darauf konnte er eine Bewegung hinter der Gardine erkennen. Das Licht ließ sie bewusst aus, um besser sehen zu können, was wohl die Ursache für den Lärm war. Gezielt richtete er den Lichtkegel seiner Taschenlampe direkt auf sie und drehte sich gleich darauf schnell weg. Das reichte sicher aus.

Er rannte über den Rasen und flüchtete in die angrenzenden Weinberge. Die kalte Luft stach spitz in seinen Lungenflügeln. Er atmete rasselnd. Der pochende Druck in seinem Kopf zwang ihn dazu, das Tempo schon nach einer kurzen Strecke wieder zu verlangsamen. Der Abstand reichte aber aus. Zur Beruhigung blickte er sich noch einmal um. Wer sollte ihm hier nachlaufen? Schwer atmend trottete er weiter.

Warum hatte der Roos die Kassette nicht längst entsorgt? Dass die Kripo wegen des Knochenfundes ermittelte, konnte ihm nicht entgangen sein, es hatte sich sicher schnell herumgesprochen, auch bis ins Nachbardorf. Hatte er sich alles noch ein letztes Mal ansehen wollen, bevor er die ihn belastenden Aufnahmen vernichtete? Dazu war es durch den Anschlag mit den Splittern nicht mehr gekommen. Oder gab es eine andere Erklärung? Es wollte ihm immer weniger gelingen, die Eindrücke in seinem Kopf zu sortieren, je näher er den Häusern wieder kam.

Er schlug einen Bogen und verließ wenig später den schlammigen Feldweg, um den Marsch auf der asphaltierten Seitenstraße fortzusetzen. Seinen Wagen erreichte er in dem Moment, in dem er in der Ferne die erste Sirene zu hören glaubte. Tief sank er ins Polster und schob die Bierdose und den Brathering weit unter den Beifahrersitz. Die Weinflasche hatte er in der Hektik ganz vergessen. Aber dafür blieb nachher noch genug Zeit. Er schloss die Augen. Eine tiefschwarze, gedankenlose Dunkelheit hüllte ihn ein. Daheim hätte er sich jetzt auf sein zerwühltes Bett fallen gelassen und wäre dankbar in sie eingetaucht. Nur noch der eigenen Atmung lauschend, würde er so den Weg in den leichten, traumlosen Schlaf finden, den er Nacht für Nacht herbeisehnte.

Harro massierte mit den Fingerspitzen seine brennenden Augenlider. Gleich danach riss er sie auf und wartete, bis die beiden Streifenwagen an ihm vorbeigerast waren. Dann startete er den Motor und folgte ihnen mit etwas Abstand bis zum in Sichtweite gelegenen Wendehammer. Die Nachbarin stand in ihrer Haustür und wies mit ausholenden Gesten in die Richtung, in die der Einbrecher auf seiner überstürzten Flucht verschwunden war. Den älteren der beiden Streifenpolizisten, die sich mit ihr unterhielten, kannte Harro gut. Auf ihrem Gesicht zeichnete sich ein zartes Lächeln ab, als sie Harro erkannte.

»Guten Abend, die Herrschaften.« Er grinste die beiden Kollegen an und nickte ihr zu. »Nicht mal im Feierabend hat man seine Ruhe. Ich war gerade bei einem Bekannten im Fasanenweg, als ich euch gehört habe. Der Riesling dort wird auf mich warten können, bis Verstärkung da ist.« Er ging mit den beiden Kollegen um das Haus herum, auf der Suche nach Anzeichen dafür, dass der Einbrecher hineingelangt war. Er würde gar nicht viel nachhelfen müssen, damit sie bei der Aufnahme des Einbruchs und der Sicherung des Tatorts nicht nur auf die Videosammlung stießen, sondern auch ganz von allein die richtigen Schlüsse daraus zogen.

31

Der Arzt und seine Frau verließen zusammen das Haus. Beide trugen, soweit er das im spärlichen Licht der Außenlampe über der Tür erkennen konnte, ähnlich aussehende dünne Mappen unter dem Arm. Vielleicht lagen darin die Noten für die Übungsstunde im gemischten Chor der Kirchengemeinde. Eigentlich war es dafür bereits zu spät, die Probe begann um acht. Das Singen war die liebste Freizeitbeschäftigung des Arztes, zumindest hatte er das dem Journalisten im Interview diktiert. Dass er neben der wöchentlichen Gesangsstunde noch ein weiteres Hobby pflegte, hatte er aus naheliegenden Gründen für sich behalten.

Er zwang sich, nicht schon wieder an der entzündeten und juckenden Narbe zu kratzen. Die Salbe half. Wobei es eigentlich noch zu früh war für diese optimistische Einschätzung. Zweimal hatte er sie erst aufgetragen, und sie wäre das erste Medikament, das es frei in der Apotheke zu kaufen gab und das dennoch eine Wirkung zeigte. Die Linderung war womöglich eher auf das Schmerzmittel zurückzuführen, das er vor der Abfahrt in Form zweier großer Tabletten mit einem Becher lauwarmer Milch hinuntergewürgt hatte. Großer Appetit überkam ihn schon seit mehreren Tagen nicht mehr. Die Milch half ihm, seinem Körper zumindest ein Mindestmaß an Energie zuzuführen.

Seine Hand ließ er zurück auf das abgegriffene Lenkrad seines alten Japaners sinken. Er blickte den beiden nach, bis sie um die Ecke bogen und damit aus seinem Sichtfeld verschwanden. Ob sie einen zarten Zweifel hatte, dass ihr Mann, mit dem sie seit Jahrzehnten verheiratet war, nicht so rechtschaffen war, wie er zu sein vorgab? Ob sie ahnte, dass er große Schuld auf sich geladen hatte? Die Mechanismen der Verdrängung vermochte er nicht nachzuvollziehen, obwohl er sie selbst über eine lange Zeit praktiziert hatte. Aufgebrochen waren die Wunden dennoch immer wieder.

Auf dem Weg hierher war er an der Stelle vorbeigefahren, wo sich der Traktor überschlagen hatte. Es erinnerte bereits nichts mehr daran. Das Fahrzeug war fortgeschafft worden. Nur wenn man davon wusste, ließen sich die Spuren erahnen, die in der Grasnarbe zurückgeblieben waren. Schrammen bloß, die sich bald schon wieder schließen würden. Zum Weinberg war er nicht gefahren. Das hatte er sich nicht getraut. Dem Drang, den die Neugierde in ihm auslöste, musste er auch weiter standhalten. Wenn ihn dort jemand sah, dann redeten sie darüber, und das konnte er jetzt noch nicht gebrauchen. In den Rebzeilen dauerte es bestimmt länger, bis alles verheilt war. Aber auch dazu benötigte die Natur kaum mehr als ein Frühjahr. Die Wunden in seinem Gesicht hingegen würden bleiben. Er konnte zufrieden sein. Er hatte ihn nicht töten wollen, auch wenn es für alle so aussehen musste. Er wollte ihn zeichnen.

Vielleicht sehnte er den schnellen Tod herbei, wenn er die Wundmale und die verschorften Stellen in seinem Gesicht vorsichtig abtastete. Die oberflächliche Heilung konnte sie niemals ganz verschwinden lassen, bis an sein Lebensende nicht. Jeder, der ihn traf und noch mit ihm sprach, wenn alles heraus war, würde durch die Narben an sein Verbrechen und das Leid erinnert, für das er die Mitverantwortung trug. Erst wenn sich der Deckel des Sarges über seinem Leichnam schloss, würde es vorbei sein, und auch dann sollte man noch hinter vorgehaltener Hand davon erzählen, was er getan hatte.

Atmete er seither freier? Konzentriert sog er Luft in seine Lungen und dachte darüber nach. Eine Last war von ihm abgefallen. Das stimmte, aber eine weitere musste folgen. Erst dann konnte er sich darauf verlegen, den eigenen Weg bis ans Ende fortzusetzen. Es war der letzte Gang, und er würde ihn guten Mutes und zügig beschreiten. Er würde endlich loslassen können, weil er seine Pflicht erfüllt hatte. Seine eigene Schuld tilgte er dadurch nicht. Das wusste er. Der Junge wurde nicht wieder lebendig, indem er die Täter zur Rechenschaft zog. Aber er hatte getan, was in seiner Macht stand, um ihm wenigstens jetzt zu der Gerechtigkeit zu verhelfen, die er verdient hatte. Viel zu lange hatte er gebraucht, um einzusehen, dass nur er dazu fähig war.

Er wartete weiter geduldig ab. Behutsam setzte er die dunkelblaue Strickmütze auf. Mit der Schirmkappe hatte es nicht funktioniert. Egal, wie weit er sie einstellte und den Riemen verschob, am Hinterkopf drückte ihr harter Rand auf die offene Stelle der Narbe. Das hielt er nicht aus. Seine Mutter hatte die weiche Mütze in ihrem letzten Winter selbst gemacht. Es war nicht ihre letzte Handarbeit gewesen. Mehrere Pullover hatte sie ihm noch gestrickt und am Ende, als ihr Gesicht schon grau schimmerte, einen langen Schal, der ihn auch jetzt wärmte. Erst als der fertiggestellt war, hatte sie sich zum Sterben ins Bett gelegt.

Jetzt konnte es losgehen. Mit einer knappen Bewegung nahm er den dunklen Jutebeutel zur Hand. Es war keine große Sache, weil er die Wege bereits kannte. In anderthalb Minuten wäre alles erledigt. Zweimal war er schon hier gewesen, um alles auszukundschaften. Da viele Paketfahrer in den heutigen Zeiten nur noch an den Beulen zu erkennen waren, die ihre abgefahrenen Kastenwagen zierten, brauchte man nur ein Päckchen unter dem Arm zu tragen und gehetzt nach Hausnummern Ausschau zu halten, um eine ausreichende Tarnung zu besitzen. Und jetzt war nicht einmal die noch erforderlich.

Die verkehrsberuhigte Straße in der Siedlung aus den frühen Achtzigern lag in beide Richtungen völlig ausgestorben da. In keinem der umliegenden Häuser war ein Fenster erleuchtet. Schon erreichte er die Hecken und bog in den schmalen Zugang zur Haustür ein. Der Bewegungsmelder erfasste ihn und ließ den kleinen Strahler aufleuchten. Daran nahm niemand Anstoß; sogar er wusste, dass das Ding schon bei sachtem Wind durch die sich bewegenden Zweige der Sträucher ausgelöst wurde. Er blickte kurz in das warme Licht und lief dann zügig weiter. Es glich einem Wunder, dass er sich noch an alles so genau erinnern konnte, wo er doch jeden Tag mehr vergaß.

32

»Tut mir leid, dass ich euch aus dem verdienten Feierabend gerufen habe.« Harro grinste grimmig. Ravi fuhr sich durch die Haare und unterdrückte ein Gähnen. Der Chef stank sehr offensichtlich nach Alkohol. Die anderen Kollegen rochen das auch. Er sah es an den Blicken, die sie sich zuwarfen. Christian Schweickhart und Olaf Hartmann hatten ihn auf dem Weg hierher abgeholt. Tobias war noch nicht da. Das konnte auch noch etwas dauern bei ihm.

Harro hatte sie vor dem Haus von Achim Roos in Empfang genommen und sofort in den Keller geführt. Bei der Sicherung des Gebäudes nach dem Einbruch, den die Nachbarin bemerkt hatte, waren Harro und die beiden Streifenpolizisten auf eine umfangreiche Sammlung von Videokassetten gestoßen, die kinderpornografisches Material zeigten. Der Chef war dazugekommen, weil er zufällig hier in der Nähe jemanden besucht hatte. Ravi nahm ihm diese Geschichten im Unterschied zu den anderen schon lange nicht mehr ab. Der Zufall bestimmte ihr gesamtes Tun als Kriminalpolizisten, aber manch Unerwartetes war dann doch zu abwegig, um nicht hinterfragt zu werden. Irgendwann würde ihnen das mal gehörig um die Ohren fliegen. Es war nicht das erste Mal, dass er hinter Harros Bemerkungen oder Ermittlungsansätzen ein Wissen vermutete, das dieser kaum auf geradem Wege erlangt haben konnte. Er wusste, dass der Chef über einen Bekanntenkreis in der Stadt verfügte, der sein täglich Brot wenn nicht auf offen kriminelle Weise so doch zumindest im Grenzbereich der Legalität erwirtschaftete. Mehrmals schon war das von seinem Chef auf nebulöse Weise angedeutet worden, wenn ihr gemeinsamer Feierabendschoppen bis in die Morgenstunden ausgeartet war. »Gut vernetzt zu sein hilft bei den großen Dingern. Als Polizist musst du deine Augen und Ohren überall haben, auch dort, wo man eigentlich nur hinsehen will, um den Sumpf trockenzulegen.«

»Tobias hatte uns dieses Foto geschickt.« Harro hielt den beiden Kollegen vom KDD sein Handy vor die Nase. Sie standen, in weiße Schutzanzüge gehüllt, zu viert in dem kleinen Kellerraum. Olafs Anzug war viel zu groß. Er hatte ihn an den Ärmeln hochgekrempelt. Um den Bauch wölbte sich der starre weiße Stoff weit nach vorne. Wie vier verirrte Schneemänner standen sie unter der surrenden Neonröhre, die sie in grellem Licht erstrahlen ließ, und betrachteten die Unmengen an Videokassetten und DVDs. In schmalen Regalen standen sie sauber aufgereiht, alle ordentlich von Hand beschriftet. Weitere Kollegen nahmen sich bereits der anderen Etagen des Hauses an. Der Staatsanwalt war informiert und hatte grünes Licht gegeben. Er wollte auch bald hier sein.

»Mit hoher Wahrscheinlichkeit ist das der Junge, dessen Leiche wir im Erdhaufen gefunden haben. Er trägt die gleichen Schuhe.« Harro deutete in Richtung Fernseher, auf dem das Standbild dasselbe Kind in identischer Kleidung vor den Brettern einer Hütte festhielt. Foto und Video mussten am selben Tag aufgenommen worden sein. »Der passende Film dazu steckte im Rekorder. Ganz sicher können wir noch nicht sein, aber es liegt auf der Hand anzunehmen, dass das Video nicht lange vor dem Tod des Kindes entstanden ist. Die Schuhe am Fundort der Leiche wirkten fast neu, kaum getragen, so wie es auch hier zu erkennen ist. Auch die Kleidungsreste passen zu dem, was der Junge in der Aufnahme trägt. Wir müssen davon ausgehen, dass Achim Roos etwas damit zu tun hat. Er kannte den Jungen. Herauszufinden, ob er auch die Verantwortung für seinen Tod und das Verscharren der Leiche trägt, wird nun eine unserer dringlichsten Aufgaben sein.«

»Zumindest sollten wir von ihm etwas über die Identität des Jungen erfahren können.« Ravi wusste nicht, ob er traurig oder froh darüber sein sollte. Dem Opfer einen Namen geben und seine Geschichte erzählen zu können, war eine gute Sache. Doch die vielen Kassetten und ihr mutmaßlicher Inhalt dämpften seinen Enthusiasmus über den nächtlichen Zufallsfund seines Chefs erheblich.

Harro ließ seinen Blick schweifen. »Er muss sich das Video mit dem Jungen kürzlich noch mal angesehen haben. Dass ausgerechnet diese Kassette im Laufwerk steckte, kann kein Zufall gewesen sein, auch wenn ich dafür keine schlüssigere Erklärung habe, als dass er seine Erinnerung auffrischen wollte, um dann schleunigst alles zu entsorgen. Das Unglück im Weinberg ist wohl dazwischengekommen.« Harro begann, die für die Tatortaufnahme bereitstehenden Kollegen über die weiteren Neuentwicklungen im Fall zu informieren, damit sie wussten, worauf sie zu achten hatten. »Die geräumte Gartenparzelle mit der Hütte im Nachbardorf wurde zuletzt von einem Heiner Gerber aus Wiesbaden genutzt. Er ist 2016 verstorben. Seit seinem Tod scheint das Grundstück nicht mehr gepflegt oder mit dem üblichen Zweck genutzt worden zu sein. Mit Achim Roos haben wir jetzt eine Person, die allem Anschein nach mit Gerber in Verbindung stand. Das Filmmaterial zeigt uns, dass der Garten nicht allein zur Zucht von Tomaten und Erdbeeren gedient hat, bevor er zur Müllkippe verkam.«

Sie schwiegen einen Moment. Christians Pferdeschwanz wippte mit, während er langsam nickte. An Olafs geröteten Wangen ließ sich seine Anspannung ablesen. Für ihn war dies der erste große Fall, seit er dem KDD angehörte.

Da keiner etwas sagte, fuhr Harro fort: »Meine Vermutung ist, dass Achim Roos zu einem Kreis von Männern gehört oder gehörte, die gewisse Neigungen haben. Gerber zählte wohl ebenfalls dazu, indem er Roos entweder mit Material versorgte oder anderen sogar gestattete, sich in seiner Hütte mit Kindern zu treffen.« Harro schnaufte. Ravi hielt sicherheitshalber die Luft an. Würde Harro den Wink verstehen, wenn er ihm ein Hustenbonbon zusteckte?

Die anderen schienen keine Notiz mehr von den Ausdünstungen des Chefs zu nehmen. Sie waren viel zu sehr mit dem beschäftigt, was er vor ihnen ausbreitete.

»Vielleicht hat Roos vermutet, dass es sich bei dem Knochenfund um die Überreste des Jungen handelt, und er hat sich die Videokassette deswegen noch mal herausgesucht und angesehen«, mutmaßte Christian. »Um sich sein Gesicht in Erinnerung zu rufen, für den Fall, dass wir Fotos veröffentlichen. Nach Vorbereitungen für eine komplette Entsorgung sieht das hier nämlich nicht aus. Wäre ich der Mörder des Kindes und hätte es unter der Hütte vergraben, dann wäre dieser Raum längst restlos geräumt. Vorgestern früh sind die Knochen gefunden worden. Der große Bahnhof am Friedhof den ganzen Tag, das hat sich rasend schnell herumgesprochen. Spätestens am Nachmittag muss er davon gewusst haben. Da fahre ich als Täter doch nicht in den Weinberg, um in aller Seelenruhe irgendwelche Arbeiten zu verrichten.« Christian blickte Harro fragend an.

Tief in Ravi sträubte sich etwas gegen Harros Beobachtungen, seine Erläuterungen und die Schlüsse, die er daraus zog. Etwas passte nicht recht zusammen. War das hier nur ein riesiges Theater, das der Chef für sie aufführte? Hatte er die Videokassetten zum größten Teil schon durchgeschaut, um ihnen die alles entscheidende Filmsequenz als Zufallsfund auf dem Silbertablett präsentieren zu können? Verstohlen sah er auf seine Uhr. Es war jetzt kurz vor elf. Vor zwanzig Minuten waren sie hier angekommen. Der Chef hatte sie gegen halb sechs nach Hause geschickt. Wenn er sich danach gleich auf den Weg gemacht hatte, waren ihm etliche Stunden geblieben, um sich im Keller vor dem Fernseher die Videos anzusehen. Aber wozu das alles? Egal, wie Ravi es drehte, ihm fiel einfach keine einleuchtende Erklärung ein.

»Alles okay?« Der Chef blickte ihn an. Ravi schreckte auf.

»Irgendwie bekomme ich das alles noch nicht richtig hintereinander.« Er suchte Harros Blick. Feine rote Äderchen durchzogen das trübe Weiß seiner Augen. »Aber du wirst es mir nachher sicherlich in Ruhe erklären können.« Er bemühte sich nicht, den Argwohn in seiner Stimme zu verschleiern.

Der Chef hielt nur kurz in der Bewegung inne. Er schien bestrebt, sich nichts anmerken zu lassen. Seine Mundwinkel zuckten ganz leicht. Er wirkte blasser als sonst. So, als ob nun auch noch der letzte Rest Farbe aus seinem ohnehin schon abgekämpft wirkenden Gesicht gewichen sei. Vielleicht deutete Ravi ja auch einfach nur zu viel in ein paar Regungen hinein, die außer ihm niemand wahrnahm?

»Wir sprechen gleich draußen noch mal in Ruhe.« Hastig wandte sich Harro den beiden anderen zu. »Jetzt müssen wir hier loslegen, sonst wird es hell, und wir stehen immer noch untätig herum. Das volle Programm! Alle verfügbaren Spuren sichern. Vielleicht gibt es zusätzliche Fingerabdrücke von anderen Personen. Wenn wir mit der Aufnahme fertig sind, packen wir alles ein, inklusive Computer und was wir sonst noch finden. Für die Spezialisten beim LKA dürfte es kein großes Problem sein, das Passwort des Rechners zu knacken. Ich bin gespannt, was da drauf noch alles zu finden ist.«

33

»Sobald jemand einen Ausweis, Fotos oder ein anderes Dokument mit einer Aufnahme von Achim Roos findet, geht das direkt an mich.« Sie hatten das Wohnzimmer erreicht. Zwei Kollegen der Kriminaltechnik durchsuchten dort die vielen Schubladen des Büfetts, das die Wand hinter den Gartenmöbeln fast vollständig einnahm. Ihre Schutzanzüge knisterten bei jeder kleinen Bewegung. Ansonsten herrschte Stille. Harro trat auf die Terrasse. Ravi folgte ihm.

»Der Einbrecher?« Ravi deutete auf die offen stehende Glastür. »Aufgebrochen?«

Harro grinste ihn an. »Ich glaube, den können wir vorerst vernachlässigen. Es sieht nicht so aus, als ob hier etwas von Wert zu holen gewesen wäre.« Er wich seinem Blick aus und starrte in den dunklen Garten.

Der Schuppen wirkte aus diesem Blickwinkel noch einsturzgefährdeter, als Ravi ihn in Erinnerung hatte. Er neigte sich zur Seite. Der Querbalken lag auf der rostigen Kabine des Traktors auf. Bevor sie dort jemanden reinschicken konnten, musste die Feuerwehr oder das THW für eine vernünftige Absicherung der gesamten Konstruktion sorgen.

»Was hast du hier gesucht?« Obwohl niemand sonst draußen war, flüsterte Ravi.

Harros entgeisterter Blick wirkte nicht überzeugend. »Ich war nur zufällig in der Nähe, als sich die Kollegen bereits lautstark im Anmarsch befanden. Zwei Streifenwagen mit Sirene, das war nicht zu überhören.« Er hielt kurz inne und fuhr dann mit gedämpfter Stimme fort. »Du weißt, dass ich abends keine Ruhe finde. Ich war am Fundort der Knochen, danach im Weinberg, wo der Roos fast massakriert wurde, und schließlich auf dem Weg hierher, als ich die Sirenen gehört habe. Ich bin überall herumgekurvt und habe versucht, die Einzelteile unseres Falls irgendwie geordnet zu bekommen. Ich kann mich nicht jeden Abend in der Kneipe volllaufen lassen. Das wird mir zu teuer. Also habe ich mir eine Beschäftigung gesucht.« Harro versuchte sich mäßig erfolgreich an einem amüsierten Gesichtsausdruck.

»Das kannst du denen da drinnen erzählen.« Ravi zischte jetzt nicht mehr so leise wie zuvor. »Mich brauchst du nicht zu verarschen!«

Harro drehte sich erschrocken zur Terrassentür um. Dort stand niemand. Die Kollegen hinter der Scheibe gingen weiter ihrer Beschäftigung nach. Sie hatten sich beinahe komplett aus ihrem Sichtfeld herausbewegt. Bald mussten sie mit den vielen Schubladen durch sein. Danach würden sie in die Küche wechseln, um sich auch dort bis in den letzten schimmeligen Winkel vorzuarbeiten.

»Was soll das?« Harro sah ihn durchdringend an. »Wir haben, was wir wollen. Darum geht es doch.«

»Natürlich geht es darum.« Ravi spürte, dass der Zorn in ihm weiter anwuchs, weil Harro keine Anstalten machte, ihm reinen Wein einzuschenken. »Aber es geht auch darum, dass du mir Märchen auftischst, die unsere gemeinsame Arbeit betreffen. Ich habe ein Recht zu erfahren, was dich hierhergetrieben hat! Wir hängen uns sonst in die Ermittlungen, und am Ende kommt heraus, dass nichts davon verwertbar ist, weil du hier irgendein krummes Ding drehst.«

»Ein Gefühl, mehr nicht. Du kannst dich also beruhigen.« Der Chef flüsterte beschwichtigend. Er quälte sich ein Lächeln aufs Gesicht, das wohl als Angebot der Versöhnung gedacht war.

»Verdammt noch mal! Hör doch auf damit!« Ravi erschrak selbst über die Lautstärke, mit der er den Fluch ausstieß, und warf nun seinerseits einen Blick in Richtung der Kollegen, die aber nicht mehr zu sehen waren. Sie hatten ihn bestimmt gehört. Letztlich war ihm das egal. Sollten sie es doch ruhig alle mitbekommen. Er bedauerte, dass Tobias noch immer nicht eingetroffen war. So war er mit Harro noch nie aneinandergeraten. Sein Kopf glühte. Auch wenn eine kaum wahrnehmbare Stimme in seinem Kopf ihn zart zur Ruhe mahnte, konnte er doch nicht einfach alles so hinnehmen. Harro würde immer weitermachen, unkontrollierbar, bis er irgendwann nichts mehr im Griff hatte. Spätestens dann würden auch sie die ersten Vorwürfe treffen. *Warum seid ihr denn nicht schon früher eingeschritten? Das muss doch zu sehen gewesen sein? Kripobeamte, die nicht einmal merken, wenn der eigene Kollege ins Abseits gerät ...* Und bis dahin würde er sie weiter wie Azubis im zweiten Lehrjahr neben sich herlaufen lassen, um sie mit grandiosen Zufallstreffern zu beeindrucken, die sie ihm insgeheim doch nicht abnahmen.

»Was willst du hören?« Harro schob sich ganz dicht vor ihn und starrte ihn aus seinen müden Augen an. Sein verbrauchter Atem traf Ravi direkt ins Gesicht, immer mehr, mit jedem weiteren Hauch, den er hastig ausstieß. Er hatte Rum getrunken. Gisela hatte früher eine Flasche davon in der Küche bei den Backzutaten stehen gehabt. Neben Mehl, Zucker und diversen Tütchen. Einmal allein zu Hause, hatte er sie herausgeholt, aufgeschraubt und angesetzt. Der Alkohol hatte noch stundenlang in seinem Rachen gebrannt, und der Geschmack war selbst nach mehrfachem Zähneputzen nicht verschwunden. Es wurde daheim kein Wort darüber verloren, aber die Flasche war kurz danach verschwunden gewesen, und er wusste bis heute nicht, ob sie sie entsorgt oder nur an einem sicheren Ort versteckt hatte.

Ravi formulierte die Worte ganz langsam. »Warum warst du hier?«

»Weil ich eine Ahnung hatte.« Harro ließ von ihm ab und trat einen Schritt zurück. Er flüsterte jetzt wieder. »Und weil ich bei unserem ersten Besuch, als wir auf der Terrasse standen und ihr den Schuppen betrachtet habt, gesehen habe, dass die Terrassentür offen stand.« Er sah sich um, ob auch keiner von den Kollegen näher gekommen war. »Ich wollte euch beide da nicht mit hineinziehen. Aber wir hätten da doch nie reingedurft, solange der Roos sein Einverständnis geben muss und wir ihn nicht belastbar mit dem Fall in Verbindung bringen können. Ich wollte das Ganze ein wenig beschleunigen. Wenn das herauskommt, gibt es mächtig Ärger. Da ist es besser, wenn es nur einen trifft und nicht uns alle.« Er hatte schnell gesprochen und holte tief Luft. »Ihr habt mehr zu verlieren als ich. Ihr seid noch jung.« Harro drehte sich weg und rieb sich mit der Hand übers Gesicht. Ravi wusste nicht, was er davon halten sollte.

»Warum ist Tobias noch nicht da?«

Harro sah ihn bei der Antwort nicht an. Einer der Kriminaltechniker war nach draußen gekommen und reichte ihm einen alten Führerschein und einen Satz Passbilder. »Ich habe ihn angerufen, damit er Bescheid weiß. Wenn wir ihn brauchen, kommt er noch. Aber ich glaube, es ist nicht notwendig. Seine Frau ist noch nicht wieder ganz gesund, und bis er für die Nacht jemanden gefunden hat, der auf die Kinder aufpasst, sind wir hier wahrscheinlich schon fertig.« Während er weiterredete, knipste er mit dem Handy die Passfotos. »Vielleicht ist es ganz gut, wenn er morgen früh ausgeruht zu uns stößt. Dann ist wenigstens einer von uns nicht übernächtigt.« Jetzt sah Harro ihn an. Ravi meinte, aus seinem Blick etwas Versöhnliches herauslesen zu können. Der Streit ließ ihn noch fertiger aussehen.

»Hast du das K2 informiert?« Es war sinnvoll, wenn es um Kindesmissbrauch ging, das für solche Fälle zuständige Kommissariat mit ins Boot zu holen. Ravi wollte weg von seinen Verdächtigungen, auch wenn er Harro in der Sache noch immer nicht traute.

Der Chef nickte. »Die kommen dazu und unterstützen uns mit den Videokassetten und allem, was wir noch auf der Festplatte finden. Da werden wir froh sein um jede Arbeitskraft.«

»Ist es der Junge?«

»Ich bin mir ziemlich sicher. Er heißt Farid. Zumindest wird er im Video so genannt.«

»Hast du es dir ganz angesehen?«

Harro deutete mit dem Kopf eine knappe Bewegung an. »Nein, nur die ersten Minuten, und die haben mir schon ausgereicht. Das steht uns alles noch bevor.« Er seufzte.

»Ist er in der Vermisstendatenbank?«

»Ich habe es gleich überprüfen lassen. Da gibt es aber niemanden mit diesem Namen, auf den die äußeren Merkmale zutreffen. Letztlich wissen wir auch gar nicht, ob es sein richtiger Name ist. Es spricht eigentlich alles dagegen. Die werden ihn nicht filmen, das Material vielleicht sogar verkaufen und ihn dann auch noch mit Klarnamen anreden.« Harro schüttelte entschieden den Kopf. Er schien sich mit diesem Urteil dennoch nicht ganz wohlzufühlen. Es war einfach ernüchternd, wie wenig sie bisher über den Jungen wussten, dessen Leiche man unter der Hütte verscharrt hatte und den scheinbar niemand zu vermissen schien.

Ohne zu reden, blickten sie eine Weile in die nächtliche Weite der Rebzeilen hinter dem zugewachsenen Garten. Gedämpft drangen die Geräusche aus dem Innern des Hauses an ihre Ohren.

»Warum hat der Roos die Kassette gerade heute eingelegt?« Der von Christian vorhin im Keller angeführte Gedanke ließ Ravi keine Ruhe. Vielleicht deutete das Verhalten wirklich darauf hin, dass er nicht der Mörder des Jungen war. Er könnte am Missbrauch beteiligt gewesen sein oder hatte von Gerber bloß die Filme erworben. Oder Roos war trotz allem der Mörder, hatte sich nach den vielen Jahren aber so sicher gefühlt, dass er keine Notwendigkeit sah, alles zu entsorgen, was ihn belastete. Erst die akribische Durchsicht des Materials würde vielleicht Aufschluss darüber bringen.

Harro zuckte mit den Schultern. »Zur Auffrischung seiner Erinnerung? Eine andere Erklärung habe ich zurzeit nicht.«

»Das ergibt aber vor allem dann Sinn, wenn man unterstellt, dass er den Jungen nicht umgebracht hat. Oder? Vielleicht hat Christian recht, und er wusste gar nicht, dass seine Leiche unter der Bretterbude vergraben lag. Mit Gerbers Tod 2016 waren die Treffen zu Ende. Der wohnte in Wiesbaden, kam nur an den Wochenenden her. Natürlich ruft der Roos nicht bei den Erben an, um sich zu erkundigen, was aus dem Jungen geworden ist.« Er sah Harro fragend an und wartete auf seine Reaktion.

Der ließ sich Zeit mit seiner Antwort. »Das wäre eine Erklärung.«

»Der Roos kannte den Jungen. Also ist erst einmal davon auszugehen, dass er dort oben in der Hütte mit dabei und an dem Missbrauch in irgendeiner Form beteiligt war.« Ravi wartete Harros Nicken ab, um dann fast tonlos weiterzusprechen. »Und wenn ich mir die Menge an Material in seinem Keller vergegenwärtige, käme es einem Wunder gleich, wenn wir nur *einen* Missbrauchsfall hätten.« Er deutete eine knappe Bewegung in Richtung Terrassentür an. »Da kommt noch einiges auf uns zu.« Er streckte den Rücken durch. »Immerhin haben wir jetzt eine Verbindung zwischen dem toten Jungen, dem Besitzer der Hütte und dem Opfer des heutigen Anschlags. Das ist zumindest mal ein richtiger Ansatzpunkt. Was wir hier finden, müsste doch ausreichen, um den Roos so unter Druck zu setzen, dass er auspackt. Irgendwer wollte den umbringen. Das kann kein Zufall sein.«

»Der wird alles leugnen, wenn er überhaupt den Mund aufmacht. Den kriegen wir wegen der Filme dran, aber für mehr wird es nicht reichen. Es sei denn, er hat Angst.«

»Und wenn wir gehörig Lärm schlagen? Vielleicht bekommen dann ein paar andere auch ein wenig Angst und wagen sich aus der Deckung?«

Harro schien wenig Hoffnung darauf zu setzen. Er hustete trocken. Seine Stimme klang danach ganz anders. »Oder wir warten einfach ab, bis der Nächste von denen dran ist.«

34

Ravi war froh, für einen Moment dem Bildschirm entkommen zu sein. Draußen war es langsam hell geworden. Es war Mittwoch. Sie saßen seit zwei Uhr vor den Geräten. Sein Magen rumorte. Auch wenn der Grund ein Hungergefühl war, würde er doch keinen Bissen hinunterbekommen. Beim Gedanken an Nahrung stieg regelrechter Ekel in ihm auf. Langsam trottete er den Flur entlang, um vom Besprechungsraum, in dem sie drei provisorische Arbeitsplätze für die Durchsicht der Videos und DVDs eingerichtet hatten, zum Büro zu kommen, das er mit Tobias teilte. Den Kampf gegen die Müdigkeit würde er ohne Kaffee nicht durchhalten.

»Du siehst nicht gut aus.« Tobias blickte hinter seinem Monitor auf. Sein luftiger Mittelscheitel verlief heute alles andere als gerade. Er musste zum Friseur. Die dunkelblonden Haare hingen ihm über die Ohren.

»Mir fehlen ein paar Stunden.« Ravi rieb sich über die Augen und von dort weiter durch seine Haare, die sich fettig und strähnig anfühlten.

»Kein Wunder. Ich wäre zu euch gekommen, wenn der Chef mich nicht so vehement davon abgehalten hätte.«

»Wer hätte dann auf die Kinder aufgepasst, oder ist Sara wieder soweit in Ordnung?«

»Nein, aber meine Mutter ist noch da. Ihr müsst mich also nicht mit Samthandschuhen anfassen.«

Ravi überlegte kurz, ihm von seinem Streit mit Harro zu berichten. Sein erster Ärger war zwar verraucht. Aber jetzt glaubte er, dass der Chef Tobias in der Nacht ganz bewusst nicht dazugeholt hatte, um sich nicht noch mit einem weiteren kritischen Geist auseinandersetzen zu müssen. Doch er entschied sich dagegen. Vorerst. »Dafür bist du jetzt ausgeschlafen.« Er platzierte seine Tasse unter der Maschine und drückte den Knopf. Rauschend kündigte das Gerät das ersehnte Heißgetränk an.

»Weiter bin ich trotzdem nicht gekommen.« Tobias stöhnte verdrossen. Er durchforstete die Vermisstenmeldungen im Jahr vor Gerbers Tod in der Hoffnung, bei einem Jungen entsprechenden Alters mit vielleicht arabisch klingendem Vornamen auf ein Foto des Opfers zu stoßen.

»Soll ich dir einen mitmachen?« Ravi deutete auf die Maschine, die jetzt sonderbar ratternde Geräusche von sich gab. So als würde das Gerät die Kaffeebohnen mit einem Hammer zerkleinern.

»Nein, ich hatte schon zwei. Das ist mehr, als mein nervöser Reizmagen verträgt. Ich hätte mich heute besser an Kräutertee gehalten.«

Die Kaffeemaschine beendete ihren Auftrag mit einem kurzen Rauschen. Ihre Unterhaltung war versiegt. Keiner schien den anderen nach dem Fortgang seiner Bemühungen fragen zu wollen, weil sie beide ahnten, dass bisher nichts Brauchbares aufgetaucht war. Gleich heute Morgen hatte ihnen das Labor des LKA mitgeteilt, dass es sich bei dem Metall, das den Roos getroffen und das sie außerdem im zweiten Kotbeutel in den Reben gefunden hatten, um selbst hergestellte Splitter und Späne handelte. An einigen Kanten hatten sie unter dem Mikroskop wiederkehrende Muster erkennen können, die es ihnen später unter Umständen ermöglichten, nachzuweisen, mit welchem Gerät das Metall bearbeitet worden war. Dazu mussten sie die betreffende Maschine aber erst einmal sicherstellen.

Was die Durchsicht der Videos aus dem Keller anging, so waren sie damit noch längst nicht durch, aber aus dem Garten stammte bisher nur der eine Film, der den Jungen in den roten Turnschuhen zeigte. Der Rest war aus irgendwelchen Wohnungen. Die Kollegen vom Kommissariat 2, die sich so was nahezu ständig anschauten, hatten das eine oder andere Material sogar wiedererkannt. Die Videos kursierten auf einschlägigen Seiten im Netz. Es handelte sich also um Material, das über dunkle Kanäle gehandelt wurde und nur für die, die sich in der Szene auskannten, erreichbar war. Insgesamt machte es eher den Eindruck, dass Achim Roos als Konsument eingestuft werden musste, nicht als Produzent der Filme. Das war aber lediglich ein Zwischenstand. Hätte er keinen Garten in unmittelbarer Nähe des Tatorts besessen, wäre man auch bei der Sequenz mit dem Jungen nicht auf die Idee gekommen, dass er dort mit dabei gewesen sein könnte.

Vor Ravis Augen flimmerte immer wieder dieses Bild auf. Der Junge, der für einen Moment in die Kamera blickte, um dann zaghaft den Arm zu heben und zu winken. »Farid, bitte sag unseren Freunden noch mal Auf Wiedersehen.« Dann schnürte sich ihm der Hals endgültig zu. Er hatte den Gedanken, den dieser Satz in ihm auslöste, vorhin verdrängt, als er sich die Szene zum vierten oder fünften Mal hintereinander ansah. Jetzt drängte er sich unerbittlich wieder in sein Bewusstsein. War das ein Abschiedsgruß gewesen? Sie besaßen kaum Informationen über den Gerber. Hatte er gewusst, dass sein Tod nahte, und den Jungen davor umgebracht? Ravi spürte, dass die Übelkeit, die sich in seinem Magen austobte, nach oben drängte. Er schluckte dagegen an.

Tobias blickte ihn fragend an.

Er räusperte sich. »Es ist widerlich, das ansehen zu müssen. Und es ist mindestens genauso schlimm, nicht zu wissen, wer der Junge ist und wie er in die Fänge dieser Schweine geraten konnte.«

»Ich glaube, wir müssen uns von dem Gedanken verabschieden, ihn über die übliche Suche in der Vermisstenkartei zu finden.« Tobias wollte fortfahren, war aber irgendwie ins Stocken geraten und schien nicht weiterzuwissen.

»Hast du nichts entdeckt, was uns zumindest einen kleinen Schritt voranbringt? Eine engere Auswahl von Fällen, bei denen wir noch mal genauer hinsehen könnten?«

Tobias schüttelte den Kopf. Seine Resignation ließ sich nicht verhehlen. »Das kannst du vergessen. Zumindest ist bei den Kindern zwischen acht und zwölf, über die der Eintrag in der Vermisstenkartei mehr verrät als nur den Namen, niemand dabei, der in unser Raster passt.«

Sie schwiegen und lauschten den gedämpften Geräuschen, die aus dem Flur zu ihnen hereindrangen. Ravi wollte etwas sagen, wusste aber nicht, was. Tobias kam ihm zuvor.

»Von den anderen gibt es in diesem Zeitraum so viele. Hunderte Namen ohne nähere Angaben, da weiß ich gar nicht, wo ich mit der Suche anfangen soll.«

35

»Er war wieder da!«

Sie zuckte unter seinen Worten zusammen, starrte jedoch unbeirrt weiter durch die Scheibe nach draußen auf den Teich, in dem sich die Rohrkolben im Wind bogen. Sie hatten den gestrigen Sturm weitgehend unbeschadet überstanden. Nur zwei waren abgeknickt. Die hatte sie heute Morgen nach dem Frühstück sofort abgeschnitten und eingekürzt. Jetzt standen sie in einer hohen Vase auf dem Sims des offenen Kamins. Gern hätte sie sie auf den Flügel gestellt. Dort kämen die stolzen grünen Triebe mit dem braunen Blütenstand besonders gut zur Geltung. Doch das hätte Jakob zornig gemacht. Auf das teure Instrument und den glänzenden schwarzen Lack gehörte keine Vase. Sie kannte die Argumente ihres Mannes. Wenn sie kaputt ginge, wenn jemand dagegen stieße, wenn das Gewicht der Kolben sie umwarf. Sie konnte sie auswendig aufsagen. Und wenn sie sich noch so viel Mühe gab, seine Begründungen zu entkräften, am Ende fiel ihm doch immer noch eine ein, für die sie dann keine Erklärung mehr fand. Besser war es, sich gar nicht erst darauf einzulassen. Die Diskussionen überstiegen schon seit Jahren ihre Kräfte. Sie mied sie, wie sie auch schon lange den meisten Gesprächen mit ihm aus dem Weg ging.

Sie saß gern für sich am Klavier oder allein mit einem dünnen Buch auf dem Sessel in ihrem Handarbeitszimmer. Seit Jörns Auszug war das ihr liebster Ort, weil sie die Tür hinter sich schließen konnte. Jakobs prüfender Blick, in dem sie zarten Hochmut erkannte, streifte sie dann nicht mehr. Erst als sie diese Freiheit zum ersten Mal gespürt hatte, war ihr bewusst geworden, wie viel sie von sich für alle anderen aufgegeben hatte. Das war ihr davor nie aufgefallen. Dazu hatten erst die beiden Söhne aus dem Haus sein müssen. Kaspars ehemaliges Kinderzimmer hatte ihr Mann umgehend in Beschlag genommen, um seine ausufernde Bibliothek, die bereits aus seinem

Büro in den Flur hinauswuchs, auf einen weiteren Raum des Hauses auszudehnen.

An dem Tag, als Jörn, ihr Jüngster, sie allein mit ihm zurückließ, war sie schneller gewesen. Ihren Sessel aus dem Wohnzimmer und den niedrigen Beistelltisch hatte sie ohne Hilfe in den oberen Stock gewuchtet und den Raum, bevor er aus der Praxis kam, vorsorglich abgeschlossen. Den Schlüssel hatte sie seither immer in der Hosentasche. Abhalten würde ihn das kaum, wenn er entschied, ihn für sich zu beanspruchen, weil sie ja das gesamte Haus zur Verfügung habe und nicht auch noch diesen Raum für sich allein bräuchte.

»Hast du mir überhaupt zugehört?« Seine Stimme klang scharf wie immer. Der gleiche entschlossene Befehlston, mit dem er jahrzehntelang seinen Sprechstundenhilfen Anweisungen erteilt und sie auf Nachlässigkeiten aufmerksam gemacht hatte. Seit dem Verkauf der Praxis vor ein paar Jahren war sie die einzige noch verbliebene Empfängerin seiner Anweisungen und Maßregelungen.

»Wie kommst du darauf?«

»Du weißt doch, dass wir seit dem Einbruch vor drei Jahren eine Kamera an der Haustür und eine zweite am Giebel auf der Rückseite des Hauses haben.« Er atmete stoßartig durch die Nase aus, wie es immer tat, wenn er sie auf Kleinigkeiten hinwies, die sie seiner Ansicht nach eigentlich wissen sollte. »Abhalten können die niemanden, aber wir wissen hinterher zumindest, wer bei uns eingestiegen ist, um meine wertvollen Folianten zu stehlen. Die meisten werden aber kaum in der Lage sein, die unersetzlichen von den weniger kostbaren zu unterscheiden. Das ist meine zarte Hoffnung.«

»Dann ruf doch die Polizei an. Vielleicht schicken sie jemanden vorbei.«

Diesmal ging sein verächtliches Schnaufen seiner Begründung voraus. Sie hörte ihm kaum noch zu. »Was werden die schon unternehmen? Die Beamten halten mir einen Vortrag, dass sie nichts tun können, weil ja nichts passiert ist. Ein Mensch auf unserem Grundstück, der nicht eingebrochen ist und aus diesem Grund auch nichts mitgenommen hat. Da mache ich mich ja lächerlich. Jedes einzelne Wort wäre Zeitverschwendung.«

Sie atmete kaum hörbar auf, als er beim Reden die ersten Stufen auf der Treppe nach oben erklomm. Sie vernahm, dass er noch einmal innehielt. Innerlich fuhr sie zusammen, ließ sich das aber nicht anmerken.

»Schau dir doch bitte die Stelle von Schuberts ›Winterreise‹ noch einmal an. Ich begleite dich später gern auf dem Klavier. Man hat dich gestern zwischen den anderen unangenehm herausgehört. Mir war das regelrecht peinlich. Es wäre schön, wenn es bei der nächsten Probe besser laufen würde.«

Sie suchte tastend neben sich Halt, während sich der Klang seiner Schritte im oberen Stock verlor. Die letzten Stufen hatte er erreicht und gleich darauf das kleine hölzerne Podest überquert. Sie wusste, was er jetzt machte. Jede seiner Bewegungen glaubte sie voraussagen zu können. Zuerst schloss er fast geräuschlos die Tür hinter sich und setzte den Plattenspieler in Bewegung. Erst wenn er das schwarze Vinyl mit der feinen Bürste von der letzten Fluse befreit hatte, positionierte er die Nadel vorsichtig in der äußersten Rille und lauschte mit geschlossenen Augen den ersten Klängen eines Violinkonzerts. Danach zog er die weißen Handschuhe über und widmete sich dem auf seinem ausladenden Schreibtisch bereitliegenden großformatigen alten Buch, das er ihr vor einigen Wochen stolz als jüngste Erwerbung in seiner Sammlung präsentiert hatte. Sie erinnerte sich nicht mehr, welche Unsumme er dafür hingeblättert hatte. Wochenlang hatte er das Hunderte Jahre alte Buch Seite für Seite gereinigt, um sich jetzt mit dem Inhalt zu beschäftigen. Es war gut für sie, dass er dieser Beschäftigung nachging. Sie wäre sonst nicht mehr am Leben oder hätte alternativ ihn die Treppe hinuntergestoßen.

Alles an ihrem Mann war Perfektion. Ein Charakterzug, den sie am Anfang bewundert und geliebt hatte, bis er sich gegen sie wandte und ihr die eigenen Unzulänglichkeiten immer deutlicher vor Augen führte. Sie strich vorsichtig über den glänzenden schwarzen Lack des Flügels und beobachtete den Gärtner, der sich mit der Kettensäge an dem durch den gestrigen Sturm abgebrochenen Ast der Trauerweide zu schaffen machte. Sie mochte den Baum nicht und empfand daher schon den ganzen Tag insgeheim eine stille Freude darüber, dass es seinen Stamm bis fast zum Boden hinunter aufgerissen hatte. Der Gärtner hegte wenig Hoffnung, dass er das verkraftete und sich die klaffende Wunde so weit schloss, dass Pilze ihm nicht den Garaus machten.

Der leichte Schwindel, der sie in letzter Zeit immer häufiger heimsuchte, zwang sie, sich doch etwas mehr als üblich auf den Rand des Flügels zu stützen. Die Fingerabdrücke konnte sie später mit einem Mikroflies restlos tilgen. Sie mochte es selbst nicht, wenn man sie auf dem glänzenden Lack sehen konnte.

Das Auto des Mannes hatte sie gestern Abend gleich erkannt, als sie das Haus verließen. Ob er dringesessen hatte und auf diesen Moment gewartet hatte, wusste sie nicht. Er war am Tag davor auch schon hier gewesen und mit einem Paket unter dem Arm zweimal an ihrem Haus vorbeigelaufen. Durch das Küchenfenster hatte sie ihn beobachtet und sich daran zu erinnern versucht, woher sie ihn kannte. Vielleicht war er ein Patient ihres Mannes gewesen? Die weitergehenden Gedanken hatte sie unterbunden. Ihr Mann hatte recht, dass sie vieles nicht wusste. Manches ahnte sie, war aber froh, dass es ihr meistens gelang, es von sich fernzuhalten. Sie musste daher keine Angst haben vor dem, was kommen mochte.

36

»Aktuell werden allein hier bei uns im Bereich des Polizeipräsidiums Mainz knapp siebzig minderjährige Geflüchtete als vermisst geführt. Fast die Hälfte aller in der Datei verzeichneten Vermisstenfälle unseres Bundeslandes ist dieser Gruppe zuzuordnen.« Tobias drehte den Bildschirm etwas zur Seite, sodass Ravi besser sehen konnte. Viel brachte es nicht. Er kannte die Zahlen ohnehin, zumindest grob, weil das Thema immer mal wieder aufkam, auch in der Presse, sie aber nicht die personelle Ausstattung besaßen, um auch nur einem Bruchteil der Fälle nachzugehen. Und es gab noch viele weitere Argumente, die für diese Herangehensweise sprachen.

»Ich weiß.« Ravi versuchte, seine Gedanken zu sortieren. Drüben im Besprechungsraum und bei den Kollegen vom Kommissariat 2 stapelten sich die Videokassetten und DVDs, und sie machten hier ein neues Großprojekt auf. Wäre es nicht sinnvoller, erst damit abzuschließen, bevor sie sich an die nächste Mammutaufgabe machten? Schwer vorstellbar, dass der Chef ihnen zusätzlich ein halbes Dutzend Kollegen beschaffte, damit diese sich durch die Fälle vermisster minderjähriger Geflüchteter aus dem Jahr 2015 und 2016 arbeiteten.

»Die Zahlen sind mittlerweile überschaubar im Vergleich zu damals.« Tobias schien seinen Gedankengang erraten zu haben. »Auf dem Höhepunkt der Flüchtlingsbewegungen hierher galten bundesweit etwa sechstausend minderjährige Geflüchtete als vermisst.«

»Die sind ja nicht verschwunden.«

»Natürlich nicht. Sie sind nur irgendwann mal als vermisst gemeldet und danach nie wieder aus der Datei herausgenommen worden, weil sich schlicht keiner darum gekümmert hat. Die kommen hier an, werden erfasst und in eine Unterkunft gesteckt. Eigentlich wollen sie aber weiter zu Verwandten nach England oder sonst irgendwo hier bei uns. Also machen sie sich nachts aus dem Staub und werden am nächsten Tag als vermisst gemeldet. Tauchen sie dann eine Woche später bei der Verwandtschaft auf, ist zwar nichts passiert, aber sie gelten weiter als vermisst, weil niemand einen Gedanken daran verschwendet, das der Polizei zu melden.« Auf Tobias' Stirn zeichneten sich drei deutliche Linien ab. Er wirkte angespannt. »Die unbegleiteten Minderjährigen sind es gewohnt, allein zurechtzukommen. Die haben wochenlang auf der Straße gelebt und sich eigenständig behauptet und durchgeschlagen. Hier steckt man sie in eine Unterkunft, und ein paar Wochen später werden sie nach festgelegten Zahlenschlüsseln auf die Bundesländer weiterverteilt, aus Berlin nach Brandenburg oder von hier in die Eifel oder in den Westerwald. Wenn das allein nicht ausreicht, um abzuhauen, sind der Ordnungsruf der Aufsichtspersonen, eine miese Gemeinschaftsverpflegung oder Konflikte mit den anderen Jugendlichen der Grund dafür, dass sie Reißaus nehmen. Oft sind die Jugendlichen durch Kriegs- und Gewalterfahrungen im Heimatland traumatisiert. Es fällt ihnen dann schwer, sich den Regeln und der Autorität einer Massenunterkunft zu unterwerfen.«

Ravi wusste auch das, und er erinnerte sich noch gut an den Herbst und Winter 2015/16 mit den täglichen Bildern der Wanderungsströme, den eilig aufgebauten Zeltstädten und den Notunterkünften in Turnhallen. Es waren Monate gewesen, in denen vieles aufgrund der schieren Masse an Menschen, die kamen, nicht mehr funktionierte. Das reichte von der Registrierung an der Grenze über die geregelte Verteilung bis hin zur Nachverfolgung von Vermisstenfällen. Trotz aller Emotionen und Ängste, die damals hochkochten, hatten sich die meisten Befürchtungen jedoch nicht bewahrheitet, und vieles normalisierte sich recht bald wieder.

»Wenn damals Straftaten an minderjährigen Geflüchteten verübt worden wären, hätten wir das mitbekommen.«

Tobias schien auf dieses Argument nur gewartet zu haben. »Da liegt das Problem!« Er schlug mit der Faust auf den Schreibtisch und wirkte selbst ein wenig erschrocken über diese für ihn ungewöhnlich heftige Reaktion. Der Monitor wackelte. »Das ist die Augenwischerei von damals! Taucht die Leiche eines geflüchteten Kindes auf, wird in der bundesweiten Vermisstendatenbank nachgesehen.« Die nächsten Worte brachte er ganz langsam auf den Weg. »Taucht aber keine Leiche auf, gibt es auch kein Problem. Das ist ein Argument ex silentio in Perfektion.« Er lachte auf. »Die Schlussfolgerung aus dem Schweigen war während des einen Semesters Geschichte vor meiner Polizeikarriere das Einzige, was ich aus dem schrecklich langweiligen Tutorium eines jungen Doktoranden behalten habe. Sie ist der größte Irrtum, dem man als Historiker erliegen kann. Die Nichtexistenz von etwas wird nur dadurch begründet, dass es in einem bestimmten Kontext nicht erwähnt wird. Das ist sehr dünnes Eis. Ich hätte nie geglaubt, dass ich das mal für meine Arbeit bei der Kripo benötigen würde.« Tobias reckte den Zeigefinger in die Höhe. So hatte Ravi ihn wirklich noch nie erlebt. »Was nicht erwähnt wird, das existiert einfach nicht. Haben wir keine Leiche, gibt es auch das Verbrechen nicht, selbst dann nicht, wenn wir Hunderte oder Tausende Meldungen in der Vermisstendatenbank verzeichnen.«

»Aber die vermissten Geflüchteten sind doch nicht alle ermordet worden.« Ravi ging das zu weit. Ein Berg Videokassetten wartete auf ihn. Er war hundemüde, sein Kopf dröhnte, und er erhielt hier philosophischen Nachhilfeunterricht, gespickt mit lateinischen Fachbegriffen. Sieben Jahre hatte er sich in der Schule damit herumschlagen müssen. Sein Vater hatte ihm diese zweite Fremdsprache aufgezwungen, weil er die Notwendigkeit des Lateinischen für jeden akademischen Lebensweg mit den eigenen Erfahrungen als Mediziner rechtfertigte.

»Natürlich nicht!« Tobias schüttelte abwehrend den Kopf. Er wirkte jetzt wieder ruhiger. »Das habe ich ja auch gar nicht gesagt. Was ich damit andeuten wollte, ist doch nur, dass wir nicht von vornehrein ausschließen können, dass es Verbrechen an minderjährigen Geflüchteten gegeben haben könnte, auch wenn wir keine Hinweise darauf haben und die meisten dieser Fälle in der bundesweiten Vermisstendatenbank hinfällige Karteileichen sind. Viele der Kinder und Jugendlichen sind allein unterwegs gewesen und haben selbst in der Heimat niemanden mehr. Von den Afghanen, die nach Deutschland gekommen sind, waren angeblich mehr als ein Fünftel Waisen. Auf die wartet also niemand, es forscht daher auch keiner nach, wenn sie weg sind. Die sind für so Typen wie den Roos doch die perfekten Opfer. Man muss nur dafür sorgen, dass sie es niemals jemandem erzählen können. Und dass das funktioniert, sehen wir ja an den Knochen, die noch immer dort unter der Hütte liegen würden, wenn der Bürgermeister nicht ein Baugebiet geplant hätte.«

»Du denkst an den Fall in Berlin?« Ravi spürte, dass etwas in ihm den Widerstand gegen Tobias' Ansatz aufgegeben hatte.

Der Kollege nickte. »Ich habe mir das eben noch mal im Internet angesehen. Der Täter ist 2016 verurteilt worden, nachdem er zwei kleine Jungs entführt und ermordet hatte. Sein zweites Opfer, einen Flüchtlingsjungen, hat er am 1. Oktober 2015 auf dem überfüllten Gelände des Lageso in Moabit einfach mitgenommen. Er ist mit einer Tüte Kuscheltiere dorthin und wenig später mit dem Jungen an der Hand wieder vom Hof. Die Überwachungskameras haben ihn dabei aufgenommen. Das erste Opfer hatte er drei Monate davor missbraucht, umgebracht und auf seinem Gartengrundstück verscharrt. In beiden Fällen haben die Eltern ihre Kinder umgehend als vermisst gemeldet. Dutzende Kollegen haben nach ihnen gesucht und mit den Bildern der Überwachungskameras nach dem Täter gefahndet. Wir haben es vielleicht mit einem anderen Tätertyp zu tun, der planvoller vorging und mit hoher Wahrscheinlichkeit niemals erwischt worden wäre. Er suchte sich ein Opfer, das allein und ohne Angehörige in Deutschland gestrandet war. Stellte sicher, dass ihn keiner dabei beobachtet, wenn er das Kind in seine Gewalt bringt und abtransportiert. Und brachte es dann in ein sorgfältig ausgewähltes Versteck, um Sorge zu tragen, dass in seinem gewohnten Umfeld niemand Verdacht schöpft. Die zugewachsene Hütte in der Kleingartenkolonie, um die herum kaum ein anderes Grundstück mehr genutzt wurde. Ein Einfamilienhaus mit einem Keller. Das muss nicht einmal in der Abgeschiedenheit oder am Ortsrand liegen. Es ist so einfach für ihn, wenn er das Kind erst einmal bei sich hat, weil niemand nach einem Kind sucht, dass es gar nicht gibt.«

»Und was machen wir jetzt damit?«

Tobias starrte auf seinen Monitor, auf dem sich farbige Kreise vor einem schwarzen Hintergrund hin und her bewegten. Er zuckte mit den Schultern. Eine Weile suchten sie jeder für sich nach einem Anknüpfungspunkt, der ihnen die nächsten Schritte aufzeigte.

Ravi fing an zu reden. Er musste seine Ideen formulieren und aussprechen, um weiterzukommen. Oft genug tat er das sogar, wenn er allein war. Hilfreiche Selbstgespräche, bei denen er stets darauf achtete, dass sie keiner der Kollegen mitbekam. »Für den Täter ist es eigentlich am einfachsten und sichersten, wenn er allein operiert. Das Durcheinander im Herbst und Winter 2015 spielt ihm in die Karten. Doch sein Netzwerk besteht bereits. Gerber als Besitzer des Gartens, Roos als Bekannter mit der gleichen Neigung. Sie kennen sich schon länger, haben Videos ausgetauscht. Ein loser Kontakt, nach Bedarf und wenn einer von ihnen neues Material beschafft hatte. Vielleicht gibt es noch mehr Beteiligte.« Ravi nahm einen Schluck aus seiner Tasse. Der Kaffee schmeckte schal und war mittlerweile weitgehend abgekühlt. Trotzdem setzte er die Tasse gleich noch einmal an. »Vielleicht zwei oder drei weitere Männer, aber kaum eine größere Gruppe. Wieso also nicht gemeinsam handeln? Für sie ist die Situation eine Verlockung, der sie nicht widerstehen können.«

Ravi blieben die weiteren Worte im Hals stecken. Sie wollten nicht heraus. Tobias hatte ihn auch so verstanden. Er sprach aus, was ihm nicht über die Lippen gekommen war.

»Sie haben die Gunst der Stunde genutzt und sich ihr eigenes Kind gesucht.«

37

»Den Roos habe ich auf dem Handy, den Jungen auch. Wir brauchen noch das Foto von Heiner Gerber aus der Meldedatei.« Ravi war aufgesprungen und auf dem Weg zu seiner Jacke. »Die Frau rufen wir von unterwegs an.«

»Und was ist mit Harro?« Tobias war auf seinem Stuhl sitzen geblieben und sah ihn fragend an.

»Der ist gar nicht da, er hat sich vorhin für zwei Stunden verabschiedet.« Ravi senkte mit Blick auf die offen stehende Bürotür seine Stimme. »Wenn mehr daraus wird als ein dummer Zufall, rufen wir ihn sofort an. Bis er wieder hier ist, sind wir längst zurück. Weit ist es ja nicht, und die Fotos schicken wir ihr bestimmt nicht per Mail.«

Tobias schien noch nicht so recht zu wollen. Er drückte sich zwar auf seinen Armlehnen in die Höhe, verharrte dann aber in einer leicht gebückten Haltung hinter seinem Schreibtisch, als hielte ihn etwas davon ab, auch ohne die Zustimmung des Chefs aktiv zu werden.

Wahrscheinlich wäre es Ravi genauso gegangen, wäre er letzte Nacht nicht so heftig mit Harro aneinandergeraten. Wenn der sich einen Alleingang erlaubte, dann konnten sie das auch. Im Unterschied zu ihm hatten sie wenigstens eine Spur und blieben zudem auf der Seite des Gesetzes. Der Einstieg in ein Haus, dessen Eigentümer in der Klinik lag, war nicht vorgesehen. Es erschien ihm auch recht unwahrscheinlich, dass er Tobias für einen Einbruch würde gewinnen können. Fast musste er lächeln, als er sich seine unbeholfenen Bemühungen vorstellte, den prinzipientreuen Familienvater davon zu überzeugen, die Chance einer nicht fest verriegelten Terrassentür zu nutzen.

Er blickte Tobias auffordernd an. »Harro wird sich daheim eine Stunde hingelegt haben. Du hast ihn heute Morgen gesehen. Er ist nicht mehr der Jüngste, und müde sah er gestern

Abend schon aus, als wir beim Roos den Keller auf den Kopf gestellt haben.«

Tobias nickte und griff nach seiner Jacke, die über der Rückenlehne hing.

Mit einem der für die Mordkommission bereitstehenden Dienstwagen durchquerten sie die Stadt, in der sich der morgendliche Berufsverkehr langsam lichtete. Die meisten Pendler hatten ihren Arbeitsplatz erreicht, während bis auf die Bäckereien noch fast alle Geschäfte geschlossen waren. Ein kleines Zeitfenster der Ruhe auf den Straßen, das es ihnen ermöglichen sollte, schnell Gewissheit zu erlangen und zurück zu sein, bevor der Chef wieder aufkreuzte. Dass Harro sich daheim ins Bett gelegt haben könnte, hielt Ravi kaum für möglich, auch wenn er Tobias gegenüber weiter darauf beharren würde. Wirklich abgemeldet hatte er sich nicht, als er vorhin einen knappen Blick in den Besprechungsraum warf. »Ich bin bald wieder da.«

»Sie wartet in ihrem Büro auf uns.« Ravi schob sein Handy zurück in die Innentasche seiner Windjacke. »Du parkst am besten in der Tiefgarage, und wir fahren mit dem Aufzug nach oben. Vierter Stock, Zimmer 418.«

Tobias nickte knapp und setzte gleich darauf den Blinker, um von der zweispurigen Straße, die parallel zum Rhein verlief, in die Zufahrt zu den Parkebenen unter dem Rathaus abzubiegen.

Während er versuchte, sich auf das Gespräch vorzubereiten, nagte eine Mischung aus Unmut und Misstrauen an Ravi. Könnten sie nicht schon viel weiter sein? Harro hatte nach dem Gespräch mit der Essenheimerin, die sich an das Wiesbadener Kennzeichen des Neffen von Eduard Beißer erinnern konnte, Heiner Gerbers letzte Meldeadresse ermittelt – und dabei etwas Entscheidendes übersehen. Zum Glück hatten sie eben selbst noch einmal im Melderegister nachgeschaut. Der Chef schien mit seinen Gedanken überall, aber nicht bei der Sache zu sein, sonst hätte ihm das doch auffallen müssen. Es verstärkte Ravis Eindruck, dass er mit sich nicht mehr zurechtkam. Der optische Eindruck, den er vermittelte, passte dazu. Entweder fiel es ihm durch die vierwöchige Abwesenheit deutlicher auf, oder Harro war auf dem besten Wege, vor die Hunde zu gehen.

Bis zu seinem Tod hatte Gerber in Wiesbaden in einer Wohnung in einem Mehrfamilienhaus am zweiten Ring gewohnt. Er war aber erst 2014 dorthin gezogen. Davor hatte er jahrzehntelang in Mainz gelebt. Immer unter derselben Anschrift am Winterhafen, gegenüber der großen eingezäunten Asphaltfläche, bei der heute kaum noch einer auf den Gedanken kam, dass sie einmal zu einem ausgedehnten Fabrikgelände gehört hatte. Die Hallen waren schon Ende der Neunziger abgerissen worden, und nur noch ein paar leer stehende niedrige, verklinkerte Verwaltungsgebäude erinnerten an die ehemalige Nutzung. Die Stadt tat sich lange schwer damit, Konzepte für eine Bebauung zu entwickeln. Erst langsam waren im letzten Winter erste Ideen geboren worden, hier, am Rand der Innenstadt und im Übergang zum nahen Gewerbegebiet, einen neuen Stadtteil mit direktem Zugang zum Rhein entstehen zu lassen. Die kurze Phase, in der das abgeriegelte Gelände im Winter 2015/16 anderweitig genutzt worden war, schien schon in Vergessenheit geraten zu sein. Auf dem Höhepunkt des Flüchtlingszustroms hatte die Stadt hier innerhalb weniger Wochen eine Containersiedlung errichtet, in der bis zu eintausend Asylsuchende eine erste Unterkunft gefunden hatten und bis zur weiteren Verteilung auf andere Kommunen versorgt worden waren.

Während der Fahrt und auch im Aufzug, der sie im Rathaus nach oben beförderte, sprachen sie kaum miteinander. Die Anspannung lastete wie Blei auf ihnen. Mit jedem Stockwerk, das leuchtend angezeigt wurde, nahm Ravis Puls an Tempo zu. Sie hatten zum ersten Mal eine richtige Spur, die nicht so aussah, als ob sie umgehend wieder in einer Sackgasse enden würde. Wenn sie jetzt einen Schritt weiterkamen, waren sie später vielleicht nicht allein auf den Roos und seine Aussage angewiesen. Der würde den Mund bestimmt nicht aufmachen.

Jeder halbwegs begabte Anwalt konnte sie mit dem Verweis auf seine schweren Verletzungen über Wochen auf Distanz halten. Sie hatten zwar genug Material gegen Roos, um ihn wegen des Besitzes und der Verbreitung kinderpornografischen Materials vor Gericht zu bringen, aber eine Verwicklung in den Mord an dem Jungen konnten sie ihm mit dem, was sie bis jetzt hatten, unmöglich nachweisen.

Ihre Bürotür stand offen. Melanie Neumann erhob sich und kam ihnen entgegen, als sie sie sah. Sie hatte einen weichen und warmen Händedruck. Ravi hatte sie sich der Stimme am Telefon und ihrer Funktion in der Stadtverwaltung nach deutlich älter vorgestellt. Er schätzte sie auf Mitte dreißig. Die stellvertretende Leiterin des Sozialamtes hatte kinnlange glatte Haare, die rostrot glänzten. Ein kleiner silberner Knopf steckte in ihrem rechten Nasenflügel. Ihr bis über das Knie reichender dunkelgrüner Rock und die taillierte cremefarbene Bluse strahlten den gehobenen Chic eines nicht ganz günstigen alternativen Modelabels aus. Sie war klein und wirkte zierlich.

»Womit kann ich Ihnen weiterhelfen? Mit der Kripo hat man in unserem Arbeitsgebiet nicht so häufig zu tun.« Sie lächelte und blickte ihre beiden Besucher abwartend an.

Da er bereits am Telefon mit ihr gesprochen hatte, machte Ravi den Anfang. »Sie hatten die Leitung der Flüchtlingsunterkunft auf dem ehemaligen Fabrikgelände am Winterhafen?«

Sie nickte. »Ja, das stimmt. Bei der Containersiedlung handelte es sich aber um eine Erstaufnahme. Es war also keine Dauerunterkunft.« Sie strich sich die Haare hinter das linke Ohr. »Das waren verrückte Monate. Damals war ich noch Referentin des Amtsleiters. Alle haben sich gewundert, als ich die Aufgabe übernehmen wollte. Das wollte sonst keiner machen. Ich habe es als Herausforderung gesehen und als Chance. Ich habe schon immer gern organisiert.« Sie grinste. » Wir haben damals kaum geschlafen und wochenlang ohne freien Tag durchgearbeitet. Zusammen mit den vielen Freiwilligen, die sich spontan gemeldet haben oder zum Teil einfach vor der Tür standen und gefragt haben, wo sie anpacken können, entwickelte sich aber eine unheimliche Dynamik, und ich habe viele positive Erinnerungen mitgenommen.«

Ravi, der sein Mobiltelefon bereits in der Hand hielt, streckte ihr die Aufnahme des Jungen entgegen. »Wegen ihm sind wir hier. Er heißt möglicherweise Farid. Sicher sind wir aber nicht.«

Sie wurde ernst. »Was hat er ausgefressen?«

»Er ist tot.« Ravi blickte in ihr Gesicht. Sie schloss für einen Moment die Augen und atmete deutlich hörbar aus. Schnarrend lief der Lüfter ihres Computers an. Wieder strich sie sich die Haare hinters Ohr, die noch immer dort lagen, wo sie sie eben gerade schon hingeschoben hatte.

»Wir hatten in der Spitze bis zu eintausendzweihundert Menschen in unserem Containerdorf.« Sie tastete nach dem Stecker in ihrem Nasenflügel, zog ihre Hand aber schnell wieder zurück. »Es waren so viele Menschen, aber den kenne ich. Farid.«

Ravi hatte das Gefühl, dass sein Herzschlag kurz aussetzte, um dann hämmernd zusätzlich Fahrt aufzunehmen. In seinen Ohren pulste es. Er spürte, dass auch Tobias neben ihm wie elektrisiert auf ihre weiteren Worte wartete. Melanie Neumann schien Erinnerungen in sich wachzurufen. Fünf Jahre lag das alles jetzt zurück, und sie hatte in diesen Monaten mit unzähligen Menschen zu tun gehabt.

»Er kam mit einer der ersten Familien bei uns an. Sonst könnte ich mich nicht mehr erinnern. Das muss also Mitte Oktober gewesen sein. Wir waren am Anfang personell noch nicht komplett besetzt. So etwas läuft nicht sofort voll an, und das ist gut so, sonst hätten wir bei uns auf dem Gelände auch Zustände gehabt, wie man sie zum Beispiel aus Berlin kennt. Daher bin ich noch viel mit dabei gewesen in den ersten Tagen. Ein paar Wochen später bin ich aus dem Büro nur noch selten herausgekommen, weil so viel zu koordinieren war, dass mir für die Arbeit vor Ort schlicht die Zeit fehlte.«

»War er mit Eltern oder Geschwistern zusammen? Oder ist er allein bei Ihnen angekommen?«

Sie schüttelte sofort den Kopf. Ihr Blick ging an ihnen vorbei. »Das war ein sonderbarer Fall, zumindest zu diesem Zeitpunkt. Später hat sich das immer mal wiederholt. Die Eltern kamen mit ihren drei Kindern bei uns an. Farid war der Jüngste. Sie gaben an, aus Afghanistan zu stammen, und besaßen, wie viele andere auch, keinerlei Papiere. Von den chaotischen Zuständen an den Grenzen ist ja groß berichtet worden. Wir haben die Menschen mit den von ihnen gemachten Angaben notdürftig erfasst, so wie es uns möglich war. Am Anfang hatten wir dafür selbst gestaltete Aufnahmebögen, weil wir zunächst gar nicht wussten, was wir festhalten sollten. Erst Wochen später standen dafür dann eine Software und die entsprechende Technik zur Verfügung.« Sie richtete einen prüfenden Blick auf sie beide, dann fuhr sie fort. »Die Angaben konnten wir nicht kontrollieren. Die einheitliche Personenerfassung setzte sich erst viel später durch. Ein oder zwei Tage nach ihrer Ankunft kamen die Eltern wieder und haben behauptet, dass sie den Jungen zwar seit Italien dabeigehabt hätten, er aber nicht ihr Sohn sei.« Sie zuckte kurz mit den Schultern. »Er hat sich ihnen angeschlossen. Ein wenig Schutz für den langen Weg. Farid war dann noch eine Weile bei uns. Er wurde als unbegleiteter minderjähriger Flüchtling eingestuft. Einen Vormund konnten wir ihm nicht mehr zuteilen. Er schloss sich einer kleinen Gruppe älterer Jungs an. Mit denen ist er weg. Sie wollten ins Ruhrgebiet. Von einem der Älteren wohnten Onkel und Tante bereits seit zwei Jahren dort. Farid ist mit ihnen abgehauen.« Sie schwieg.

Tobias fasste nach. »Wie ist mit solchen Fällen umgegangen worden? Wurden sie gemeldet?«

»Es gab noch keine einheitliche Vorgehensweise.« Ihr Blick wirkte nicht mehr so sicher wie eben noch. Er sprang zwischen Ravi und Tobias hin und her. »Wir haben improvisiert und wollten die Menschen ja auch nicht einsperren. Nicht wenige haben die Erstaufnahmeeinrichtung nur als Zwischenstation genutzt, um wieder Kraft zu tanken nach Wochen zu Fuß auf der Straße. Bei uns gab es ein frisch bezogenes Bett, warmes

Essen und saubere sanitäre Anlagen. Sie sind mit dem Vorsatz gekommen, möglichst bald weiterzuziehen. Diese Stadt war nicht ihr Zielpunkt. Abends wurde das Tor zugemacht. Den Rest des Tages stand es offen. Am Eingang wurde nur kontrolliert, wer reinkam, damit wir den Überblick nicht verloren und die draußen halten konnten, die uns den Laden durcheinanderbrachten.« Einen Moment hielt sie inne. Sie schien die richtigen Worte zu suchen für das, was sie sagen wollte.

»Haben Sie Farid als vermisst gemeldet?« Aus Tobias' Nachfrage war die Schärfe deutlich herauszuhören. Sie verschränkte die Arme vor der Brust. Die Abwehrhaltung sprach auch aus ihrem Gesichtsausdruck. Sie presste die Lippen fest aufeinander, sodass alle Farbe aus ihnen wich. Ravi befürchtete, dass sie gleich gar nichts mehr sagen würde. Das Ende der Erinnerung. »Es liegt so lange zurück, das Durcheinander, ein Chaos. Ich weiß beim besten Willen keine Details mehr. Bitte entschuldigen Sie mich.« Das musste er irgendwie vermeiden.

»Es geht uns darum herauszubekommen, was mit Farid danach passiert ist. Dass die Situation 2015 allen Beteiligten viel abverlangte, wissen wir. Unsere Datenbank ist voll mit Vermisstenfällen von damals, um die sich bei uns keiner kümmern konnte. Wir sind heilfroh, dass es anscheinend wirklich nur ganz vereinzelte Fälle von Gewalt gegen minderjährige Flüchtlinge gegeben hat.« Ravi hoffte, dass das ausreichte, um ihr die Furcht zu nehmen, dass sie sie für das Schicksal des Jungen verantwortlich machen wollten.

»Wir hatten unser eigenes Prozedere in den ersten Wochen. Bei Erwachsenen und Familien haben wir nichts unternommen. Bei Jugendlichen, die einen erwachsenen Eindruck machten, auch nicht. Bei den Jüngeren haben wir je nach Situation entschieden. Wenn sie von Verwandten erzählt hatten, die schon hier lebten, haben wir, soweit ich mich erinnere, bis in den Dezember 2015 hinein keine Vermisstenmeldung gemacht.« Sie bewegte wieder die rechte Hand zum Ohr, besann sich aber auf halbem Weg. »Wie es in Farids Fall gelaufen ist, weiß ich nicht mehr. Vielleicht haben wir entschieden, keine

Anzeige zu machen, weil die Gruppe einen Zielpunkt hatte.« Sie atmete aus.

Ravi nickte. Er wollte etwas entgegnen, zögerte jedoch, weil sie Anstalten machte, fortzufahren.

»Sie könnten den Weigel noch mal fragen.« Sie drehte sich rasch weg und trat hinter ihren Schreibtisch. »Ich schreibe Ihnen die Adresse auf. Er war ehrenamtlich bei uns tätig und hat in diesen ersten chaotischen Monaten Übermenschliches geleistet.« Ihre Finger bewegten sich in Windeseile über das Display des Smartphones. »Dr. Weigel, da ist er. Er war damals gerade im Ruhestand und voller Tatendrang. Er hat uns unschätzbare Dienste geleistet und ist gerade bei den Kindern und Jugendlichen bestens angekommen. Er war Kinderarzt und hat sich Zeit für sie genommen, besonders für die von Krieg und Flucht Traumatisierten. Ihm haben sie es oft erzählt, wenn sie weiterwollten, und auch, wohin.«

Mit schwungvollen Bewegungen eines verzierten Füllers notierte sie die Kontaktdaten auf einem schief zurechtgeschnittenen Schmierzettel. Als sie ihn Ravi entgegenstreckte, konnte er erkennen, dass die Rückseite bedruckt war. Sie strich sich erneut die Haare hinter das rechte Ohr. »Falls Sie noch etwas brauchen«, sie blickte kurz zwischen ihnen hin und her, »kann ich in den Unterlagen nachschauen lassen. Die Stadtverwaltung hat im Hechtsheimer Gewerbegebiet eine Halle angemietet. Dort sind alle Akten eingelagert, auch die aus der Erstaufnahme in der Containersiedlung.«

Tobias hielt ihr ohne größere Vorankündigung sein Handy hin. »Kennen Sie diese Personen?«

Sie kam näher heran und beugte sich vor, um besser sehen zu können.

»Achim Roos, Heiner Gerber. Haben Sie einen der beiden schon mal irgendwo gesehen?«

»Nein, noch nie.« Sie schüttelte viel zu schnell den Kopf.

»Sind Sie sicher?«

»Natürlich.«

38

Harro wusste, dass er scheiße aussah und stank. Sie mussten ihn nicht so bescheuert angaffen. Am liebsten hätte er zugeschlagen, weil er ihr Lachen hinter sich gehört hatte. Sollten die Idioten um diese Uhrzeit nicht in der Schule sein? Er nahm noch einen kräftigen Schluck, um den ranzigen Fischgeschmack aus dem Mund zu bekommen. Das Öl wirkte wie ein zäher Klebstoff, der das durchdringende Aroma auf seinen Schleimhäuten trotz aller Bemühungen eisern festhielt. Da konnte er noch so viel mit lauwarmem Bier nachspülen, helfen würde es nicht. Mit dem Ärmel seiner speckigen Lederjacke fuhr er sich über den Mund und schleuderte die Dose, die er bei seinem gestrigen Beutezug ergattert hatte, in den Mülleimer an der Straßenbahnhaltestelle. Etwas sträubte sich in ihm, sich auch noch das letzte Viertel des Inhalts einzuverleiben.

Gereifter Brathering in Sonnenblumenöl zum Frühstück. Wenn der Hunger nur ausreichende Dimensionen angenommen hatte, bekam man selbst das hinunter. Den Kaffee brauchte es dann auch nicht mehr. Zur Not ersetzte ihn eben das Pils, das ihm aber ungewöhnlich sprudelig vorgekommen war. Bestimmt lag das einzig und allein an der Uhrzeit und der Temperatur des Getränks. Er sah auf sein Handy, das summend in einem fort vibrierte. Ravi versuchte, ihn anzurufen.

Er musste sich beeilen, sonst käme er schon wieder in Erklärungsnot. Das letzte Nacht hatte ausgereicht. Zum Glück musste er sich nur mit einem der beiden auseinandersetzen. Die Hartnäckigkeit des jungen Kollegen war beachtlich gewesen. So sollte es sein. Das forderte er von beiden ständig ein. Nicht lockerlassen, sondern nachfassen, auch wenn der Gegenüber vor Selbstsicherheit nur so sprühte. Wobei das auf ihn nur bedingt zutraf. Irgendwann unterlief jedem der entscheidende Fehler. Als Ermittler musste man Geduld haben und im richtigen Moment hellwach sein.

Hinter dem Bahnhof bog er ab. Die Straßenbahn gab in der Kurve durchdringende Geräusche von sich, die ihn an letzte, schrille Schmerzensschreie erinnerten. Er spuckte aus und beschleunigte seine Schritte. Wenn er nachher noch kurz unter die Dusche wollte, sollte er jetzt besser Gas geben. Zwei Minuten zum Zähneputzen mussten irgendwie auch noch dabei herausspringen. Das würde zumindest verhindern, dass das halbe Präsidium sich hinter seinem Rücken über ihn lustig machte wie die Berufsschüler eben. Als ob das noch eine Rolle spielte, wenn er so weitermachte.

Er warf die Tür auf und hetzte durch den langen, dunklen Flur. Es roch nach kaltem Frittierfett. Ein Geruch, der sich stimmig in das einfügte, was in seinem Magen vor sich hin gor. Er brauchte nicht nach oben zu schauen, um zu wissen, dass sie ihn schon bemerkt hatten. Die Kamera hing wahrscheinlich direkt über der Tür, die gerade scheppernd hinter ihm zufiel. Ganz zufällig schob sich ein rotbärtiger Typ, dessen einhundertzwanzig Kilo sich zum größten Teil aus mächtigen Oberarmen und einer massigen Brustpartie zusammensetzten, vor den Hinterausgang. Zwei bis drei annähernd baugleiche Ausführungen mit leichten farblichen Abweichungen standen wahrscheinlich gleich um die Ecke und waren damit beschäftigt, ihre neuesten Oberarm-Tattoos zu begutachten. Seit die Balkan-Clans ihnen das Terrain streitig machten, hatten sie aufgerüstet.

Die blutigen Auseinandersetzungen und gezielten Liquidierungen, die es in den letzten beiden Jahren in anderen Städten gegeben hatte, gehörten hier noch nicht zu ihrem Alltagsgeschäft. Es herrschte noch der Zustand des stillen Abtastens und der behutsamen, lautlosen Ausdehnung individueller Einflusssphären. Nicht mehr lange, und es schwappte über den Rhein bis zu ihnen herüber. Frankfurt, Offenbach und Wiesbaden waren nicht weit.

»Wohin willst du?«

»Zu ihm!«

Der Knopf im Ohr des bulligen Rotbartes signalisierte,

dass nicht er es war, der die Entscheidungen an der Pforte traf, auch wenn dieser Eindruck durch sein bulliges Auftreten geweckt werden sollte. Er nickte knapp und trat ein Stück beiseite. Harro eilte auf das flache Rückgebäude zu. In geschwungener Schreibschrift pries ein großes Schild über der einzigen Tür die Dienste einer Polsterei mit angeschlossenem Antiquitätenhandel an. Wohlige Wärme und der Duft nach auf Hochglanz polierten dunklen Gründerzeitmöbeln nahmen ihn in Empfang, nachdem er die mit einer Stahlplatte auf der Rückseite zusätzlich verstärkte Eingangstür aufgeschoben und den Raum betreten hatte. Er stand in einer geräumigen Halle, die wie ein überdimensioniertes Wohnzimmer wirkte, in dem es von jedem Möbelstück gleich mehrere Exemplare gab.

»Der Herr Kommissar. Was verschafft mir die Ehre?«

Harro brauchte einen Moment, um den mächtigen Ohrensessel als Ursprungsort auszumachen, der zwischen einem guten Dutzend schwerer Kommoden, Waschtische und Truhen stand. Das kleine Männchen, das in dem Polstermöbel saß, ging dazwischen fast unter. Alles wirkte knochig an ihm. Seine Nasenspitze reckte er in die Höhe, als wollte er Witterung aufnehmen. Über einem himmelblauen Hemd trug er einen grauen, sorgfältig gebügelten Hausmeisterkittel, der sich so perfekt an seinen schmalen Oberkörper anschmiegte, als würde es sich um ein auf Maß geschneidertes Sakko handeln. Aus dem Augenwinkel konnte Harro erkennen, dass sich ein weiterer bärtiger Muskelberg in eine Nische drückte, um gleich darauf hinter einem Vorhang zu verschwinden.

»Probleme. Kannst du mir Geld leihen?«

»Oh je.« Das nachfolgende Seufzen zog er künstlich in die Länge. Harro war sich nicht sicher, ob es wie ein Kichern geklungen hatte. »Hast du mit den Türken gespielt und verloren?«

Harro nickte und ließ den Blick sinken. Er kam sich vor wie ein Pennäler, dem der Rohrstock drohte. Das passte gut in die aus dem letzten Jahrhundert stammende Umgebung.

»Wir helfen gern, wo wir können!« Das Männchen schmunzelte und verfiel in ein hechelndes Lachen, das abrupt abbrach.

»Wie viel?«

»Fünftausend.« Harro hielt inne und zwang sich, dabei nicht schon wieder auf seine Fußspitzen zu starren.

»Nicht mehr?«

»Vorerst.«

»Dann wirst du liefern müssen!«

Der bärtige Muskelberg kam hinter dem Vorhang hervor und durchquerte lautlos den Raum. Die ausgelegten Teppiche schluckten alle Geräusche. Sie wirkten zum Teil recht abgewetzt. Auf dem kleinen Beistelltisch, der neben dem Ohrensessel stand, postierte er eine abgegriffene Zigarrenkiste. Ohne hinzusehen, schlug der Mann im Ohrensessel den Deckel zurück und langte nach dem darin befindlichen Bündel. Er stand auf und kam mit schnellen Schritten auf ihn zugeeilt. Seine schmalen Lackschuhe glänzten. Mit der freien linken Hand strich er sich im Gehen den grauen Kittel glatt, der ihm bis zu den Kniescheiben reichte. Den dicken Packen Fünfziger hielt er Harro vor die Brust. Er reckte die spitze Nase in die Höhe und schnüffelte mehrmals. Seinen Mund verzog er zu einem freundlichen Lächeln. Harro wusste, dass es nicht an dem Geruch lag, den er verströmte. Er bemühte sich, ihm nicht direkt ins Gesicht zu atmen, während er nach dem Geld griff.

»Auf eine gute Zusammenarbeit!«

Harro nickte schweigend und steckte das Geld in die Innentasche seiner Lederjacke.

39

»Fahren wir da jetzt hin? Meinst du, das bringt was?«

Ravi wusste auf Tobias' Frage auch keine Antwort. Sie würden es herausfinden müssen. Harro ging nicht an sein Telefon. Ravi hatte es auf dem Weg zum Auto zweimal versucht. Irgendwann schien der Chef ihn weggedrückt zu haben. Beim nächsten Versuch landete er auf dem Anrufbeantworter. Eine Nachricht hinterließ er nicht. Sie brauchten ihn nicht für das, was sie vorhatten.

»Der schläft tief und fest. Das hat er sich verdient.« Ravi winkte ab und setzte sich dann auf den Beifahrersitz. »Eine schöne Landpartie am Rhein entlang. In einer guten Viertelstunde sind wir dort.« Er grinste Tobias an, der ihn aber nicht beachtete.

Die Straßen waren leer. Schon nach ein paar Minuten ließen sie die Stadt hinter sich und folgten der Bundesstraße, die schnurgerade parallel zum Fluss verlief. Am Nachmittag standen sie hier Stoßstange an Stoßstange.

»Was kann der uns noch erzählen?« Tobias klang resigniert.

»Wohin der Junge wollte? Mit wem er sich auf den Weg gemacht hat? Die Jugendlichen, mit denen er unterwegs war, sind mit hoher Wahrscheinlichkeit die Letzten, die ihn in Freiheit gesehen haben. Wenn wir sie ausfindig machen, kommen wir vielleicht wieder einen Schritt voran. Mühsam ernährt sich das Eichhörnchen.« Ravi wunderte sich über sich selbst. Er klang schon wie Harro. Musste er jetzt auch Sorge tragen, dass auf den Ausfahrten im Dienstwagen SWR 4 gespielt wurde? Bei diesem Gedanken legte sich umgehend wieder ein sanfter Druck auf seine Schläfen. Er schob ihn beiseite. »Bis ins Ruhrgebiet ist der Junge ganz sicher nicht gelangt. Wer weiß, ob er überhaupt zusammen mit den anderen losgezogen ist. Vielleicht hat er sich eigenständig auf den Weg gemacht oder ist nur zusammen mit ihnen vom Gelände abgehauen. Irgendwo, wahrscheinlich ganz in der Nähe, muss er dem Gerber oder dem Roos in die Arme gelaufen sein.« Einige Minuten herrschte Stille im Wageninneren. Nur das gleichförmige Brummen des Motors war zu hören.

»Ich kann mir mittlerweile immer weniger vorstellen, dass wir auf den Videokassetten noch etwas finden werden, das uns weiterbringt.« Ravi versuchte, die Bilder abzuwehren, die mit Vehemenz vor ihm aufflackerten. Mit ihnen kamen der Ekel und die Übelkeit zurück, die ihn vom ersten Moment an gequält hatten, da er sich die Aufnahmen ansehen musste. Roos' klar erkennbare Vorliebe für Jungs im Alter von Farid hatte ihn nicht davon abgehalten, auch Material zu erwerben, das Jungen im Kindergartenalter zeigte. Ravi kniff die Augen zusammen und erhoffte sich von der Dunkelheit ein wohltuendes Vergessen. Wie hielten die Kollegen vom K2 das aus?

»Denkst du, dass sie uns irgendetwas verschwiegen hat?« Tobias sah nur kurz zu ihm herüber und richtete den Blick sofort wieder auf die Fahrbahn.

»Eigentlich nicht. Aber die Fotos hat sie sich nicht wirklich angeschaut.«

»Für mich sah das nach einem schlechten Gewissen aus.«

»Oder sie hat Angst bekommen, dass ihr das Sprungbrett für die Karriere nachträglich auf die Füße fällt? Sie trug damals die Verantwortung für die Containersiedlung.« Ravi wunderte sich über den betagten Radfahrer, den sie soeben mit Tempo achtzig überholten. Auf seinem Gepäckträger hatte er einen Sack Zement akkurat mit einem Spanngurt verzurrt. Er drehte sich um und konnte gerade noch erkennen, dass der Mann sein klappriges Gefährt jetzt von dem schmalen Seitenstreifen auf die sachte abfallende Böschung zusteuerte, wohl um den dort abzweigenden Feldweg zu erreichen. »Ist das nicht eigentlich eine Bundesstraße, auf der Fahrräder verboten sind?«

»Darauf habe ich jetzt nicht geachtet. Ist er weg, oder müssen wir einschreiten?«

»Ich denke nicht. Er hat die Rampe unfallfrei gemeistert und scheint auf der Schotterpiste angekommen zu sein. Der Sack Zement wird also heil ankommen.« Ravi drehte sich wieder nach vorne. Er musste kurz überlegen, wo sie stehen geblieben waren. »Ihr Nein kam so schnell, das fand ich seltsam. Aber eine Erklärung habe ich nicht dafür. Vielleicht deute ich da auch einfach zu viel rein.«

»Immerhin haben wir endlich den Anknüpfungspunkt, nach dem wir händeringend gesucht haben. Wir wissen, dass Farid allein und auf sich gestellt war, als er in der Erstaufnahme ankam. Von hier ausgehend müssen wir weitersuchen und hoffen, dass sich die zarte Spur nicht schneller verläuft, als es uns lieb ist.« Tobias klang aufmunternd. »Wenn es der Gerber war, dann ist er vielleicht wirklich dem Schema gefolgt, das wir angenommen haben: die Flüchtlingsunterkunft in der ihm bekannten Umgebung, aber doch so weit entfernt von seinem derzeitigen Wohnort, dass er kaum Gefahr läuft, von jemandem erkannt zu werden, wenn er mit einem Kind an der Hand auf der Straße unterwegs ist.«

»Und du glaubst, dass er einfach dort hineinspaziert, sich ein Kind aussucht und es mitnimmt?« Ravi schüttelte den Kopf. »Das passt nicht zum Tätertypus, und es ist zu gefährlich. Wenn wir ihm wirklich Vorsicht und Planung unterstellen, wie wir es bisher getan haben, schließt das ein solches Vorgehen meiner Ansicht nach aus. Kameras am Eingang und ein Wachmann, der den Einlass kontrolliert: Das Risiko geht der nicht ein.«

»Du hast recht. Hinzu kommt die Unwägbarkeit, dass er ja nicht wissen kann, welches der Kinder allein geflüchtet und ohne Familie ist.« Er räusperte sich. »Ich sehe nur zwei Möglichkeiten. Entweder war es ein Zufallstreffer. Der Gerber schleicht um die Containersiedlung herum. Dabei bekommt er mit, wie sich Farid aus dem Staub macht, und folgt ihm.« Tobias überlegte einen Moment. »Oder der Gerber kannte jemanden vor Ort.« Ihm versagte fast die Stimme, als er weitersprach. Die Worte klangen heiser. »Es könnte drinnen eine Person gegeben haben, die ihm die Informationen zukommen ließ oder ihm sogar geholfen hat. Anders kann ich mir das nicht erklären.«

»Vielleicht hat sie deswegen nur so kurz auf die Bilder geschaut und deine Frage sofort verneint. Sie könnte einen der beiden doch schon mal gesehen haben. Womöglich hatte sie diesbezüglich sogar schon mal einen Verdacht, eine Ahnung, der sie aber nicht nachgegangen ist? Jetzt plagt sie das schlechte Gewissen, und daher hat sie uns nichts gesagt.«

»Oder sie hat ganz einfach Angst, dass man ihr daraus einen Strick drehen könnte. Die schöne Karriere.« Tobias zuckte mit den Schultern.

»Sie könnte sich auch mit dem Kinderarzt darüber unterhalten haben und davon ausgehen, dass er sich aus der Reserve wagt. Er hat keinen Job zu verlieren und hat auch nicht wie sie damals die Verantwortung getragen. Und sollten wir bei ihm nicht weiterkommen, müssen wir uns eben durch die Akten graben, die sie im Gewerbegebiet zwischengelagert haben, und jeden, der im Containerdorf gearbeitet hat, unter die Lupe nehmen, alle Hauptamtlichen und alle Ehrenamtlichen.« Er seufzte. »Damit uns nicht langweilig wird.«

Für den Rest der Fahrt waren nur noch die knappen Anweisungen der Navigationsapp auf Tobias' Handy zu hören. Ravis Blick blieb an dem schwer beladenen Lastschiff hängen, das neben ihnen auf dem Rhein fuhr. Rostige Berge von Metall ragten in die Höhe, unentwirrbar ineinander verhakt. Der glänzende rote Pkw hinter dem Führerstand am Heck wirkte wie ein Fremdkörper. Als Kind hatte er geglaubt, dass sie das Auto an Bord brauchten, um im Notfall schnell von einem Ende des lang gezogenen Schiffs zum anderen zu gelangen. Norbert hatte schallend laut gelacht, als er ihn fragte, wie sie das Auto am Bug wenden konnten, und ihm dann unter Giselas lautstarkem Protest weisgemacht, der Kapitän würde den Wagen vorsichtig rückwärts wieder zurücksetzen bis zum Heck. »Du kannst doch dem Jungen nicht einen solchen Quatsch erzählen. Wenn er das in der Schule so weitergibt, fällt das auf uns und unsere Erziehung zurück. Erkläre Timotheus bitte ordentlich, wie sie das Auto da herunterholen. Ich weiß nämlich auch nicht, ob es dafür eine Rampe oder eine spezielle Anlegestelle am Hafen gibt.« Ob Norbert ihm daraufhin in der für ihn typischen detaillierten Form die tatsächliche Vorgehensweise dargelegt hatte, wusste er nicht mehr. Es waren nur winzige Bruchstücke, die man aus früher Kindheit in Erinnerung behielt. Und er hatte keine Ahnung, wer die Auswahl traf, was blieb und was für immer gelöscht wurde.

In seinem Fall überdauerten die Belehrungen, die Hinweise und Mahnungen, die Gisela und Norbert ihm mitgaben, um ihn auf dem Weg zu halten, den sie selbst beschritten. Wie oft hatte er von ihr dazu den gleichen Satz gehört? Sie strich ihm dabei meistens über den Kopf. »Du wirst einmal ein ebenso guter Arzt wie dein Vater werden. Dafür musst du in der Schule gut aufpassen, dafür musst du stillsitzen, dafür musst du deine Hausaufgaben ordentlich zu Ende machen, dafür musst du deinen Teller leer essen.« Es war nur ein mikroskopischer Bruchteil seiner Zeit mit ihr, aber Erinnerungen wie diese verstellten mittlerweile alles andere. Sie hatten sich wuchernd ausgebreitet und alles andere, was an Erlebtem noch wach gewesen war, so weit überlagert, dass er es nicht mehr sehen konnte. Er würde sie nicht allein lassen, nicht am Samstag, wenn sie zu Norberts Todestag auf den Friedhof musste.

Weigel wohnte in einer Einfamilienhaussiedlung, die in den frühen Neunzigern entstanden sein musste. Die meisten Häuser waren von dichten, sauber getrimmten Hecken umgeben. In gepflegten Vorgärten grenzten sich Rosenbeete von üppigem Lavendel ab. Aus den Dachfenstern konnte man bestimmt bis zum Rhein sehen, ohne befürchten zu müssen, dass er im Frühling den Keller überschwemmte. Die riesigen Flutbecken, die sie auf dem Weg hierher passiert hatten, wirkten in Zeiten des Klimawandels, in denen die Schneeschmelze in den Alpen ihren Schrecken eingebüßt hatte, wie Relikte einer vergangenen Zeit.

Ravi fror, als sie den gut beheizten Wagen verließen. Die Müdigkeit forderte ihren Tribut. Er gähnte und schaffte es nicht einmal mehr, die Hand rechtzeitig vor den Mund zu bekommen. Tobias amüsierte das.

»Das ist eine gute Vorbereitung.« Er schmunzelte vielsagend. »So ging es mir als junger Vater in den ersten anderthalb Jahren auch. Kinder sind ein Segen, durchwachte Nächte der Preis, den man dafür zu zahlen hat.«

»Rat, Tat und Lebenshilfe. Herzlichen Dank dafür.« Ravi war nicht genervt, eher belustigt. »Dann ist das jetzt so etwas wie ein Trainingslager? Für Kinder fehlt mir aber bisher noch die richtige Frau. Vielleicht baue ich da auch auf kollegiale Unterstützung im Findungsprozess.«

»Hübsche Kolleginnen haben wir ja genug.« Tobias zog die Silben gekonnt in die Länge. Ravi wollte ihm nicht die Freude machen und empört reagieren. Er schwieg, bis Tobias von allein weiterredete. »Das kann ganz schnell gehen.« Der Kollege blinzelte ihn vielsagend an. »Vom ersten Kennenlernen bis zur Schwangerschaft haben Sara und ich nicht mehr als sechs Wochen gebraucht. Bei Harro ist es damals wahrscheinlich noch schneller gegangen. Aber das war während der Fassenacht. Da gelten ohnehin andere Gesetze.«

»So ist es dann aber auch ausgegangen. Wir haben Oktober, mir bleiben also nur noch wenige Monate. Die sollte ich ausgiebig auskosten.«

Tobias nickte zustimmend. Sie überquerten die Straße und steuerten auf den schmalen Weg zu, der fast vollständig von Hecken überwuchert war. Es wirkte alles sehr gepflegt. Kein Blatt lag auf dem Boden. Um die Rosen am Eingang verströmte frisches Rindenmulch seinen harzigen Waldgeruch. Der gepflasterte Weg führte an der Haustür vorbei und weitete sich am Ende des weiß gestrichenen Hauses, um in eine satte Rasenfläche zu münden. Ravi konnte das Schilf eines Teiches sehen und erkennen, dass weiter hinten ein Mann in grünen Arbeitsklamotten mit Helm und Ohrenschutz Treibstoff aus einem handlichen Kanister in eine vor ihm liegende Kettensäge füllte. Drei Stufen führten hinauf zur schwarzen Tür. Das dunkle Glas ließ keinen Blick ins Innere zu.

Tobias klingelte. Es dauerte nur einen Moment, bis die Tür aufgezogen wurde. Eine ältere Dame mit streng zurückgekämmten Haaren blickte sie fragend an. Ihr Mittelscheitel verlief kerzengerade und endete in einem dünnen Zopf, der auf ihre rechte Schulter herabhing. Ihre Wangen leuchteten durch das Rouge, das sie aufgetragen hatte. Ihre Lippen zeigten eine dezente Rötung, die fast natürlich wirkte. Ein schwarzer Lidstrich, etwas zu weit nach außen gezogen, ersetzte die fehlenden Wimpern.

»Sind Sie von der Versicherung?« Sie wollte sich schon wegdrehen, hielt dann aber doch inne. Sie lächelte zufrieden. »Das ging schnell. Da wird sich mein Mann aber freuen!« Sie sah dabei nur Tobias an. Ravi war insgeheim ganz froh darüber, dass er aufgrund seiner dunklen Hautfarbe und der schwarzen Haare nicht als Versicherungsvertreter in Frage kam. Er übernahm daher gern die Ansprache.

»Wir sind von der Kriminalpolizei und hätten ein paar Fragen an Dr. Jakob Weigel. Ich bin Oberkommissar Bingenheimer, und das ist mein Kollege, Hauptkommissar Schmahl.«

Sie wirkte nur ganz kurz irritiert und schien sich gleich darauf schon wieder sortiert zu haben. Das gleiche Lächeln wie zuvor erschien auf ihrem Gesicht. Sie kniff die Augen zusammen. »Na, da wird er sich sogar noch mehr freuen.« Sie zog die Haustür jetzt ganz auf, trat zur Seite und bat sie mit einer freundlichen Geste herein. »Sie können in das Wohnzimmer durchgehen. Ich sage meinem Mann Bescheid. Er hat Sie bereits erwartet. Sie und den Herrn von der Versicherung. Das Unwetter hat uns gestern die Trauerweide zerstört. Einer der Äste ist auf den Zaun des Nachbarn gefallen, aber das hat natürlich nichts mit dem zu tun, weswegen Sie hier sind.« Sie eilte auf den großformatigen weißen Marmorfliesen ein paar Schritte voraus und bog dann nach rechts auf die Treppe in den oberen Stock ab.

Das Wohnzimmer war so groß, dass es ausreichend Raum für einen lang gezogenen Esstisch mit acht Stühlen, eine mächtige Sitzgruppe aus cremefarbenem Leder und einen schwarzen

Konzertflügel dazwischen bot. Im offenen Kamin loderte eine gelbe Flamme. Die beiden dünnen Rohrkolben in der Vase auf dem Sims darüber wirkten deplatziert. Sie hätten sich gut auf dem schmucklosen Flügel gemacht. Auf dem Sessel vor dem Kamin lag aufgeklappt Theodor Fontanes »Effi Briest«. Ravi hatte aus seiner Schulzeit noch eine dunkle, aber keine gute Erinnerung an die Geschichte über eine junge Frau, die in die Ehe mit einem viel zu alten Mann geraten war. Als siebzehnjähriger Gymnasiast, der sich samstags gern auf dem Betzenberg zwischen grölenden Massen herumtrieb, hatte seine Lebenswelt trotz Lektürehilfe nicht zur gestörten Landidylle des 19. Jahrhunderts passen wollen. Die grenzenlose Euphorie seiner betagten Deutschlehrerin hatte sein Interesse keinesfalls befördert.

Über die gesamte Länge des Wohnzimmers zog sich eine durchgehende Glasfront, die den Blick auf die Terrasse, den sich anschließenden Teich und die fast gänzlich zerlegte Trauerweide am Ende des Grundstücks freigab. Das sachte Klopfen der Hausherrin an eine Tür im Obergeschoss drang durch die Stille im Haus bis zu ihnen. Es wiederholte sich ein weiteres Mal. Ihre Stimme hörten sie kaum. Sie flüsterte fast. »Jakob, die Polizei ist da.« Eine von mehreren Streichern getragene Melodie bestätigte, dass eine Tür geöffnet worden war.

»Hat sie ihn vorgewarnt?«, fragte Tobias leise.

»Melanie Neumann?« Ravi rieb sich über die Nasenspitze. Ihm war noch immer kalt.

Tobias nickte. Sie hörten das Knarren der Treppe. Jakob Weigel erschien im Türrahmen. Er war hager und groß. Seine dichten grauen Haare trug er zu einem Seitenscheitel gekämmt. Über den Ohren und im Nacken waren die Stoppeln sauber getrimmt. Die dunkelblaue Strickjacke hatte er bis fast obenhin zugeknöpft. Eine rot-goldene Krawatte und ein weißer Hemdkragen schauten heraus. Ravi erinnerte der Anblick an Norbert. Zur Freizeitkleidung seines Adoptivvaters hatten stets auch Hemd und Krawatte gehört. Weigel hielt eine dünne

Mappe in der Hand und wies ihnen damit den Weg in Richtung Sitzecke.

»Ich bin hocherfreut, dass Sie sich auf den Weg zu uns gemacht haben.«

»Wir wollen Sie gar nicht lange stören.« Tobias machte eine abwehrende Bewegung, um zu signalisieren, dass sie nicht vorhatten, es sich auf dem Sofa bequem zu machen, um bei Tee und Gebäck zu verweilen. Weigel wirkte irritiert. Sie standen sich am Flügel gegenüber. Ravis Blick verfing sich in den Notenblättern, die ausgebreitet auf dem glänzend schwarzen Lack ruhten. Traurige Liedzeilen standen darunter. *Das Mädchen sprach von Liebe, die Mutter gar von Eh'. Nun ist die Welt so trübe, der Weg gehüllt in Schnee. Was soll ich länger weilen, dass man mich trieb hinaus? Lass irre Hunde heulen vor ihres Herren Haus.*

»Frau Neumann scheint uns bereits angekündigt zu haben.« Ravi blickte in fragende Augen.

»Wer?« Weigel räusperte sich. Seine Frau tauchte jetzt hinter ihm im Türrahmen auf. Ihre Gesichtszüge wirkten unter Puder und Rouge versteinert.

»Die stellvertretende Chefin des Sozialamtes und ehemalige Leiterin der Erstaufnahmeeinrichtung am Mainzer Winterhafen.«

»Ich verstehe Sie nicht.« Der Arzt schüttelte den Kopf.

»Wir waren vorhin bei ihr«, sagte Tobias. Ravi konnte die Unsicherheit aus seiner Stimme heraushören. Er sprang ihm zur Seite, auch wenn er selbst nicht wusste, was hier schieflief.

»Es geht um einen Flüchtlingsjungen, Farid. Er ist 2015 als einer der Ersten in der Unterkunft angekommen und später verschwunden. Vor einigen Tagen sind seine sterblichen Überreste gefunden worden, nicht weit von hier in einem Dorf im Selztal. Er wurde in einem Kleingarten unter einer Holzhütte verscharrt. Wir müssen davon ausgehen, dass er Opfer einer Gewalttat geworden ist.« Ravi hielt inne. Er wollte seine Worte wirken lassen und noch nicht mit allem herausplatzen.

Weigel sah ihn mit unverändert starrer Miene an. An seinen beiden Mundwinkeln beschrieben zwei tiefe Furchen einen Halbbogen. Das Atmen seiner Frau hinter ihm war deutlich zu hören.

»Kannst du uns bitte allein lassen?« Fast geräuschlos huschte sie davon. Weigel wartete noch einen Moment, dann redete er weiter. »Und warum schickt Frau Neumann Sie damit zu mir?« Er bewegte den Kopf kaum. Als vor Jahren pensionierter Arzt musste er etwa siebzig sein. Er wirkte aber deutlich jünger. Sein Gesicht zeigte wenige Falten. Es war die Haut an seinem Hals, die alt und trocken erschien. Gleichmäßig pulsierte die Schlagader darunter.

»Sie haben sie damals unterstützt.«

»Wir waren ein gutes Dutzend ehrenamtlicher Helfer. Die meisten haben bis zum Schluss durchgehalten. Eine feste Truppe, bei der jeder schnell wusste, was er zu tun hatte.«

»Können Sie sich an Farid erinnern?«

Weigel zuckte mit den Schultern. »Wissen Sie, es waren so viele Kinder, und die meisten standen irgendwann bei mir im Container, inklusive der Eltern und aller anderen Geschwister. Die kleinen Wunden konnte ich heilen. Die großen, die der Krieg und das Leid der Flucht gerissen haben, nicht.«

»Farid war allein.« Tobias zeigte ihm sein Handy mit dem Foto. Weigel blinzelte mehrfach. »Das ist der Junge. Möchten Sie sich eine Brille holen?«

»Nein, danke. Ich sehe noch ganz gut.« Er betrachtete das Bild lange und fuhr dann fort. »Es waren so viele Kinder. Ich kann Ihnen nicht sagen, ob der Junge dabei war. Die Situation war ja eine ganz andere als früher in meiner Praxis. Jene Kinder sah ich zum ersten Mal wenige Tage nach der Geburt und dann immer wieder, zu den Vorsorgeuntersuchungen und wegen all der kleinen und großen Kinderkrankheiten. Man begleitet ihre Entwicklung und kennt ihre Namen. In der Erstaufnahme kamen und gingen die Menschen. Bei uns war es zum Glück nie so heillos überfüllt, wie man es an anderen Orten in den Nachrichten gesehen hat, aber die Fluktuation war immens.

Jede Woche neue Gesichter, die man ein paar Tage später schon nirgends mehr entdecken konnte. Wenn ich versucht hätte, mir die alle einzuprägen …« Er wiegte bedauernd den Kopf. »Tausende Menschen, und es ist Jahre her.«

»Überlegen Sie! Denken Sie nach!«, forderte Tobias ungehalten. Er hielt ihm das Display jetzt direkt vor das Gesicht. So nah, dass Weigel unmöglich etwas erkennen konnte. »Frau Neumann konnte sich auf Anhieb an den Jungen erinnern. Er kam mit einer Familie. Sie dachte zunächst, dass es seine Eltern und Geschwister seien. So wurden sie aufgenommen. Später erklärten sie, dass Farid nicht ihr Sohn sei. Er hielt sich noch ein paar Tage länger in der Erstaufnahme auf und ist dann angeblich mit mehreren Jugendlichen abgehauen.« Tobias' Arm zitterte. Trotzdem hielt er ihn weiter ausgestreckt. Ravi wusste nicht, ob das Foto überhaupt noch zu sehen war oder sich das Display bereits abgeschaltet hatte. Tobias redete weiter. »An all das konnte sich Frau Neumann erinnern, selbst nach so langer Zeit. Und Sie nicht?«

Weigel starrte ihn an. Sein Hals hatte sich gerötet. Die Ader pulsierte noch deutlicher. Ein schneller Rhythmus, der die Haut vibrieren ließ. Die Farbe seines Gesichts hingegen hatte sich nicht verändert. Er wirkte ruhig. Ravi hatte keine Erklärung dafür, warum Tobias ihn so scharf anging. Der Frust, dass ihre zarte Spur im Nichts zu verlaufen schien, vermutlich.

Tobias drehte das noch leuchtende Handy wieder zu sich, wischte weiter und streckte es Weigel erneut entgegen. »Und diese beiden Herren? Achim Roos und Heiner Gerber, haben Sie die schon mal gesehen?«

»Meine Herren, es tut mir sehr leid, aber ich kann Ihnen nicht weiterhelfen. Frau Neumann hat Ihnen sicherlich auch gesagt, dass in den wenigen Monaten, die die Einrichtung bestand, mehr als zwanzigtausend Menschen untergebracht wurden. Sie ist vierzig Jahre jünger als ich. Ihr Gedächtnis scheint besser zu sein. Ich kenne diese Männer nicht.« Er nahm Haltung an und atmete scharf ein. »Und ich verbitte mir ausdrücklich diesen Ton!« Mit der dünnen blauen Mappe schlug er zur Bekräftigung seiner Worte auf den Flügel, dessen Resonanzboden leise nachklang. Mehrere Fotos rutschten heraus und landeten auf den Notenblättern. Weigel deutete mit dem Zeigefinger darauf. »Darum sollten Sie sich kümmern und ein wenig Zeit darauf verwenden, dass rechtschaffene Bürger dieses Staates, die reichlich Steuern bezahlen, davor geschützt werden, dass man ihre Häuser auskundschaftet, um bei nächstbester Gelegenheit einzusteigen.«

Tobias griff nach den Aufnahmen und der Mappe. Unscharfe Aufnahmen einer Überwachungskamera, datiert auf gestern Abend, die von oben einen Menschen in den Blick nahm. Tobias wirkte nach wie vor außer sich, was Ravi sich noch immer nicht erklären konnte. Ihre Spur war tot. Das mussten sie einfach akzeptieren. Er zog eine Visitenkarte aus der Innentasche seiner Windjacke und legte sie auf den Flügel. »Falls Ihnen doch noch etwas einfallen sollte, geben Sie uns bitte Bescheid. Wir sind froh um jede noch so kleine Information. Für die meisten, die wir bisher befragt haben, war es schwierig, sich nach so vielen Jahren noch an etwas zu erinnern.« Er nickte dem Arzt, der ihn immer mehr an Norbert erinnerte, freundlich zu. »Vielen Dank, dass Sie sich trotzdem Zeit genommen haben. Ihre Unterlagen werden wir selbstverständlich an die zuständigen Kollegen im Präsidium weiterleiten. Die werden sich zeitnah bei Ihnen melden.«

Ravi eilte voraus. Er wartete ab, bis sie den zugewachsenen Pfad hinter sich gelassen hatten und vom Grundstück herunter waren. Dann erst drehte er sich im Laufen zu Tobias um, der ihm mit ein paar Schritten Abstand folgte. »Was sollte das?«, zischte er. »Fängst du jetzt schon an wie Harro?« Er wandte sich wieder nach vorne und setzte seinen Weg fort. »Anscheinend bin ich der einzige normale Mensch hier in diesem Team. Ich verstehe, dass dir die Sache mit dem Jungen nahegeht. Mir auch, aber so kommen wir bei keinem Zeugen weiter. Die machen zu, wenn du dich so gehen lässt.« Er blieb stehen, weil er Tobias' Schritte nicht mehr hören konnte, und fuhr herum. Sein Kollege stand auf dem Bürgersteig, den Blick starr auf die

Schwarz-Weiß-Fotos in seinen Händen gerichtet. Er flüsterte etwas vor sich hin und blickte dann auf.

»Ich kenne den. Verdammt noch mal, ich kenne ihn. Irgendwann in den letzten Tagen habe ich diesen Mann gesehen. Nur habe ich keinen blassen Schimmer, wo.«

40

»Wo seid ihr?«

Ravi konnte Harros Stimme hören und ihn auch verstehen, obwohl Tobias das Telefon an sein Ohr hielt und es nicht laut gestellt hatte.

»Kaum lässt man euch eine halbe Stunde allein, da macht ihr euch aus dem Staub.« Einen Moment herrschte Stille, weil Tobias keine Antwort gab. »Zumindest hättet ihr mir mal Bescheid geben können. Die Kollegen fragen nach euch, und ich kann nicht einmal eine Antwort geben. Ich stehe da wie ein Idiot!«

»In zehn Minuten sind wir im Präsidium. Wir sprechen dann.« Es klang wie eine automatische Ansage vom Band. *Bei Fragen zum Stand Ihrer Bestellung drücken Sie bitte die Zwei. Bei Fragen zur Rechnungsstellung drücken Sie bitte die Drei. Bei allen anderen Anliegen drücken Sie bitte die Vier. Einer unserer Kundendienstmitarbeiter ist dann für Sie da. Bitte warten Sie.*

Ravi steuerte das Auto auf die Bundesstraße. Mit dem nötigen Nachdruck hatte er Tobias den Autoschlüssel aus der Hand genommen. Der Kollege war so aufgewühlt und abwesend, dass er ihm ungern den Platz auf dem Fahrersitz überlassen wollte. Er saß lieber müde selbst am Steuer, als sich dem komplett neben sich stehenden Tobias auszuliefern. Der schüttelte unentwegt den Kopf und murmelte: »Ich erinnere mich an ihn.« Das Foto hielt er starr vor sich, obwohl er gar nicht mehr hinsah.

Ravi warf immer mal wieder einen schnellen Blick auf die unscharfen Gesichtszüge. Der Mann war trotzdem recht gut zu erkennen. Er hatte im Moment der Aufnahme genau in die Kamera über sich geschaut. Fast so, als ob er wüsste, dass er abgelichtet wurde, und sich nicht dagegen zur Wehr setzte. Er trug eine Wollmütze, die er aber nicht besonders weit in die

Stirn gezogen hatte. Die Stelle, an der er aufgenommen worden war, kannten sie. Die Kamera hing auf Höhe des Hauseingangs im Dachüberstand. Man konnte sogar die erste Treppenstufe erahnen. Eine zweite Aufnahme zeigte nur die Rückansicht des Mannes auf der Terrasse hinter dem Haus. Er war also um das Gebäude herumgegangen. Das konnte alles und nichts bedeuten.

Tobias wartete kaum ab, bis der Wagen stand. Er schleuderte die Tür auf und hetzte los. Ravi folgte ihm, sah aber keinen Sinn darin, im gleichen Tempo zurück zu den widerlichen Filmen und Harros schlechter Laune zu eilen. Sicher würde der Chef sich in Kürze auch noch einmal bei ihm darüber beschweren, dass sie sich eigenmächtig auf den Weg gemacht hatten. Seine beiden Versuche, ihn über das Telefon zu informieren, wurden dabei ignoriert, die ließ er in solchen Fällen nie als Begründung gelten. Keine Alleingänge ohne vorherige Rücksprache, eine klare Regel, die allerdings nur für sie beide, aber nicht für Harro galt.

Das konnte getrost noch ein paar Minuten warten. Sollte er sich ruhig erst an Tobias austoben. Ravi bog daher im Foyer in die entgegengesetzte Richtung ab. Der Anschiss ließ sich besser ertragen, wenn sein Magen dabei nicht auch noch knurrte. In der Kantine holte er sich zwei belegte Brötchen. Für das Seelachsfilet »Flipper«, das als Tagesgericht wärmstens angepriesen wurde, war es eindeutig noch zu früh. Es würde ihn nachher noch reichlich Überwindung kosten, einen Fisch zu essen, der ihn an den Delfin aus dem Kinderprogramm im Fernsehen erinnerte. Daran änderte auch die in reichlich blumigen Worten beschriebene Kräuterkruste wenig, in der das Aroma und die Sehnsucht nach der Provence stecken sollten.

Solche Überlegungen erledigten sich bestimmt ganz von allein. Wenn er die nächsten Videos aus der Sammlung von Achim Roos angesehen hatte, bekam er sowieso keine warme Mahlzeit mehr hinunter. Selten sehnte er sich so sehr nach einem Notfall, der ihren Einsatz unabdingbar machte. Er würde lieber zu einer grausamen Bluttat gerufen werden, als weiter diese unsäglichen Filmchen anzusehen. Da ihm die beiden Kollegen vom KDD aber in der Kantine über den Weg gelaufen waren, besaß der Wunsch kaum Aussicht auf Erfüllung.

Vielleicht war in ihrer Abwesenheit eine Nachricht aus der Unfallklinik gekommen und der Roos schon vernehmbar. Bei der Schwere seiner Verletzungen war das vermutlich zu früh, aber die Hoffnung starb zuletzt. Ravi hatte das Gefühl, dass er mit jedem Schritt, den er dem Besprechungsraum näher kam, langsamer wurde. Er biss in das Baguettebrötchen, das mit dünnen Tomaten- und Mozzarellascheiben belegt war. Ein Stück Tomate spritzte zur Seite weg und klatschte auf den Boden. Er wischte es schnell mit der dünnen Serviette auf und ging weiter. Beim Pesto hatten sie am Knoblauch nicht gespart und statt mit Butter beide Brötchenhälften vor dem Belegen mit einer süßlichen Salatmayonnaise zugekleistert. Zumindest im Hinblick auf die Kalorien ging das Brötchen also als vollwertige Mittagsmahlzeit durch. Er entschied sich eher unbewusst für einen weiteren Umweg und bog in ihr gemeinsames Büro ab. Sein Körper forderte eine Tasse Kaffee, um der Müdigkeit etwas entgegensetzen zu können.

Tobias starrte ihn aus weit aufgerissenen Augen an. Es lag ein triumphierendes Lächeln auf seinem Gesicht. »Ich habe ihn!« Er zog die Augenbrauen in die Höhe und grinste breit. Seine Haare wippten mit, als er auf seinem Drehstuhl eine halbe Wende vollführte. Die Anspannung schien sich gelöst zu haben. Zwei kreisrunde Schweißflecken auf dem himmelblauen Hemd, dort wo der Pullunder die Ärmel freigab, zeugten noch davon. Die gewagte Kombination war Ravi vorhin gar nicht aufgefallen. Er tippte bei diesem Strickensemble eher auf Tobias' Mutter denn auf Sara als Schöpferin. Das wulstige Zopfmuster schlängelte sich ungelenk vom V-Ausschnitt bis zum unteren, farblich abgesetzten Bündchen. Eine Eleganz, als ob sich drei Wiener Würstchen ineinander verschlungen hätten. Sie schienen auch nicht mehr ganz frisch gewesen zu sein.

Zumindest legte das der Farbton nahe, der zwischen Khaki und schlichtem Braun changierte. Das himmelblaue Hemd störte ein wenig, sonst wäre der Kollege heute als Jagdgehilfe durchgegangen. Ravi schluckte schnell den halb zerkauten Rest seines Brötchens hinunter und stand gleich darauf hinter Tobias, der mit dem Zeigefinger auf den Bildschirm tippte.

»Das ist er.«

Ravi versuchte sich zu orientieren. Die Auflösung war in Ordnung. Ein groß gezogener Ausschnitt, für dessen Einordnung er einen Moment benötigte. Einen etwas zu langen Moment. Die Ungeduld erfasste ihn. Sie sprang von Tobias, der nervös auf seinem Stuhl herumrutschte, auf ihn über. Sein Blick wanderte zwischen dem Gesicht und den Gegenständen hin und her. Da waren eine Gießkanne und ein Kreuz im Hintergrund, das sich aber nur als schwacher Schatten erahnen ließ.

»Auf dem Friedhof?«

»Genau!« Mit einer schnellen Bewegung der Maus rief Tobias das Foto vollständig auf. »Das habe ich aufgenommen, ehe ich dir mit der Drohne einen Schrecken eingejagt habe.« Sein Lächeln signalisierte, dass er sich auch jetzt noch prächtig darüber zu amüsieren vermochte. Die kleinen Freuden bei der Polizeiarbeit waren wichtig, um das Grauen auf Abstand zu halten. Vorgestern war ihnen das noch gelungen, mittlerweile fiel es sehr schwer.

»Er stand zwischen den anderen Gaffern?«

»Ich habe mit der Dreihundertsechzig-Grad-Kamera alle Zuschauer aufgenommen. Das mache ich immer, weil man ja nie weiß, wer sich so am Tatort tummelt und uns über die Schultern schaut. Dieses Foto ist entstanden, kurz bevor die Kollegen den Bereich abgesperrt haben.« Tobias zog den Ausschnitt wieder groß, sodass die Person gut zu erkennen war. Ravi musste zugeben, dass die Ähnlichkeit mit dem Foto von Weigels Überwachungskamera nur auffiel, wenn ein Rest Erinnerung an den betreffenden Tag vorhanden war. Gebannt starrte er auf das Gesicht. Der Mann stand zwischen den anderen, aber doch allein. Sie hielten Distanz zu ihm. Oder er zu ihnen.

»Den brauchen wir.« Tobias sah ihn an. Er wartete auf Zustimmung. Hastig sprach er weiter: »Der ist am Fundort der Knochen. Die ganze Zeit steht der da und schaut uns zu. Tags darauf schleicht er bei Weigel ums Haus.« Er schüttelte den Kopf. »Wenn ich eines in diesem Fall gelernt habe, dann, dass es keine Zufälle gibt! Der weiß mehr als wir.«

»Diesmal sollten wir den Chef aber besser mitnehmen.« Ravi grinste.

41

Medinger erwies sich sofort als sehr hilfsbereit. Er schien äußerst bemüht, den ungünstigen Eindruck, den er bei ihrem ersten Besuch hinterlassen hatte, aufzuhellen. Sie rasten über die Landstraße auf die Dörfer zu, die sich wie kleine Buckel aus dem Meer der Weinreben erhoben. Ravi versuchte, den Wagen nach jedem Kreisel möglichst zügig wieder an die zulässige Höchstgeschwindigkeit heranzubringen. Harro saß auf dem Beifahrersitz. Nachdem sie ihm in groben Zügen ihre Erkenntnisse der letzten Stunden erläutert hatten, waren die Maßregelungen überraschenderweise ausgeblieben. Marianne Rosenberg ließ sie halblaut an ihren gereimten Lebensweisheiten teilhaben: »Hallo, mein Freund, wir sind älter, aber weise sind wir nicht. Die Träume sind immer die gleichen, auch mit Falten im Gesicht.« Der Chef zeigte sich zumindest im Hinblick auf die Lautstärke großzügig. Ihm reichte heute eine zarte melodische Untermalung aus, die es ermöglichte, nebenbei ein Gespräch zu führen, ohne schreien zu müssen.

Tobias navigierte vom Rücksitz aus. Der Bürgermeister hatte den Mann anhand des Fotos, das sie ihm während des kurzen Telefonats vor ein paar Minuten zugeschickt hatten, umgehend identifizieren können. »Hat der Rainer den Jungen umgebracht? Das kann ich mir nicht vorstellen.« Bevor sie sich verabschiedeten, hatte Harro Medinger unmissverständlich dargelegt, dass er ihm ernsthafte Probleme machen werde, wenn sich ein solches Gerücht schneller verbreitete, als sie Essenheim erreichen konnten.

Zusätzlich erhielten sie vom Dorfoberhaupt neben der Anschrift noch ein paar Details und den Hinweis, dass sich Rainer Veith entweder daheim oder auf dem Friedhof am Grab seiner Eltern aufhalten werde. Da er schwer krank sei, sehe man ihn nur noch selten woanders. »Lange hat er nicht mehr. Zumindest erzählt man sich das hier bei uns, obwohl niemand groß

Kontakt zu ihm hat. Er war schon immer ein Eigenbrötler. Der Vater war da ein ganz anderer, aktiv in allen Vereinen, und er hatte jahrzehntelang die Jagd im Dorf und den Nachbargemeinden gepachtet. Das sich anschließende Schüsseltreiben und die feuchtfröhlichen Verhandlungen vor dem Jagdgericht unter seiner Ägide sollen legendär gewesen sein. Er war ein Waffennarr. Ein ganzes Jagdzimmer hing voller Gewehre und Trophäen. Aber der Hans-Helmut ist schon länger tot.«

»Hier rechts, das braune überdachte Hoftor müsste es sein.« Tobias schob seinen Kopf zwischen den beiden Sitzen nach vorne. Ravi fuhr noch ein kleines Stück weiter und stellte den Wagen am Straßenrand ab. Eine sachte Bewegung hinter der Gardine im Erdgeschoss des Hauses direkt neben ihrem Parkplatz signalisierte, dass man sie bereits im Blick hatte. Ein Wagen, aus dem drei unbekannte Männer stiegen. Ravi war sich sicher, dass die Dame am Fenster sie so lange beobachten würde, wie es nur irgend möglich war.

Das Gehöft, in dem Rainer Veith wohnte, lag eingekeilt zwischen den anderen Gebäuden im alten Ortskern. Das Namensschild an der Hauswand neben dem Tor war verwittert. Dort, wo sich einst die Klingel befunden hatte, starrten zwei dünne Drähte aus der Wand. Harro drückte die Klinke und schob das Türchen auf. Ravi blickte sich noch einmal nach allen Seiten um und folgte dann seinen beiden Kollegen in den lang gezogenen Innenhof, der auf ein halb geöffnetes Scheunentor zulief. Wenn die Nachbarin sie im Auge behalten hatte, wovon auszugehen war, blieben ihnen jetzt wahrscheinlich noch gut fünf Minuten, bevor die Sirenen der eilig herbeigerufenen Polizeistreife erklangen. Ravi musste schmunzeln.

»Herr Veith, sind Sie zu Hause?« Harro ging voraus und rief noch einmal in Richtung des Scheunentors. »Wir sind von der Polizei und möchten mit Ihnen sprechen. Bitte kommen Sie heraus.«

Ravi legte, so wie Tobias, die Hand auf seine Dienstwaffe. Einzelne Worte aus dem Telefonat mit Medinger hallten in seinem Kopf nach. »Waffennarr« und »Der hat nicht mehr lange«. Das verlagerte die Situation auf eine hochgradig unvorhersehbare Ebene. Beide blieben sie stehen, während Harro langsam auf die Haustür zusteuerte. Er passierte eine kleine Bank, neben der ein tönerner Bottich stand, wie man ihn früher zur Gärung von Sauerkraut benutzte.

Harro erreichte die Haustür. Sie war verschlossen. Ravi behielt den Eingang der Scheune im Blick. Es sah dunkel aus dort drinnen. Der Chef wandte sich zu ihnen um und blickte sie fragend an.

»Auf dem Friedhof, am Grab der Eltern, wenn man dem Medinger Glauben schenken darf.« Tobias deutete, während er sprach, mit einer knappen Bewegung seines Kopfes in Richtung der niedrigen Scheune. Harro nickte. Vorsichtig zogen sie weiter. Der Hof glich einer Schlucht, die an der dunklen Öffnung endete. Außer dem schmalen Ruhebänkchen und dem mächtigen dunkelbraunen Tontopf stand nichts weiter herum. Alles wirkte wie leer geräumt. Es fehlte an einer Möglichkeit, schnell Deckung zu finden, falls es zum Äußersten kam. Aus den schmalen Ritzen des Betonpflasters quoll vereinzelt Grün.

Die Metallsplitter im Kotbeutel in den dürren Rebzweigen, sein Blick in die Kamera, das Bild von Farid, der dem Betrachter winkte, alles irrte in wilder Folge durch Ravis Schädel. Jetzt zog er doch lieber die Dienstwaffe aus dem Halfter und blieb nahe an der linken, fensterlosen Wand stehen. Der Putz war an etlichen Stellen in großen runden Flecken von der Wand gefallen. Darunter schauten die gelben Backsteine hervor. Feine Salpeterausblühungen überzogen den Sockel auf Kniehöhe wie ein zarter weißer Pilzrasen. Ravis Blick suchte hektisch nach einem Schatten, einer Bewegung, die verriet, ob sich im Stockwerk über Tobias jemand hinter einem der Fenster verbarg und sie beobachtete.

Harro erreichte die Scheune. Er hielt inne, um die Taschenlampe aus seiner Jacke zu kramen. Tobias hatte seine bereits in der Hand.

»Herr Veith, sind Sie in der Scheune? Dann kommen Sie bitte heraus.«

Sie lauschten auf irgendein Geräusch, das ihnen weiterhalf. Harro drehte sich um. Er grinste, als er sie beide mit der Waffe in der Hand sah.

»Da fühle ich mich ja gleich viel sicherer, wenn mir beide Kollegen Feuerschutz geben. Ich glaube aber, unser Kunde ist ausgeflogen.« Er leuchtete geradewegs in die Dunkelheit und trat ein.

Tobias blieb am Eingang stehen, um die Haustür und das Hoftor im Blick zu behalten. Ravi zögerte einen Moment. Der Chef war schon verschwunden. Er konnte den blassen Lichtschein seiner Taschenlampe im Inneren der Scheune herumspringen sehen. Dann folgte er ihm hinein.

Der Boden bestand aus gestampftem und über die Jahrzehnte festgefahrenem gelbem Lehm. Er dämpfte jeden Schritt. Es roch leicht nach altem Öl und Metall. Langsam gewöhnten sich seine Augen an die Dunkelheit. Was er gleich darauf zu erkennen glaubte, ließ ihn zusammenzucken. Er riss die Pistole in die Höhe und erstarrte.

Harros Lachen zerriss die Stille. »Ich hätte mir auch fast in die Hosen gemacht.«

Ravi atmete stöhnend aus, bemüht, trotz des Schrecks zu lächeln. Sein Herz hämmerte. Der Schweiß rann seinen Nacken herab. Vor ihm stand der Oberkörper einer männlichen Schaufensterpuppe auf einer Werkbank. Ihre weit aufgerissenen Augen starrten ihn an. Die Reste ihres ehemals schwarzen Haupthaares schimmerten schmutzig.

Im Regal hinter der Werkbank, das so weit in die Höhe reichte, dass er einen Schemel benötigt hätte, um an die oberen Ablagen zu gelangen, stand ordentlich aufgereiht eine Anzahl unterschiedlicher Küchengeräte vom Toaster bis zur Kaffeemaschine. Ihre Kabel baumelten wie der Schwanz einer Hauskatze nach unten. Die hölzerne Arbeitsfläche offenbarte furchige Spuren. Tiefe Scharten, die sich in das faserige Holz geschnitten hatten.

»Ich glaube, wir sind richtig.« Harro ließ den Lichtkegel seiner Taschenlampe langsam über die verstreut liegenden kleinen

Metallsplitter wandern, zwischen denen sich dünne Spiralen gedreht in die Höhe reckten. Zerrissene schwarze Kotbeutel lagen am Rand neben einem Haufen Sägespäne und schweren, groben Holzbrocken. Der blasse Schein beleuchtete mehrere Holzscheite, die wohl bei dem Versuch, eine kreisrunde Öffnung tief in sie hineinzufräsen, der Länge nach aufgerissen waren. Ravi fuhr verwundert mit dem Zeigefinger über den schwarzen Staub, der auf den hellen Holzspänen schimmerte. Er zerrieb ihn zwischen den Fingerspitzen und schnupperte daran. Ganz schwach roch es nach Schwefel.

Es dauerte nur Sekunden, bis er die Puzzleteile zusammengesetzt hatte. »Wir müssen uns beeilen. Wenn es nicht schon zu spät ist.«

42

Sie musste sich nicht sonderlich sputen. Ihr blieb ausreichend Zeit für alles, was sie noch erledigen wollte. Auf dem Weg zurück kam er bestimmt in den beginnenden Berufsverkehr. Aber so lange wollte sie nicht mehr hierbleiben. Sie hatte es bald hinter sich.

Mit wenigen Handgriffen raffte Johanna Weigel die Noten von Schuberts »Winterreise« zusammen und schleuderte sie in den Kamin. Zufrieden beobachtete sie das erste zaghafte Züngeln der Flammen an den Rändern. Als ob sie probierten, ganz vorsichtig nur, um sicherzugehen, dass es auch schmeckte, was man ihnen da zum Fraß vorwarf. Gierig fielen sie darüber her, nachdem der Erste das Startsignal gegeben hatte. Von allen Seiten zerrten und rissen sie an ihrer Beute, die ihnen nun nicht mehr entkommen konnte.

Sie genoss den Anblick, der sich befreiend anfühlte. Schön wäre es gewesen, wenn die Melodie noch einmal erklungen wäre. Zerfetzte Takte, die sich langsam auflösten und in wisperndem Aufbegehren erstarben. Schräge und falsche Töne, die er nicht mehr hören konnte, die ihn aber dennoch quälen würden. Sie lachte schallend und bekam sich kaum wieder ein, obwohl sie wusste, wie sonderbar sich das anhörte. Vor allem, weil der Resonanzboden des Flügels ihre schrillen Laute aufnahm und sie als zarten Nachhall an die Umgebung abgab. Doch das war ihr egal, Jakobs Blick konnte sie nicht treffen. Sie schrie daher noch einmal aus Leibeskräften und lauschte mit geschlossenen Augen dem, was das Instrument daraus machte.

Im Gehen langte sie nach der eleganten Vase. Den Rohrkolben bekam die Hitze auf dem Kaminsims nicht. Die schweren hellbraunen Köpfe mit der weißen Hutspitze reckten sich ihr bittend entgegen. Sie wollte ihnen den Wunsch erfüllen. Es war ohnehin das Letzte, was sie für sie tun konnte. Sie schleuderte alles in das aufgerissene Innere des Flügels. Die Scherben tanzten auf den Saiten und zauberten eine einmalige Kakofonie, von der sie gleich darauf bereute, sie nicht mit dem Handy aufgenommen zu haben, um sie sich immer wieder anhören zu können.

Sie eilte in den Flur und blickte nicht mehr zurück. Ihr Koffer stand schon an der Haustür bereit. Sie hinterließ ihm keinen Brief. Das hätte sie als reichlich albern empfunden. Was hätte sie auch schreiben sollen? *Ich habe es geahnt, aber nie für möglich gehalten. Ich habe gegen alle Verdachtsmomente angekämpft und es geschafft, sie immer wieder im Keim zu unterdrücken, weil es nicht sein konnte, nicht sein durfte. Wie konntest du uns das nur antun? Auch wir leben nun bis an unser Ende mit dieser Schuld.*

Sie wusste schon seit vielen Jahren, dass er eine Wohnung in der Innenstadt besaß, die er vor ihr verheimlichte. Aus seinem Fenster konnte man vielleicht sogar den Dom sehen. Sie hatte den Prospekt in seiner Bibliothek gefunden, ein paar Jahre bevor er die Praxis verkaufte. Er hatte nie darüber geredet, und sie hatte es fast vergessen. Irgendwann hatte der kleine Dicke mit dem Oberlippenbart vor der Haustür gestanden. Es war in der Zeit, als sich Jakob von früh bis spät um die Flüchtlinge kümmerte. Sie war froh, dass er eine Beschäftigung hatte, die ihn aus dem Haus führte. Es bedeutete mehr Zeit, die sie allein für sich ausfüllen durfte und in der sie nicht unter seinem abfälligen Blick zu leiden hatte, der nichts als Geringschätzung ausdrückte.

Der Dicke stellte sich als Heiner Gerber vor und drückte ihr einen gepolsterten Briefumschlag in die Hand. »Mit bestem Dank zurück. Schön, wie Sie hier wohnen. Davon hat Jakob gar nichts erzählt.« Er tat so vertraut bei den wenigen Sätzen, dass sie sich hinterher schämte, ihn nicht hereingebeten zu haben. Durch die Noppen des Luftpolsters konnte sie die harten Kanten ertasten. An den Klebestellen trennte sie das Kuvert vorsichtig mit dem Teppichmesser auf und suchte die Bestätigung für ihren Verdacht. Im Umschlag befand sich nur ein Wohnungsschlüssel, den sie erschrocken sofort wieder hineingleiten ließ und die Hülle mit etwas flüssigem Klebstoff verschloss.

Warum Gerber hierhergekommen war, wusste sie nicht. Sie hatte an der Tür gelauscht, als Jakob ihn abends am Telefon anzischte: »Was soll das? Bist du verrückt geworden? Wir hatten vereinbart, dass keiner beim anderen auftaucht.« Alles fügte sich nur langsam zusammen. Ein Puzzle mit so vielen verschiedenen Einzelteilen. Bis heute hatte sie noch gehofft, dass er die Wohnung in der Stadt unterhielt, um sich mit einer Geliebten zu treffen. Sie hatte immer die kleine Blonde aus der Praxis im Verdacht gehabt. Der glaubte man anzusehen, dass sie sich einem Verhältnis mit dem Chef gegenüber offen zeigte, auch wenn der ihr Vater hätte sein können.

Sachte ging sie in die Knie und griff nach dem Koffer. Dem dunklen Umriss vor der abgetönten Scheibe neben der Haustür öffnete sie, just bevor er klingeln konnte, und lächelte ihn freundlich an.

»Das passt ja perfekt.«

Er nahm ihr sofort den Koffer aus der Hand und versuchte sich nicht anmerken zu lassen, dass er ihn für deutlich leichter gehalten hatte. »Wo soll die Reise hingehen?«

Das Taxi stand mit laufendem Motor halb auf dem Bürgersteig. Sie folgte dem Fahrer und überlegte, was sie ihm antworten sollte. Er schien seine Frage schon vergessen zu haben, als er den Kofferraum öffnete und ächzte, während er ihr kompaktes Gepäckstück hineinwuchtete. Ein paar winzige Schweißperlen zeigten sich auf seiner Stirn, die jetzt genauso glänzte wie der Rest seines kahlen und kantig wirkenden Schädels. »Als ob Sie Goldbarren im Koffer hätten.«

Sie kicherte erschrocken und nickte ihm wohlwollend zu, als er ihr die Tür aufhielt. Ein Hauch Wehmut umfing sie, als ihr Blick die Fassade streifte, obwohl sie doch froh war, das alles endlich hinter sich lassen zu können. Nie wieder würde sie einen Fuß in dieses Haus setzen.

43

Es war sinnlos gewesen, in die Wohnung zu fahren. Der Weg war das Ziel. Er hatte den abrupten Aufbruch gebraucht, die rasende Panik und die Beklemmung, um langsam im Auto wieder zu sich zu kommen. Die sanften Wogen des Rheins beruhigten und klärten den vom Schock der Situation verstellten Blick auf die Realität. Angst war stets ein schlechter Begleiter bei wichtigen Entscheidungen. Sie führte in die Irre und verleitete zu völlig überzogenen Handlungen. Er hatte nichts zu befürchten. Wenn die Polizei etwas gegen ihn in der Hand hätte, wären sie anders aufgetreten. Der Typ in dem lächerlichen, von der Oma gestrickten Pullunder hatte versucht, ihn aus der Reserve zu locken. Aus der Aggressivität, mit der er das Gespräch führte und ihn um Auskunft anging, hatte die Frustration gesprochen, weil sie wahrscheinlich maximal vage Vermutungen hegten. Zum Glück hatte er die Ruhe bewahrt und während des größten Teils der knappen Unterhaltung ja auch noch geglaubt, dass sie wegen des Einbrechers den Weg aus der Stadt auf sich genommen hatten. Er hatte die Überraschung daher nicht spielen müssen, sondern sich schlicht so verhalten, wie es genau in die Situation passte.

Er trommelte mit den Fingern auf dem Lenkrad die schnellen Sequenzen der Bläser mit, in die in diesem Moment die Streicher einfielen. Mit einer knappen Bewegung drehte er die Lautstärke bis fast zum Anschlag. Das war genau der richtige Punkt, um die Schläge der Pauke in seinem Magen spüren zu können. »Short Ride in a Fast Machine« von John Adams, knappe fünf Minuten fulminante Klangkraft, die nur wenige Orchester so hinbekamen, dass die durchdachte Komposition nicht in undifferenziertem Getöse endete.

Zu gern wüsste er, was Melanie ihnen erzählt hatte. Sie war damals die Einzige gewesen, die nachfragte, als der Junge verschwand. Er musste sie überzeugen und ihr weismachen, dass er sich den anderen Jugendlichen angeschlossen hatte, die in der gleichen Nacht in Richtung Ruhrgebiet aufgebrochen waren. Geglaubt hatte sie es letztlich, weil so viele kamen und ohne Erklärung wieder gingen. Längere Zeit erachteten sie es deshalb als unnötig, die mutmaßlich Weitergezogenen bei der Polizei als vermisst zu melden. Erst als durch die Medien waberte, dass unbegleitete minderjährige Flüchtlinge leicht zu Opfern werden könnten, hatte Melanie die Praxis in der Einrichtung geändert. Danach wurde jeder unter achtzehn, der die Containersiedlung ohne Abmeldung verließ, bei der Polizei angezeigt.

Den Jungen hatte er am Abend zu sich geholt, als Nachtruhe einkehrte. Vom Personal war kaum noch jemand da. Wenn man wie er täglich vor Ort war, bekam man schnell einen guten Überblick, wann sich ein Plan gefahrlos umsetzen ließ. Gerber kannte er da schon seit vielen Jahren. Er vertrieb das Material, das sonst nirgendwo zu bekommen war. Erst durch das Internet änderte sich das. Den Schritt hatte er selbst aber nie mitgemacht, weil er die damit verbundenen Gefahren nicht zu überschauen vermochte. Niemals würde er seine Adresse oder andere Daten, die ihn und seine Vorlieben verrieten, irgendwo hinterlegen. Dass das selten sicher war, wusste man ja mittlerweile. Er holte die Videokassetten daher bis zum Ende stets persönlich bei Gerber ab und deponierte sie in einem Safe in der Praxis, für den es nur einen Schlüssel gab, der sich immer in seiner Hosentasche befand. In der Praxis stand auch der Videorekorder, weil er dort ungestört verweilen konnte, so lange er wollte, wenn er seine Sprechstundenhilfen in den Feierabend entlassen und hinter ihnen abgeschlossen hatte. Als er sich zur Ruhe setzte, hatte er die alten Filme vernichtet und sich im Tresor seiner Mainzer Wohnung, von der niemand wusste, eine kleine, aber feine neue Sammlung aufgebaut. Es gab daher nirgendwo eine Spur, die verriet, dass Gerber und er miteinander in Verbindung gestanden hatten. Vor seinem Tod hatte Gerber alles restlos getilgt, was ihn belastete. Geblieben war nur die Erinnerung an dieses halbe Jahr, das ihnen eine Möglichkeit geboten hatte, wie es sie nie wieder geben sollte.

Über Gerber war er mit Roos in Kontakt gekommen. Der war ebenfalls ein langjähriger Abnehmer seiner Produkte und absolut zuverlässig. Sonst hätte er den beiden nie zugesagt.

Dem Jungen hatte er, gleich als er an jenem Abend zu ihm gekommen war, ein leichtes Sedativum gegeben. Zusammen warteten sie ab, bis es draußen ganz still war. Nur noch vereinzelt konnte man das schrille Kreischen der Möwen hören. Er hatte ihn an der Hand genommen und mit ihm den Container verlassen. Hinter der Sanitäreinheit bogen sie zum Zaun ab. Dort wartete Gerber an der verschlossenen Tür, für die ein Teil der festen Helfer einen Schlüssel besaß. Die Übergabe dauerte nur ein paar Sekunden, in denen alles hätte auffliegen können.

Zwei Tage blieb Gerber mit dem Jungen in der Wohnung. Sie hatten diese Zeit bewusst als Sicherheitsphase eingeplant, weil nicht kalkulierbar gewesen war, wie sich die anderen in der Einrichtung verhalten würden, wenn der Junge verschwunden war. Er versorgte beide mit Essen und den Vorräten an Diphenhydramin, die er noch aus seiner Praxis besaß, um den Jungen ruhigzustellen. Abends kamen Roos und er dazu, und zusammen organisierten sie später den Abtransport des Jungen in Gerbers Haus. Mit Roos' Unterstützung hatte der seinen Keller so hergerichtet, dass sie ihn dort gefahrlos über lange Zeit hätten bei sich behalten können. Er war jetzt ihr Kind. Ein Geisterkind, das nicht vermisst wurde und nach dem daher auch niemand suchte. Jetzt nicht und später nicht. Alles lief so, wie sie es sich erträumt hatten. Bis zu dem Moment, als Gerber seine Diagnose bekam. Pankreaskarzinom, Bauchspeicheldrüsenkrebs. Viel Zeit blieb ihnen danach nicht mehr.

Sie trafen sich noch einmal in Gerbers Garten. Ein letzter gemeinsamer Nachmittag, den Gerber filmte, um ihnen ein Andenken zu hinterlassen. Das hatte er davor nie gemacht. Er wollte während seiner letzten Monate allein mit dem Jungen sein, so lange, wie es machbar erschien. Sie hatten darüber diskutiert und beschlossen, dass er sich melden sollte, wenn er ihn freilassen würde. Sie hatten nie wieder etwas von Gerber gehört, und er war froh darüber.

Bei ihm würde man nichts finden, was ihn mit den anderen in Verbindung brachte. Eben gerade hatte er noch rasch das in mehrere graue Mülltüten eingeschlagene halbe Dutzend DVDs in einem irgendwo am Rhein stehenden Container entsorgt. Ihm konnte nichts passieren.

Er drückte den kleinen roten Knopf. Das Warnlicht, das er schon aus der Entfernung sehen konnte, signalisierte ihm, dass sich das Garagentor jetzt langsam öffnete. Wenn er die Zufahrt gleich erreichte, brauchte er nicht anzuhalten. Hoffentlich war Johanna zum Tee bei der Nachbarin, so wie sie es vorhin angekündigt hatte, als er das Haus verließ. Er wollte sie jetzt nicht sehen.

Langsam schritt er die Treppen aus dem Keller nach oben. Es war alles so still. Das mochte er. Ein flüchtiger Blick ins Wohnzimmer bestätigte ihm, dass seine Frau in der Nachbarschaft weilte. Die Kälte im Raum ließ ihn frösteln. Er eilte zum Kamin und sah den Haufen verkohlten Papiers, das in der halb verlöschten Glut schwelte. Kleine Fetzen tanzten in die Höhe. Was hatte sie denn da wieder für Dummheiten angestellt? An ihrem Verstand zweifelte er in letzter Zeit immer häufiger. Schnell langte er nach einem der Holzscheite, die in dem grob geflochtenen Korb neben dem offenen Kamin immer bereitstanden. Zweimal am Tag schaffte sie im Herbst und Winter das Brennholz in diesem Behältnis vom Lagerplatz neben der Terrasse, wo es sauber geschichtet und trocken ruhte, ins Haus. Sie brauchte das Flackern des Feuers. Er konnte gut darauf verzichten, weil er meistens oben in seiner Bibliothek saß und die Hitze direkt davor ohnehin nur schwer aushielt.

Das Scheit war ihm sehr leicht vorgekommen. Der Händler, der jedes Jahr mehr dafür verlangte, konnte ihm viel erzählen, aber Eiche oder Buche konnte das unmöglich sein. Er warf noch zwei weitere hinterher und beobachtete, was mit dem verbrannten Papier passierte, das der Erdanziehung nicht mehr gehorchte. Weitere schwarze Schnipsel erhoben sich und folgten den anderen in das rußige Schwarz des Schornsteins. Die Flammen zumindest hatte er gerettet. Sie loderten gelb in die Höhe. Den Dreck auf den Fliesen vor dem Kamin konnte sie nachher selbst wegmachen.

Als er sich aufrichtete, registrierte er, dass sie die albernen Rohrkolben entsorgt hatte. Er atmete erleichtert durch. Nach der Aufregung vorhin und der Angst, die ihn aus dem Haus getrieben hatte, spürte er jetzt, wie sich Entspannung wärmend in ihm ausbreitete. Ein kaum vernehmbares Tropfen fand den Weg in seine Ohren, unterbrochen von kurzen Pausen. Sein Blick wanderte suchend über die Zimmerdecke. Vor ein paar Jahren war oben im Bad ein Rohr geplatzt. Das musste er nicht schon wieder haben. Den Aufwand, die Unruhe und vor allem nicht die Kosten, die damit einhergingen. Der nächste Tropfen wies ihm den Weg. Aus dem Flügel fiel er auf den Marmor und landete in einer Lache, die sich dort ausdehnte. Zorn stieg in ihm auf, und er ballte die Hände zu Fäusten.

44

Der Motor heulte auf, als Ravi das Gaspedal bis auf das Bodenblech durchdrückte und zum Überholen des Traktors ansetzte. Harro neben ihm und Tobias auf der Rückbank versuchten, Weigels Telefonnummer oder die der Nachbarn herauszubekommen. In der Zentrale lief parallel dazu die Abfrage, ob sich vielleicht zufällig ein Streifenwagen in der Nähe befand, der schneller vor Ort sein konnte als sie. Das Blaulicht hatte Harro bereits auf dem Dach befestigt, damit sie an allen Ampeln zügig durchkamen. Die Strecke, die sie heute schon einmal zurückgelegt hatten, zog sich.

Der Chef kam Ravi wie ausgewechselt vor. Was eine Dusche, frische Klamotten, Zähneputzen und eine ordentliche Portion Adrenalin im Blutkreislauf nicht alles bewirken konnten. Außerdem verbreitete er nicht mehr diesen ranzigen Fischgeruch, der sich mit süßlichem, abgestandenem Schweiß und den Ausdünstungen hochprozentigen Alkohols vermischte. Eine toxische Kombination, die hier in der Enge des Wagens kaum auszuhalten gewesen wäre.

»Es geht einfach keiner dran.« Harro hieb mit der Hand auf die Kunststoffverkleidung vor sich und drehte sich zu Tobias um.

»Bei zwei Nachbarn habe ich es gerade versucht, keiner da. Einen weiteren habe ich noch. Den rufe ich jetzt an. Dann weiß ich auch nicht weiter.«

»In guten fünf Minuten sind wir dort.« Ravi wusste, dass seine Einschätzung reichlich optimistisch bemessen war.

»Er hat dem Roos die Splitter in den Weinberg gehängt, und jetzt legt er den Weigels mit Schwarzpulver präparierte Holzscheite in den Kamin.« Tobias hatte wieder keinen Erfolg gehabt und steckte das Handy ein. »Das ist doch irre!«

Sie schwiegen. Er hatte es stimmig auf den Punkt gebracht, auch wenn es sich vollkommen verrückt anhörte.

»Er liefert uns die Täter«, fasste Harro das zusammen, was ihnen inzwischen allen klar war.

»Woher kennt er sie?« Tobias hatte seinen Kopf wieder in die Lücke zwischen den Sitzen geschoben. Das Knacken des Funkgeräts ließ ihn innehalten. Knisternd vermeldete eine Stimme, dass ein Streifenwagen von Worms aus auf dem Weg sei. Damit war klar, dass niemand schneller vor Ort sein würde als sie. Ravi gab Gas.

Harro nahm den Gedanken auf. »Er muss sie zusammen gesehen haben, als sie mit dem Jungen in Gerbers Garten waren. Wahrscheinlich ist dabei der Film entstanden, den wir bei Roos gefunden haben.«

»Und warum jetzt?«

»Er hat nicht mehr lange. Vielleicht ist es das: Er will mit sich ins Reine kommen, bevor er stirbt. Jahrelang hat er sich nicht getraut, weil er nicht wusste, ob man ihm Glauben schenken würde. Oder sein Verdacht hat sich erst durch den Knochenfund bestätigt. Nun fühlt er sich schuldig. Nicht nur, weil er fünf Jahre lang geschwiegen hat, sondern weil er den Tod des Jungen damals möglicherweise hätte verhindern können, wenn er sofort zur Polizei gegangen wäre.« Harro fuhr sich mit der Hand über die Stirn.

Sie erreichten jetzt die ersten Häuser. Weit mussten sie nicht mehr fahren. Die Spannung hielt sie alle fest umschlungen. Harros Stimme klang dunkel. »Ich denke, er hat das für uns arrangiert. Wir sollten alles genau so bei ihm in der Werkstatt vorfinden. Deshalb lagen die Kotbeutel und die Splitter direkt neben den Holzspänen und dem Rest Schwarzpulver aus den aufgesägten Polenböllern.«

»Hat er deswegen in die Kamera geschaut?« Im Rückspiegel konnte Ravi erkennen, wie entgeistert Tobias bei diesen Worten dreinblickte. »Alles geplant, von Anfang an, damit wir Roos und Weigel mit den sterblichen Überresten des Jungen in Verbindung bringen? Das Opfer mit den beiden noch lebenden Tätern, von denen er glaubt, dass sie ohne sein Zutun nicht überführt werden können?«

Harro nickte. »Er will sie mit Sicherheit verletzen, aber nicht unbedingt umbringen. Das ist seine Genugtuung. Ihre Strafe sollen sie trotzdem erhalten, gezeichnet durch ihre für alle sichtbaren Narben.«

Ravi kam das alles ziemlich übertrieben vor. Die Metallsplitter hätten dem Roos die Halsschlagader zerfetzen können. Zudem hatte er reichlich Glück gehabt, dass er rechtzeitig von seinem Traktor heruntergekommen war, bevor der sich wenig später überschlug. Dieser Ansammlung von Zufällen eine vorausschauende Planung zu unterstellen, erschien ihm abwegig. Er spürte Harros Blick auf sich ruhen. Er erwiderte ihn nicht, weil er bei diesem Tempo die volle Aufmerksamkeit auf die Straße lenken musste, um sie heil an ihr Ziel zu bringen.

»Dein Gesichtsausdruck verrät dich, Ravi.« Der Chef schmunzelte. »Das ist meine Theorie. Wenn wir bei Weigels waren, können wir uns auf die Suche nach Veith machen. Mich würde es wundern, wenn wir ihn lebend finden.«

In der letzten Kurve brach ihm der Wagen fast aus. Harro hielt sich am Griff fest. Tobias wurde gegen die gepolsterte Seite des Sitzes gedrückt. Kurz darauf stieß Ravi seine Tür auf und folgte den beiden anderen. Tobias bog zur Haustür ab. Ravi hetzte hinter Harro her. Doch ehe sie die Rückseite des Hauses erreichten, zerriss eine Detonation die Stille. Scheiben barsten. Ein Sturm aus Glassplittern stob auf die Terrasse und ging als klirrender Schauerregen darauf nieder. Wie Harro warf er sich geistesgegenwärtig gegen die nächste Wand und brachte den Ellbogen schützend vor das Gesicht und seine Augen. Einen Moment lang verharrten beide in dieser Position. Brandgeruch breitete sich aus. Sie hetzten die wenigen Meter bis zur Rückseite. Ein dichter Teppich aus kleinsten Splittern bedeckte die Holzplanken der Terrasse. Es knirschte unter jedem ihrer vorsichtigen Schritte.

Durch den Rauch konnten sie kaum bis in das ausladende Wohnzimmer hineinsehen. Zwei Stühle vom Esstisch hatte die Druckwelle bis hinaus an den Teich geschleudert. Das Klavier stand zur Seite geneigt, als wäre es dabei, sich zur Ruhe zu legen. Von irgendwoher konnten sie ein ersticktes Stöhnen hören. Gurgelnde Laute, die aus dem Innern eines Lebewesens zu kommen schienen. Tobias hatte zu ihnen aufgeschlossen und stand jetzt hinter ihnen. Zu dritt starrten sie in die Verwüstung, über die sich langsam der Nebel senkte.

45

Er fühlte sich befreit von aller Last – seit dem Moment, als er die drei Polizisten aus seinem Hof herauskommen sah. Er hatte sie auch auf dem Weg hinein beobachtet. Aber da war noch nicht klar gewesen, ob sie das alles auch verstanden. Auf dem Fahrersitz seines Autos war er tief nach unten gerutscht, aber sie hätten auch so keine Notiz von ihm genommen. Aus ihren Augen sprach die Panik. Sie wussten also, dass sie sich beeilen mussten. Egal, ob es den Arzt erwischte oder sie noch rechtzeitig kamen, sie würden die notwendigen Fragen stellen und die Verbindungen erkennen.

Er schloss die Augen und lauschte den Geräuschen um ihn herum. Über ihm heulten die Turbinen eines Flugzeugs im Landeanflug auf. Wie lange brauchte es wohl von hier, bis die Reifen quietschend auf dem Asphalt des Frankfurter Flughafens aufsetzten? Vielleicht zehn Minuten, nicht wesentlich länger, sonst würden sie nicht so tief fliegen. Manchmal fuhren sie die Fahrwerke schon aus, so als ob sie den Moment kaum erwarten konnten, in dem sie wieder festen Boden gewannen.

Er verlor sich in dem Gedanken. Der Moment des Sterbens musste sich so anfühlen. Ein sanftes Sich-Lösen und -Aufschwingen. Ein Blick zurück auf alles, was zu schwer war. Auf den Ballast, den er abgestreift hatte, um die Leichtigkeit zu besitzen, mit ein paar wenigen mühelosen Flügelschlägen in die Höhe zu kommen. Getrost konnte alles andere unten bleiben; es wurde mit jedem Flügelschlag kleiner und unbedeutender, bis es sich gänzlich auflöste, weil er schon viel zu weit davon entfernt war.

Rainer Veith öffnete die Augen, weil er wusste, dass er nun bald so weit war. Er spülte die letzten Tabletten mit einem ordentlichen Schluck Tresterbrand hinunter. Die ersten wirkten bereits. Alles um ihn herum fühlte sich weich und wie in Watte gepackt an. Gedämpft nahm er die wenigen Geräusche wahr.

die zu ihm in den Wagen drangen. Entfernte Stimmen, das Kreischen einer Möwe über ihm. Schon legte sich der nächste dünne Schleier über ihn. Er spürte die verschiedenen Schichten. Jede einzelne so leicht, dass sie kaum wahrzunehmen war. Ein Hauch, der ihn nicht drückte, sich aber behutsam auf die ihn bereits bedeckenden wärmenden Schichten herabsenkte. Es durften weitere kommen.

Vorsichtig tastete er nach der Handbremse und zog sie ein klein wenig an. Die Verriegelung löste sich. Danach drückte er sie nach unten und spürte, wie sich sein Wagen in Bewegung setzte. Die tiefen Rillen im Beton der Nato-Rampe ließen das Auto auf seiner lautlosen Fahrt erzittern. Fünfzig Meter führte sie sachte hinab, bis in den Strom und noch weiter. Im Verteidigungsfall sollten die Rampen den Transport von Panzern und anderen Fahrzeugen mit Hilfe von Amphibienfahrzeugen oder Fähren über den Rhein ermöglichen.

Das Wasser bremste gleich darauf seine letzte Fahrt. Die Wogen empfingen ihn freudig. Die Strömung des Flusses nahm ihn auf und drehte den Wagen. Er wankte leicht und trieb noch einen Moment voran, dann senkte sich die schwere Schnauze. Es gurgelte. Das Sprudeln des eindringenden Wassers konnte er hören und spüren. Es knackte um ihn herum.

Eine Fontäne schoss durch das offen stehende Handschuhfach, in dem er zur Sicherheit noch zwei weitere Päckchen Tabletten aufbewahrte. Die brauchte er jetzt nicht mehr. Er schloss die Augen und freute sich auf den Moment, in dem ihn seine Mutter wieder in die Arme schließen würde.

Epilog

»Der erste Polizist, der pünktlich zu einer Verabredung kommt.« Sandra empfing Ravi mit einem strahlenden Lächeln. Er wusste, dass er eine Viertelstunde zu spät war. Harro hatte ihn noch aufgehalten und sich bei ihm für den Alleingang entschuldigt, der mittlerweile fast vierzehn Tage zurücklag. Eine gänzlich ungewohnte Situation, die er in dieser Form nie für möglich gehalten hätte. Der Chef mit gesenktem Kopf vor ihm, in ein paar undeutlich vor sich hin genuschelte Worte eine Bitte um Verzeihung knüpfend. Er könne nicht versprechen, dass es nie wieder vorkomme, aber er werde sich bemühen. Die Befürchtung, dass sie ihn nur belächeln würden, habe ihn angetrieben. Schließlich habe er nur aufgrund einer diffusen Ahnung gehandelt. Auf dem Weg hierher in das neu eröffnete französische Restaurant auf der Rückseite des Doms hatte Ravi sich durchgängig darüber amüsiert und sich mehrmals verwundert die Augen gerieben.

»Es tut mir leid.« Er setzte sich auf den Stuhl ihr gegenüber und spürte die wohltuende Nervosität, die sich seiner bemächtigte. »Harro hat mich noch aufgehalten. Wir sind heute einen großen Schritt weitergekommen.«

»Der Fall mit dem Flüchtlingsjungen?«

Ravi nickte. »Er hat ausgepackt.«

»Der Arzt?«

»Nein, dein Fall.« Er grinste sie an. »Der, dem die Splitter um die Ohren geflogen sind. Er hat tagelang geschwiegen. Heute hat sich sein Anwalt gemeldet und uns wissen lassen, dass sein Mandant vollumfänglich aussagen wolle.« Ravi verstummte. Er hatte nicht vor, ihr erstes Treffen mit den Erkenntnissen des heutigen Tages zu belasten. Die wenigen Details, die Achim Roos offenbart hatte, reichten schon aus. Ihm war es zunächst vor allem darum gegangen, den toten Gerber und Weigel, der noch sehr lange nicht vernehmungsfähig sein würde, zu belasten. Beide seien die treibenden Kräfte hinter der Entführung und der Ermordung des Jungen gewesen. Er habe sich von ihnen mit hineinziehen lassen und dann nicht mehr herausgefunden.

»Kein Thema für einen solchen Abend?« Sandra blickte ihn verständnisvoll an.

Ravi sah in ihre Augen. Er verlor sich im ineinanderfließenden Grün und Blau. Sie neigte den Kopf leicht zur Seite. Die beiden Grübchen zeichneten sich auf ihren Wangen ab.

So viel an einem Tag. Ihre Antwort auf seine Einladung war genau in dem Moment per Textnachricht gekommen, als er im Büro vor der ersehnten Mail gesessen hatte. Das Ergebnis brachte die Gewissheit. Geahnt hatte er es schon. Niluka war nicht seine Mutter.

»Suchst du uns als Fast-Weinkönigin einen guten Rotwein aus? Ich brauche nach diesem Tag mindestens eine Flasche.«

Danksagung

Kein Buch entsteht ohne die tatkräftige Unterstützung vieler lieber Menschen. Ohne meine Großfamilie hätte ich wahrscheinlich nie einen Kriminalroman geschrieben. Sie verschafft mir im Winter die nötigen zeitlichen Freiräume, um am Text zu arbeiten, und sie steuert die eine oder andere Anregung und Idee bei.

Wichtigen fachlichen Rat erhielt ich von:

Sarah Ramani Ineichen, Verein »Back to the roots«
Professor Dr. Christoph Brochhausen-Delius, Institut für Pathologie der Universität Regensburg
Peter Metzdorf, Kripo Mainz
Dr. Peter Neis, Forensische Dienste, Essenheim

Ihnen allen möchte ich ganz herzlich Danke sagen!

Alle Bücher von Andreas Wagner im Überblick

Auch als eBook erhältlich

Winzerkrimis:

Winzersterben
ISBN 978-3-95451-477-9
Winzerrache
ISBN 978-3-7408-0218-9
Winzerwahn
ISBN 978-3-7408-0408-4
Winzerschuld
ISBN 978-3-7408-0924-9

Weitere:

Die Präparatorin
ISBN 978-3-7408-0924-9

www.emons-verlag.de